庆祝中国共产党成立100周年

致敬所有为了人民的利益奉献终生的人民公仆

建党100周年献礼书系

永远的公仆
——喻杰

喻彬 著

湖南大学出版社·长沙

内容简介

　　本书是一部长篇报告文学，讲述了老革命家，国家原粮食部副部长、商业部副部长，第五届全国政协常委喻杰（1902—1989），于1970年带着孩子离开北京，回到故乡湖南岳阳平江县丽江村，谢绝组织上的各种照顾，拿出毕生积蓄，捐出大部分工资，带领乡亲们植树造林，为村里修路、建水电站，买耕牛、电动打米机、拖拉机等，与群众同甘共苦，甘当人民公仆，生命不息奉献不止的感人事迹，刻画了一位不慕荣华、不恋权位，始终把国家利益、人民利益放在首位，对家乡、对人民怀着质朴深情，毫无领导架子，浑身散发泥土气息，既刚正威严又和蔼可亲的人民公仆形象。

图书在版编目（CIP）数据

永远的公仆：喻杰 / 喻彬著. —长沙：湖南大学出版社，2021.7
ISBN 978-7-5667-2250-8

Ⅰ. ①永… Ⅱ. ①喻… Ⅲ. ①报告文学–中国–当代 Ⅳ. ① I25

中国版本图书馆CIP数据核字（2021）第136885号

永远的公仆——喻杰
YONGYUAN DE GONGPU ——YU JIE

著　　者：喻　彬				
责任编辑：全　健		**责任校对**：尚楠欣　肖晓英		
印　　装：长沙鸿和印务有限公司				
开　　本：710 mm×1000 mm　1/16		**印　张**：18.25	**字　数**：219千	
版　　次：2021年7月第1版		**印　张**：2021年7月第1次印刷		
书　　号：ISBN 978-7-5667-2250-8				
定　　价：48.00元				

出 版 人：李文邦
出版发行：湖南大学出版社
社　　址：湖南·长沙·岳麓山　　　　**邮　编**：410082
电　　话：0731- 88822559（营销部）　88820008（编辑部）　88821006（出版部）
传　　真：0731- 88822264（总编室）
网　　址：http：// www.hnupress.com

青年喻杰

习仲勋同志赠送给喻杰的砚台

喻杰故居陈列的木床和他的生前衣物

喻杰和村干部考察晚稻生长情况

喻杰为家乡建水电站选址

喻杰将农村的情况写信上报给国务院

喻杰勘察家乡森林被砍伐、水土流失情况

目 录

引　言

　　他是李先念称赞的"老干部的楷模"，他是王震口中"老有所为"的好干部！

　　他参加过北伐、长征、抗日战争与解放战争。在无比艰难的革命战争岁月里，为了使广大穷苦百姓翻身得解放，他冒着敌人的炮火浴血奋战，在枪林弹雨里冲锋陷阵，立下了赫赫战功！他是一名勇敢而又忠诚的共产主义战士！

　　如果不是周恩来总理临时让他回来处理公务，或许他已经与叶挺、王若飞等英雄们一道，在1946年的"四八空难"中殉国……

　　新中国成立以后，他历任中央人民政府粮食部副部长、商业部副部长、中央监察委员会驻财政部监察组组长，是第三届全国人大代表、第五届全国政协常委。

　　他就是人民的好公仆——喻杰。

　　他为中国革命事业作出了卓越的贡献，却从不居功自傲。1970

年，他带领儿孙回到了阔别多年的湖南平江老家，从此，成为了丽江村一名普普通通的农民。

他常教育儿孙："锄头立得稳，种粮是根本。"并以身作则，拖着多病的身躯，躬耕于田垄，播种五谷、收获希望；用蔬菜杂粮养鸡、喂猪……

他带领乡亲们植树五千余亩，让大片大片的"秃顶山""癞子岭"，变成了层林叠翠的巍巍青山……

他节衣缩食，将大部分工资捐给了村里，为村里买耕牛、碾米机、拖拉机、抽水泵……

他带头捐出自己的积蓄14 900元，帮助村里集资建起了六座水电站，给乡亲们送来了光明，并创建了全国第一家水电股份公司……

他自己却带着家人一直吃着红薯饭、南瓜汤。甚至有乡亲戏言，已经解放几十年了，达老爷子还过着战争年代的苦日子——喻杰原名喻达仁，村民们都亲切地称呼他"达老爷子"。

粉碎"四人帮"后，组织上派专人专车接他回财政部当顾问，并且还给他分配了一套高级住房。他却婉言谢绝了。对此，乡亲们感到不可思议，家人们也不理解。他却笑着说："自古就有'文官告老还乡，武官解甲归田'一说，我这个老头子就不给国家添麻烦了。"

他全心全意为老百姓办实事，给乡亲们带来光明和幸福。当地老百姓都交口称赞他是大恩人，他却深情地说道："当年同我出去闹革命的人牺牲了二百多，就我一个活着回来了；平江全县先后有二十多万人在革命中牺牲。是老百姓用生命保护了我，我即使肝脑涂地，也难报他们的恩情，所以，我是回来还债的。"

他就是怀着一颗还债的心、感恩的心，全心全意地为父老乡亲做着实事。直到逝世前一天，他还将本该给他买营养品的五百元钱，捐给咏生乡修路。他在临终前的一刻，还牵挂着乡亲们，询问：五保户的老人是否发了新棉被？大雪有没有将竹子压坏？

1989年2月4日，农历腊月二十八，八十七岁的喻杰带着对故乡无限的爱与眷恋，永远地离开了他生于斯长于斯的故土。他给乡亲们留下了宝贵的物质和精神财富。可是，其家人在整理他的遗物时，才发现他仅有八百元钱积蓄，还是捐给丽江村小学添置课桌椅的……

那个静穆的冬日，巍巍达仁山，滔滔丽江河，以及所有的丽江村民，都在默默地凭吊着这位可敬可亲的老人——达老爷子喻杰。

当我们怀着深深的敬意走进丽江村，村民们的浓浓情意为这寒冷的冬天带来了几分暖意。从丽江村乡亲们的言谈里能够感受到，喻杰老前辈虽然离世三十多年了，但是依然活在大家的心中，喻杰的精神就如一座不朽的丰碑，永远矗立在人民群众的记忆里！

一

丽江，我回来了！

1970年1月20日，北风呼啸，纷飞的大雪将湖南省平江县，变成了银装素裹的世界。

这一天，平江县加义公社丽江大队的社员们，都激动得不得了。大队书记刘富佑组织了村里十几个年轻精干的后生，抬着用椅子、竹竿做成的土轿子，前往加义公社，去迎接一位熟悉的"客人"。说他熟悉，是因为经常在广播、报纸上听到看到他的消息，他的事迹广为流传；说他陌生，是因为这位"客人"，已经四十多年没有回过丽江村了。

其实，称呼这位"客人"为"客人"，也不准确，尽管他已经很多年没有回过丽江村，可他却是地地道道的丽江人。在丽江村里，只要一提起他的大名，社员们就感到非常地自豪，因为这位从丽江村走出去的大人物，并没有忘记自己的家乡，尽管人没回来，却经常地为家乡捐款捐物，经常地给村里写信。就在1968年，他还为丽江大队捐了三千多块钱，让大队修建水泵站。尽管买来的六台水泵最终被洪水冲走，可是乡亲们却记住了他的好，并经常与外村的乡亲们聊起他的好，以至于外村的乡亲们也都羡慕丽江大队出了这么一个大人物。

在中国960万平方公里的土地上，一个村里即使出了一位县里的官员，都是极其轰动的事情，何况还是出了一位国家级的部长哪，这确实是一件了不得的事情。所以，提起这个大人物来，丽江大队的乡亲们都感到非常地有面子，逢人便讲，见人就说。说得久了，有些外村的人就问道："既然你们丽江大队出了这么个厉害的大人物，那他为什么不回乡呢？"当别人问起这个问题时，丽江大队的乡亲们就觉得很尴尬。是啊，他们日思夜盼的就是这位大人物能够早些回到村里来，哪怕仅仅是回丽江来走一趟，也会令他们非常地有面子。乡亲们就这样天天地盼着他能够早些回来。

可他们在焦急的等待中，却听到了新的情况：村里的这个大人物好像在北京挨批了。这个情况会不会继续变坏？丽江大队的乡亲们说不好，因为在那个特殊的年月里，有很多的大人物今天还在台上讲话，明天就成了人民群众批斗的对象。丽江大队的乡亲们不知道这位大人物为什么不回乡，都在心里默默地祈祷着，希望他能够在北京平平安安的，可千万不要再遇到什么新的情况。

如今，这个大人物终于要回丽江了。当丽江大队书记刘富佑在广播里将这个好消息告诉丽江大队社员们时，所有的社员都激动了，因为他们终于盼来了这个大人物。部长还乡，这不仅是轰动丽江的事，也是轰动全公社乃至全平江县的事，丽江大队自然是不敢怠慢。社员们得知消息后，争着抢着要去加义公社迎接。可是，他们还没有动身，上边就传来了"不冷不热，不接不送"的规定。这一下，大队书记刘富佑有些犯难了。思来想去，刘富佑书记横下一条心，就是不管上边如何规定，都去接。因为美不美故乡水，亲不亲故乡人，挨批那是他在北京的事，跟丽江大队无关，就冲着他为家乡寄钱寄物，也要去接他。何况，社员们一直念着他的好，如果不去接，社员们还不得骂死自己？丽江人凡事就讲个义气，不能做出不仗义的事来。所以，刘富佑就想不那么兴师动众，精挑细选了十几名精干的年轻社员，便向着加义公社出发了。

他们要迎接的这个大人物到底是谁啊？他就是刚从财政部领导岗位上退下来的丽江人——喻杰。

凛冽的寒风，刮得人们脸上生疼，却刮不走人们的热情。大家的脚上穿着只有过年时才穿的解放鞋，身上穿着只有过年时才穿的衣服，行走在满是泥泞的乡间土路上。尽管天气很冷，可是大家的心是热的。因为，过了太久穷日子的乡亲们，多么渴望这位刚从北京回来的村里人，能够改变他们的命运，让他们的日子也过得好一些啊！

他可是部长级的大领导啊，就他在1968年给村里寄来三千多块钱的事迹，就足以写进村史。在那个特殊的年月，一头壮耕牛也不过两百多块钱，一斤猪肉也不过六七毛钱，而喻杰这位当上部长的老乡亲，一下子就给村里捐出这么多的钱，支持家乡修建水泵站，足以看出他对家乡的热爱。而无论是哪个丽江人遇到困难，只要把信写给在北京的喻杰，就能得到他所渴望的帮助。从这些平常的善举中，足以看出喻杰不是个薄情的人。所以，对于他这次回乡，丽江大队的社员们充满了期待，关于他的光辉履历，更是传得沸沸扬扬……

早在四十多年前，喻杰就离开了家乡丽江村。一腔热血的喻杰，先是参加北伐，后加入红军，曾经担任过湘鄂川黔省革命委员会代理财政部部长。抗日战争爆发后，他先后任八路军129师385旅供给部部长，八路军驻陕西办事处经理科长，西北贸易公司经理兼西北农民银行行长，陕甘宁边区政府工商厅厅长。新中国成立以后，他又历任中央人民政府粮食部副部长、商业部副部长、中央监察委员会驻财政部监察组组长……

这么光辉的履历，这么传奇的人生，竟然是丽江村的人！这次他回来，社员们高兴啊。在社员们的心里，这可是实实在在的"财神爷"啊！不，他不只是丽江村的"财神爷"，更是国家级别的"财神爷"，这位国家级的"财神爷"回到村里，改变一个小小的丽江村，那可是易如反掌的事情。

接"客人"的队伍顶风冒雪，在乡间泥泞的土路上行走着，大队书记刘富佑一个劲地催促着大家加快行进速度，千万赶在达老爷子之前到达。听到刘书记的催促，大家加快了行进的脚步……

此时，喻杰和小儿子喻力光、孙子喻元龙（大儿子的孩子）乘坐的车，已经到达加义公社。喻杰不久前因为胃病在北京住了院，身体很虚弱。此次回乡，是喻元龙提前去省城长沙接他们的。

喻杰拄着拐杖，望着阔别多年的乡土，眼泪夺眶而出：加义！丽江！我亲爱的故乡！四十多年了，我喻杰终于又回来了！

四十多年前，喻杰就是从这里一步步地走出连云山的。四十多年的时光，他已从一个热血青年变成了一个满头白发的老人……

"爸，您哭了？"小儿子喻力光看到爸爸眼中的泪花，轻声地问道。

喻杰擦了一把眼泪，笑了笑："没事，风大，眼里进沙子了。"

喻元龙叹了一口气，说："爷爷，我在省城长沙时，已经给咱们丽江大队打了电话，怎么接您的人还不来啊？他们不会不来了吧？"

喻杰用手拍了拍头上的雪花，说："元龙啊，爷爷现在已经不是部长了，一个'犯了错误'的小老头，人家不来也正常啊，别去想那么多，他们如果不来，我们就一步步地走回去。”

喻元龙又叹了口气，说："爷爷，您的身体不好，这十几里的山路不好走，天又下着雪，这万一有个好歹可怎么办哪？"

喻杰走到喻元龙的面前，伸出手来拍了拍孙子的肩膀，又看看小儿子喻力光，说道："孩子，我们当初闹革命的时候，可是从来没有想过还能活着回来，如今我活着回来了，这一点山路，难道我还走不了了吗？好了，什么也别说了，走吧。"

说罢，喻杰便不再管在身后叫他的喻力光和喻元龙，迈开双腿，顶风冒雪地向前走去。

可是刚走了没几步，胃就开始难受了——这是长征时候落下的病根。他不得不停住身子，用手拄着拐杖，喘了喘气。

"爷爷，您看——"

顺着孙子喻元龙手指的方向，喻杰抬头望去，只见十几名乡亲组成的队伍，已经来到了加义公社。领头的那个小跑着，老远就向着喻杰挥手，边挥手边激动地喊道："达老爷子，您可回来了！"

喻杰看了看，十几个精壮的后生，抬着竹竿做成的土轿子，有些不悦地问道："你们这是做什么？"

领头的那个回答："来接您啊！"又介绍自己："达老爷子，我是刘富佑！您的行李呢？"

喻杰笑着说："你就是富佑啊！"用手指了指喻元龙的身旁："在那里。"

刘富佑转头向喻元龙身旁望去，只看到一部缝纫机、两个背包和一个皮箱。他有些不相信地问道："达老爷子，您可是部长级的大领导啊，怎么还没有一个退伍兵的行李多哪？"

喻杰笑了笑，说道："富佑啊，我离乡四十多年了，种地这门功课我落下了，现在我必须补上这门课。所以，我回村里来，是来跟乡亲们一起种地的，又不是为了享福，我带那么多东西做什么？"

刘富佑看了看喻元龙，感觉达老爷子不像是在说笑，不由得在心里发出阵阵感叹：这哪里像一个部长回乡？有些当官的回乡，不但有专车专人接送，前来迎接的人少了都不高兴，达老爷子倒好，堂堂的一个部级领导，就这么点行李！

刘富佑有些感动，招呼身后的后生走到喻元龙身旁，扛起了喻杰的行李。刘富佑看到大家扛起了行李，这才对喻杰说道："达老爷子，您一路辛苦了，天这么冷，您快上轿吧，我们抬您回村。"

喻杰说："富佑，我有手有脚，又不是走不了路，不用你们抬。我告诉你们，让你们抬的，那是国民党大老爷，我们共产党不兴这一套。"

看到喻杰死活也不肯上他们准备的轿子，刘富佑看了一眼喻元龙，向他求助。喻元龙知道爷爷的倔脾气，便说道："富佑叔，我爷爷不肯上轿，您就别强求了，咱们这一路走走，说说话，其实也挺好的。"

喻杰点了点头，说道："富佑啊，元龙说的没错，我不是什么大老爷，也不想坐你们的轿子，咱们就一起走回去吧。"

说完，达老爷子拄着拐杖，一步一步坚定地向前走去。

达老爷子往前一走，大队书记刘富佑也不好再说什么了，带着众人紧跟着达老爷子的脚步，慢慢地向前走。

天寒地冻，北风呼啸，喻杰像是一名无畏的勇士，踏上了回家的乡路。此时，喻杰的心情非常复杂。四十多年前，他作为一名爱国青年，为国为民抛头颅洒热血，从没有想过生死。如今，四十多年过去了，当年一起离开丽江村闹革命的乡亲，活下来的寥寥无几，而他喻杰，还活在世上。快七十岁的人了，当年的枪林弹雨他没怕过，后来的命运起伏他也不曾害怕，长征时留下的病痛折磨，他不怕，在北京时被批斗，他也不怕。可现在，走在这陌生又熟悉的乡路，他却有了近乡情怯的感觉。他是带着"错误"回来的，还蒙受了不白之冤。他觉得自己不是一个光荣离开的"战士"，而是一个"逃兵"。

想了一会儿，喻杰又在心里安慰自己，毛主席是知道自己的，朱德委员长是相信自己的，自己离开北京的申请，也是周总理批复的：这就是最大的证明，他不是一个"反革命"，他是一个光荣的"老红军"。

再想一想，那就更不必怕了。本来，当初离开故乡时，他就没有想过会活着回来。相对于那些倒在枪林弹雨中的战友，他真的已经够幸运了，还有什么好怕的呢？

一阵寒风吹过来，喻杰不由得打了个寒战。他伸出手来紧了紧衣服，深深地吸了一口气。

四十多年了，故乡的变化好大呀。当初草木繁盛的山峦，已经变成了"和尚山"和"癞子山"，北风吹过来，连点遮挡都没有，生生地向着人身上刮来。喻杰就想，如果这山上满是树，那么，风也不会这么肆无忌惮地刮来了。可是，这就是现实。故乡的山山水水，喻杰哪里都熟悉，却没有想到，故乡的青山会变成秃山。

看着这满眼的秃山，喻杰的心里在流血。已经离开家四十多年了，新中国成立也已经二十一年了，如果说故乡还有没改变的东西，那就是贫穷：丽江村依旧贫穷，加义镇依旧贫穷，平江县乃至整个岳阳地区也依旧贫穷！

不，这不是我想要的，喻杰在心里一遍遍地告诉自己，我不回来则罢，既然我回来了，我就要像当初离开家闹革命那样，向着贫穷勇敢宣战！

我要让这山变得更绿，我要让这水变得更美，我要让乡亲们的日子过得更好！喻杰一边往前走，一边思考着改变故乡的办法，突然，一个趔趄跌倒在地上。大队书记刘富佑赶紧搀扶起他："达老爷子，我求您了，您快上轿吧，山路实在是太难走了。"

喻杰艰难地从地上爬了起来，拍了拍身上的泥水："没事，又不是没有走过山路。你们不用管我，我就是爬，也要爬到丽江村里去。"

"达老爷子，您看这天这么冷，路又不好走，您快坐轿子上吧，我们抬着您回村。"

"是啊，达老爷子，就算您不是首长了，您这么大岁数了，我们这些后生抬着您也是应该的啊！"

……

前来迎接的人，你一言我一语地劝着，喻杰坚持己见，就是不肯坐到竹轿上来。难道是他不累吗？当然不是。从加义公社到丽江大队，有十几里的山路，还要绕过几座大山，何况，他的身体还不好，又刚刚经历了旅途的疲惫，他当然很累了。可是，几十年不曾回到故乡的他，是一定要用自己的双脚，一步步地走回故乡去的，他觉得，这是对故乡和逝去战友们最大的尊重。

喻杰他已经很久没有走过这么远的山路了，他的脚起了血泡，每往前走一步，都感到双脚生疼。可是，他还在咬牙坚持着。他觉得，一个真正的革命者是无所畏惧的，当年面对着枪林弹雨，他的眉头皱都没皱一下，如今不就是顶着寒风走一走泥泞的山路吗？再难还能难过当初爬雪山过草地？

"达老爷子，求您了，您快上轿子吧！"

"达老爷子，您别往前走了。您要是再往前走，我们不是白来了吗？"

喻杰不再说话，他抬起头来，看了一眼四周的高山，一幕幕往事涌上心头。他仿佛看到了倒在弹雨中的喻庚，又仿佛看到了红十六师师长高咏生，那无数可爱的战友，似乎都在鼓励着他勇敢地往前走。对，往前走，无惧任何风雪地往前走，不但要走到家乡，而且要带领着乡亲们，走出一条真正的康庄大道！

连云山有情，丽江河有爱，喻杰拄着拐杖勇敢地向前走着。飘雪的山路有些湿滑，背着箱子的刘富佑书记一不小心摔了一跤。箱子掉在地上，盖子开了，露出了一本本的书，还有毛主席对喻杰的任命状……

喻元龙赶紧跑上前，搀扶起刘富佑。看到毛主席对喻杰的任命状掉在山路上，沾了泥水，刘富佑很是忐忑。这可是毛主席签过字的任命状啊！在那个特殊的年月，别说挨批评，就是挨批斗，也有可能。他诚惶诚恐地看着喻杰，喻杰转过身来，轻轻地拍去刘富佑身上的泥水，轻声地问道："没摔着你吧？"

刘富佑连声道歉，达老爷子却一个劲地安慰他。众人连忙将书和任命状捡起来，重新装进箱子里，又将箱子放到了简易的竹轿上。

家乡越来越近了，喻杰心潮起伏，他在心里一遍遍地告诉自己：四十多年了，母亲已经九十五岁高龄，以后，就让我这个不孝儿，守在母亲的身边，好好地在她的身旁尽孝吧。

就这样，喻杰愣是咬着牙，一步步地走到了故乡丽江村。当喻杰到家的那一刻，亲人们激动了，乡亲们高兴了。那热烈的欢迎场面，比过年都热闹——这是喻杰没有想到的。本来，他也不想兴师动众，简简单单地回家就好，可是，他刚一到家，前来探望他的乡亲便络绎不绝，认识的和不认识的乡亲，都来嘘寒问暖。那质朴的乡情，让喻杰非常感动，他在心里一遍遍地告诉自己：一定要用我的余生，让乡亲们都过上好日子……

二

卖祖宅腾地？反对！

劳累的一天终于结束了。当丽江村的夜幕拉开，村里人已经进入梦乡的时候，喻杰的家里依然亮着煤油灯：他们家正在召开一场隆重的家庭会议。让全家人没有想到的是，这位村里人眼中的"财神爷"，在回家后所商议的第一件事，竟然是卖掉祖宅。

喻杰的这一决定，直接让全家人高兴的心情降到冰点。

反对！

坚决反对！！！

喻杰卖祖宅的决定，在全家引起了轩然大波。本来他回到家乡，全家人都非常地高兴，却没有想到他提出卖祖宅的怪诞想法。上至九十五岁高龄的母亲，下到还未成年的两个小曾孙，全家人的意见非常地一致，那就是：坚决反对他卖掉祖宅！

昏黄的煤油灯下，喻杰反复向亲人们讲述着自己的理由：丽江大队太穷了，都已经解放这么多年了，依然还有吃不饱饭的乡亲，这怎么能行？当初出去闹革命，不就是为了让乡亲们的日子过得好一些吗？如今，我回来了，就是要用我这一把老骨头，来让乡亲们的日子过得好一些。

在满头白发的母亲面前，喻杰将自己的想法，反复地向母亲说着，希望能够得到母亲的理解；可是，得到的却是母亲的坚决反对。

听到母亲反对自己，喻杰的心里很过意不去。他知道自己不该惹老母亲生气，因为当初他离开家出去闹革命，就是背着母亲与老婆孩子的。在离开家的日子里，因为怕给家里人引来麻烦，他不敢跟家里联系。当年，他跟着彭德怀彭老总在平江县打游击时，曾经多次路过长寿镇。这个镇距离家乡实在是太近了，往来的很多都是熟人。为了避免让熟人认出，给家里人和乡亲们招来祸患，他在见到熟人的时候，就特意将帽檐拉低。

麻烦确实没有给家里引来，可是因为他音信全无，家里人都认为他已经死了。在那个兵荒马乱的年代，死个人实在是太正常了。当初，跟喻杰一起离开家乡投身革命的二百多个人，几乎都牺牲了，这也就难怪家里人以为他已经死了。解放以后，当喻杰还活着并且当上了大领导的消息传回丽江村的时候，家里人激动了，村里人自豪了。本以为可以靠着喻杰过上好日子，却没有想到，好日子没有过上，倒是受了不少的连累。对于这一切，家里人不怪他；可是，你回到家里来的第一天就想卖祖宅，这绝对不行。

知子莫若母，老母亲当然知道，既然喻杰已经作了决定，那是十头牛也拉不回来，可是，祖宅毕竟是家族世世代代居住的地方，都说是老宅难舍。即使知道很难说服儿子，她还是想试一下。于是，她长叹一声，淡淡地问了一句："你卖了祖宅，这一家老少十几口人，住到哪里去？"

喻杰很坦然地说道："回乡的时候，组织上已经给我在县里安排了住处，你们可以住到县里去，而我就留在村里，随便找个地方住就行。不让乡亲们的日子过好了，我是坚决不会离开丽江村的。"

说完，喻杰抬头看了一眼妻子杨橘香，心里感到非常不好意思。因为在他离开家乡参加革命后，尽管村里人都说他已经死了，可是，善良质朴的妻子却没有改嫁，而是在他走后，替他撑起了一个家。想起这些，喻杰的心里是有愧的。此时，也已满头白发的妻子淡淡地说了一句话："既然你已经作了决定，我们想改变也很难，毕竟你也是从领导岗位上退下来的，说出来的话自然是有你的道理。可是，卖祖宅这么大的事，你就不能听听大家的意见，再考虑几天吗？"

对，再考虑几天，这是全家人在明知阻拦不了喻杰后，唯一能做的事情。

那就再考虑几天吧。其实，在喻杰的心里，这个事根本不用考虑，别说是再过几天，就是再过几年，他也会这么决定。既然想卖掉祖宅，那就不能再动摇，因为动摇不是他喻杰的性格，认准了的事情，他就要做到底，他就是这么倔！

当天晚上，喻杰没有住到正屋里，而是一个人来到了柴房里。已经与结发妻子分开了这么多年，他这一回来就张罗着卖祖宅，没有脸住到正房里去。所以，任凭儿子喻砚斌再怎么劝怎么拉，他也不去正房里。喻砚斌看到实在是说服不了他，就扔下一句话："你想怎么样就怎么样吧。"然后，就转身离开了柴房。

喻杰一个人躺在铺满稻草的柴房地上，怎么也睡不着。他虽然打着卖祖宅的旗号，但也深深地知道，村里人都很穷，根本没有人会买不说，就是想买也买不起，所谓的卖不过就是安慰家里人，其实就是为了给村里腾出一块平整的土地种粮食。他想把母亲和妻子等人安排到县城住，然后，他再到曾经干过革命的高坪村去住，因为据他了解，高坪村比丽江村还要贫穷。他想，要帮助乡亲们过上好日子，就要从最穷的村子做起，这样才能带动周边村庄。可是现在看起来，搬到高坪村住的想法有些脱离实际，因为就他卖祖宅这件事，想落实都很难，搬到高坪村，就更不可能了。那一晚，喻杰前前后后思考了很久，直到快天亮了，才总算是睡了一会儿。

当喻杰决定卖掉老屋的事情在村里传开后，包括大队书记刘富佑在内的所有丽江人，都感到不理解，都觉得这是一个不可思议的决定。于是，大队书记刘富佑就来到了喻杰家，苦苦地劝达老爷子收回卖祖宅的决定。邻居李丙希也来到了喻家，告诉达老爷子，自古以来，都是朝廷大员离开京城后，回到家乡置宅子置地，把家建得漂漂亮亮的颐养天年，就没有听说过一个大官，在离开京城后，要回到家卖祖宅的，就连包拯、海瑞这些清官，都没有这么做过。当他将这一番话向达老爷子讲出来后，虽然赢得了喻家其他人的同声附和，达老爷子却只是淡淡地说了八个字："我们是共产党的官。"

共产党的官怎么了？共产党的官就不需要吃饭了？共产党的官难道就非得卖掉自己祖祖辈辈居住的宅子？……

在那段日子里，明知道说服不了喻杰的喻家人，动员了所有的亲戚朋友来劝达老爷子。毕竟无论在哪个年代，卖房子卖地，都是败家的行为，何况喻杰还是从部级领导岗位上退下来的，这要是传出去，还不得让别人笑掉大牙。可是，达老爷子已经坚定了卖祖宅的想法，坚决不肯听众人的劝说，他反复说的一句话就是："老宅子建在平地上，卖了以后，还可以补贴一下队里；等以后没有人住了，也可以种上粮食，让社员们吃饱肚皮。"

　　"喻杰有毛病！"这句话很快在丽江大队传开了，好好的部级领导，即使受了点委屈，那也没什么，毕竟很多大领导也在受着委屈，但是那些大领导即使再受委屈，也没有想过回家种地啊！他喻杰可倒好，反复向周总理打报告要回家，这不是自找苦吃吗？就算是自找苦吃，也不能卖掉祖宅啊！这难道不是脑子有问题吗？

　　带着村里人的不理解，还有全家人的坚决反对，喻杰在回家后没几天，就开始张罗着卖祖宅了。为此，儿子喻砚斌跟他大吵了一顿。

　　喻砚斌说："你啊，口口声声卖祖宅！你也不看看，咱们的房子年久失修，到了夏天下雨时，外面大下里面小下。我还不知道你吗？你是为了给村里腾地，才故意打着卖祖宅的旗号，其实这哪里是卖，根本是来拆祖宅的嘛！"

　　喻杰听儿子拆穿了自己，有些懊恼地吼道："我是你爷老子，这个家我说了算！"

　　喻砚斌也不服气地顶嘴道："你是我爷老子这不假，可是你自从生了我，就出去闹革命，你管过我一天吗？你的眼里只有老百姓，你想过我们吗？"

　　喻杰生气地回道："我是你爷老子，你就得听我的！我说搬出去，你就得搬出去！因为这个家我说了算！"

老母亲听了前来劝架，喻杰扑通一声跪在母亲的面前，说道："娘，儿子不孝，您就原谅我吧！您也看到了，乡亲们吃不饱饭，您就答应我将祖宅拆掉吧，这样也可以让乡亲们来种地，至少可以填饱肚子啊！"

老母亲的眼里含着泪，长叹一声，说："你让我说你什么好啊？我们不指望跟着你享福，可是你也不能一回家，就卖掉我们的祖宅啊！这可是我们老祖宗世代居住的地方啊！"

她伸出手来搀扶起喻杰："你啊，真是一个倔种，你要是不这么倔，你也就不会从北京跑回来种地了。"

喻砚斌听到奶奶都这么说了，知道已经无力再阻止父亲卖房子。此时的他感到很无助也很失落，他不想再跟父亲争吵，摇着头叹着气，委屈地转身离开。

喻杰也知道全家人依然不同意搬出去，可是已经作了决定，就不能再拖。第二天他就托人将老母亲和妻子等人送到了县里，他则带领着儿孙们，在丽江村的陡坡处，准备建一个茅草屋来住，这样就可以不占用耕地了。他的想法很好，可是，实现起来却是非常地困难，因为老母亲住不惯县城的房子。无奈之下，达老爷子只好将老母亲接了回来。

丽江大队书记刘富佑眼见说服不了达老爷子，就想可能是达老爷子不想再住在原先的祖宅里，想换一个地方，建一个气派一些的房子。于是他就在离大队办公室很近的地方，批了一块平整的土地，让达老爷子来盖房子。当他将自己的想法告诉达老爷子时，却遭到了达老爷子的批评。达老爷子严肃地说："我之所以要搬出祖宅，就是要腾出这块平整的土地来种粮食，而不是换一块更平整的地来建大房子，让丽江人来戳我的脊梁骨，说我是在摆阔气。你明白吗？"

邻居李丙希本来不认识达老爷子，也是因为来劝达老爷子不要卖祖宅，才正式认识了达老爷子。当刘富佑将挨批评的事情告诉他后，他找到达老爷子，陪着达老爷子在村里选盖房的地址。说实话，平江县属于山区，要想找一块平整的土地来盖房子，确实有些难度。很多的人家都将房屋建在山坡上，以腾出地来种粮食。在经过反复选址后，达老爷子决定不折腾了，直接买社员黄天生的破房子住。

当大队书记刘富佑得知达老爷子要住黄天生的破房时，赶紧过来阻止，因为黄天生曾经当过国民党兵，政治影响不好不说，还经常遭受批斗。达老爷子在北京挨了批斗，如果买了正在接受批斗的黄天生的破房子，可能会对他有影响。对此，达老爷子倒不在乎，他笑着对大队书记刘富佑说道："这个没有关系，他年轻时当过国民党兵，这个不假，可是这也不能证明他是个坏人，毕竟那个时候的统治者就是国民党，他只是混口饭吃而已。他现在生活不好，我买了他的破房子，至少还可以给他上上政治课，改造一下他嘛。"

刘富佑书记说道："达老爷子啊，你想帮助他上进，可以直接上门找他啊，何必要买他的破房子呢？这个破房子你是不知道，一下雨就漏啊！"

达老爷子依然笑呵呵地："因为他家的破房子建在'洞夹'里，这个位置不好，他如果不是因为加入过国民党，也不会住在那里。这个事你就不要管了，我已经决定了。"

说罢，达老爷子就拄着拐杖，来到了黄天生的破屋里，将三百元钱递到了黄天生的手里。黄天生也没有想到，他的破屋会值这么多钱。他接过钱来连声地喊达老爷子"青天大老爷",达老爷子却不让他这么喊,笑着说:"你不要叫我'青天大老爷',真正的'青天大老爷'是咱们的人民群众。"

就这样,达老爷子用超过市值几倍的价钱,买下了黄天生的破屋。考虑到黄天生卖掉房子无处可去,达老爷子就让黄天生住到了另外一间房里,把黄天生这名曾经的国民党老兵感动得直掉眼泪!

书记刘富佑与村民李丙希经过几次交道,也了解了达老爷子是个倔脾气,所以,在知道达老爷子买下黄天生的破屋后,也不方便再说什么。

其实达老爷子看上黄天生居住的地方,还有一个重要原因,就是他的房子就在全丽江大队最穷的横圳生产队旁边,住在这里与生产队长联系也方便些。当李丙希提出这里离公路较远,不利于他出行时,达老爷子说道:"与当年跟我一起闹革命的战友相比,我能活着回来,已经是烧高香了,我是回家来还债的,不是来享福的。"

还债?还的什么债?达老爷子难道还欠着别人的钱?当李丙希向达老爷子求证时,达老爷子只是长长地叹了一口气,两眼望着那光秃秃的"和尚山",陷入了沉思。

达老爷子尽管是"犯了错误的人",可是,在乡邻们的眼中,依然是村里出去的最大的官,依然是村里最受敬重的人,所以,达老爷子翻盖房子,村里自然是要全力支持。大队书记刘富佑亲自上阵;李丙希主动要求不要工钱参与翻盖房子;村里的年轻后生们,更是踊跃报名,想帮达老爷子免费盖房子。刘富佑书记甚至直接告诉达老爷子,一切的事情都不用他管,只等着房子翻盖好,来验收就可以了。

达老爷子毕竟有自己的原则,他是绝对不肯让大家替自己操劳的，于是，快七十的他带领着儿孙们，参与到了新房的建设中。别看达老爷子对家里人抠门，看起来有些无情，但是对前来盖房的人，却是绝对舍得。他将工资拿出来，嘱咐孙媳吴菊英买最好的烟，做最可口的饭菜，一定要将所有参与施工的乡亲们招待好。

到了晚上，达老爷子也不闲着，他拄着拐杖来到丽江大队，在昏黄的煤油灯下，与刘富佑书记和社员们一起商议过上好日子的办法。

"还能有什么办法？将就着过吧……"

这是丽江大队大多数社员的想法。社员们的积极性没有了，所有的人仿佛都是机器，没有思考也没有期待，那种认命、得过且过的心态，让达老爷子有些搞不明白。

在喻杰的心里，人是不能认命的，认命了也就完了。就像当初参加革命的时候，面对着疯狂的"白狗子"，他没有认命；面对着穷凶极恶的日本鬼子，他更没有认命。如今，面对着贫穷，他也决不会认命。一直到现在，他都相信，只要发扬南泥湾"自力更生、艰苦奋斗"的精神，改变家乡的面貌，那是绝对会实现的。

当喻杰将南泥湾精神，向包括刘富佑在内的所有社员反复宣讲时，刘富佑书记有些疑惑地问道："达老爷子，您可是部长级的领导啊，我知道，您可能暂时受了点委屈，可是，毛主席和周总理也都认识您，您难道真的打算一辈子留在山窝里吗？您把家都建在了山夹里，难道您就不想再回北京了吗？"

"不回了，还回去干什么呢？自古以来，咱们中国的规矩便是'文官告老还乡，武官解甲归田'，难道共产党的干部要搞特殊吗？"

"达老爷子，您是参加过长征的老红军战士，对革命有功啊，即使您愿意留在村里，可是，如果中央下命令让您回北京，您难道不回吗？毕竟您是一名老党员啊，必须听党的话，这是党的要求啊！"

对此，达老爷子哈哈大笑道："我说话是算数的，即使中央再让我回去，我也不会回去了，因为我已经退休了。留在村里，说不定还能发挥一下余热。"

"哎哟，达老爷子啊，回北京多好啊！您看很多老红军，在革命胜利以后，都是功臣，待遇好，官职高。您也是为革命立过功的人，您难道就不想安享晚年吗？还留在村里折腾个什么啊？"

"别人是别人，我是我！他们走的是留在大城市享福的路，我选择的是一条回乡的路。当年，我就是从这条路出去闹革命的。如今，我回来是要带着乡亲们过好日子的。如果不能让大家都过上好日子，我怎么对得起倒在革命路上的战友？相比于他们，我已经很幸运了。"

喻杰的慷慨陈词，感动了丽江大队的每一名社员，可是，要说谁都会说，难的是做，更难的是，有头绪地一点点将事情做好。既然已经下了让乡亲们过上好日子的决心，那下一步，应该从哪里做起呢？

喻杰当然没有自作主张，他动员大家说出心中的想法。让他没有想到的是，大家的看法出奇地一致，就是多干活多挣工分，只有多挣工分，才能多分粮食，才能填饱肚子。

社员们的回答是对的，在那个特殊的年月里，既不允许家庭开手工作坊，也不允许自己种地，所有的人都要服从大队的统一安排出工。可是尽管大队的安排大家都服从，出工不出力的现象，还是极其严重。地种了，根本打不了多少粮食，每每到了分粮食的时候，基本上都分不了多少。每年开春时，家家户户都是青黄不接。

怎么办？一个大大的问号刻在喻杰脑子里。到了晚上，李丙希与刘富佑来找达老爷子聊天，聊的也是怎么分工，仿佛每名社员都是机器上的螺丝，没有自己的想法，大家都服从于大队的统一调配。对于这种作业模式，别说是大队书记解决不了，就是喻杰这个曾经的副部长也解决不了，因为全国都这样。

说起来，现在的年轻人已经不敢相信了，那个时候，家里攒了一桶尿，倒进自家的菜地里，都是姓"资"，是在"割社会主义的尾巴"，而倒在公家的地里，那才是光荣的事，因为这才是社会主义的好社员。

喻杰的新居在乡亲们的帮助下终于建好了。一座崭新的土房子，就是这位前副部长的新家。一眼望去，这座新居除了新一点，与其他社员的房子没有任何区别。本来，按照刘富佑书记的意思，是要添一些新家具的，但是达老爷子的态度是一切从简。屋里的床、桌子还有生活用具，都是从老宅里拿过来的，没有一件是新购置的，社员们送来的乔迁贺礼，也被喻杰给退了回去。

在刚建好的土房里，李丙希向达老爷子提出了一个问题，就是他当年离开家参加革命，四十多年没回乡，他的原配杨橘香一直在替他守着这个家，如今他回来了，是不是应该跟她一起住？

本来，这个问题是不应该由李丙希这个后生提的，但是达老爷子回乡后两人经常聊天，已经渐渐成为忘年交，所以，替好朋友着想，李丙希还是问了达老爷子。

达老爷子何尝不想与杨橘香生活在一起，只是，这么多年他离家在外，将一大家子托付给一个女人，他的心里有愧啊！知道了达老爷子的心结，李丙希宽慰他："这不怪你，这是历史造成的。"

既然是历史造成的，那就让现在去弥补历史的缺憾吧！——这是李丙希告诉达老爷子的，也是李丙希的这句话，坚定了达老爷子与原配杨橘香生活在一起的信念。

三

捐款买耕牛

从北京回到了家乡丽江后，喻杰一刻也没有闲着。他白天与社员们一样出工挣工分，到了晚上，就来到丽江大队或横圳生产队，与大家商量改变家乡面貌的办法。

每每队里放了工，他就自己到山上去溜达。每当他抬头看到光秃秃的山坡时，心里就很难过。他是多么怀念儿时郁郁葱葱的连云山啊！社员们都以为他是在散步，可是他们哪里知道，喻杰是在酝酿一个改变家乡的大计划——将这一片片的"和尚山""癞子山"都种上树。

尽管喻杰没上过几年学，可他是一个很注重学习的人。他身上总是带着一个笔记本，遇到不明白的问题就写到本子上，非得找人问明白了才肯罢休。在北京时，家里和单位上都订了报纸，只要不忙的时候，他就认真地看书读报。正是通过长年累月的学习，他积累了丰富的知识，也深刻地认识到过度砍伐树木，对环境的破坏是多么严重。首先就是水土流失，到了夏天山洪暴发的时候，缺少植被的山容易发生泥石流和山体滑坡；另外冬天刮风也很厉害，如果有树挡着，风也就不会那么肆虐了……

喻杰知道，中国最初的植树节是设在清明节。清明时节正逢春暖花开，在这个时候种树既有利于树木的生长，又有寄托哀思的意义。在孙中山逝世三周年的时候，当时的国民政府正式将3月12日设为植树节。新中国成立之初，并没有设植树节这一节日，整个社会的主流是垦荒种地，人们对山林的保护并不重视，再加上大炼钢铁等运动，直接造成了很多的秃山。

喻杰曾经到过大西北，看到那里的山都是光秃秃的，心里就感到很无奈，因为缺少植被的保护，那里到处风沙肆虐。他也曾经常年生活在北京，自然是见过沙尘暴的厉害。如今回到了家乡，他就想马上就是春天了，社员们除了上工以外，也没有什么事情，不如就从种树开始改变家乡吧。

种树可以绿化山林不说，等到树长成了，还可以产生经济价值，这是一件一举多得的事情。除了这些以外，其实，喻杰还有一个重要的想法，那就是要用这满山的树，纪念他牺牲的战友。中国古人有清明植树寄托哀思的习俗，在喻杰的革命领路人喻庚牺牲后，喻杰曾经在加义烈士陵园他的坟旁，亲手种下了一棵桂花树。如今，他要把这一片片的荒山都种上树，以纪念那些为革命牺牲的战友。不单他要植树，他还希望植树能成为全丽江社员们的共识。

当喻杰向大队党支部及社员代表正式提出种树的建议时，他根本没想到，他的这个好建议，竟然会引来众人的一致反对。因为在那个特殊的年月，地里打不了多少粮食，吃不饱的社员们只能不断地垦荒，为了多种一些地，甚至会做出砍伐山林的事来，哪里还会种树。

达老爷子知道只靠自己种树是不行的，他就是浑身都长满了手，也不可能将全部的荒山都种上树，要想将绿化山林的想法真正地落实下去，必须取得大队党支部和社员们的认可。于是，他看了一眼党代表和社员代表，清了清嗓子说道："同志们，你们说的垦荒种地，在眼下看来是正确的，但是我觉得，种树却有更多的好处：一是可以保护水土；二是可以美化环境；三是等到树长大了，还可以卖钱啊。当然，我们党的传统是发扬民主，我这只是一个初步建议，你们再考虑考虑，说不定就能想出更多种树的好处。"

自从喻杰回到丽江大队以后，大队书记刘富佑一直很尊敬他，对于喻杰提出的建议，他一般都支持，可是在这件事上，他还是有所保留。他看了看喻杰，问道："达老爷子，您是退下来的老部长，您的想法自然是有道理，可是您也看到了，社员们吃都吃不饱。您提出的种树的建议，我看能不能放一放？等过几年粮食产量上来了再说？"

其实，这就等于拒绝了喻杰的建议。面对着众人的不理解，达老爷子并不想放弃，他反复地跟社员们讲述封山育林的好处，可是，赞同的人却是寥寥无几。

妻子杨橘香对于喻杰封山育林的提议也是反对的，她觉得喻杰都已经是快七十岁的人了，即使不留在北京享福，也不应该再折腾了，因为在她的眼里，安享晚年远强过瞎折腾。

不但妻子反对，母亲与大儿子也是坚决反对。家里人觉得他都一把老骨头了，还折腾个什么呀？当年，他没有把这条命丢在长征路上，也没有丢在烽火连天的抗日前线，总算是熬到了退休回家。这可倒好，刚回到家，屁股还没有坐热，就把祖宅给拆了。祖宅拆了就拆了吧，毕竟是家里的事情，怎么着都好说，现在可倒好，又要提建议让全丽江人折腾种树了。这可是一个村的大事啊，这怎么能行？

　　当反对的意见一次次地传到达老爷子耳朵里时，喻杰却是满不在乎，他觉得真理往往掌握在少数人手里。对于自己植树的想法，他是绝对要据理力争。从地理纬度上来讲，丽江村属于长江以南，是中国雨水最充裕的地方之一，应该到处都是绿水青山。可是，经过新中国成立后的大炼钢铁运动，还有村民们的垦荒种地，山上的树木早就被砍得差不多了。湖南的山上如果没有树，这与大西北的山有什么区别？

　　山林、山林，有山就应该有林，因为山与林本来就是一体，只有封山育林，丽江大队才能够过上祖先们所渴望的富足生活。

　　直到现在回想起来，时任丽江大队书记的刘富佑，都为达老爷子的超前意识所震动。那可是1970年啊，当时的社会主流是垦荒种地，只要能填饱肚子，怎么着都行，后来在1979年，经邓小平同志提议，新中国才正式将3月12日定为植树节。而在达老爷子去世十几年后，封山育林与退耕还林成了社会主流；又过了十几年，"绿水青山就是金山银山"的理念，更是上升到了国家战略层面。

　　"十年树木，百年树人。"直到现在，丽江村人都在庆幸，正是达老爷子科学的超前意识，才使丽江的后人们，生活在青山绿水的"世外桃源"中。

当达老爷子再次将植树的建议提出来时，有一位社员直接回道："我说达老爷子，您提的植树造林好是好，可是我觉得，在种树之前还是要先面对现实。您要是能够解决丽江大队耕牛不足的问题，我就支持您植树造林。我想不只我支持您，全丽江的社员们也都会支持您的建议。"

达老爷子笑着点了点头，说道："好，你提的问题跟我想的很一致，你放心，耕牛缺少的问题我来想办法，保证让大家在春耕时用上耕牛。"

听到达老爷子说得这么肯定，不像是敷衍，现场所有人都给喻杰鼓起了掌。

经过无数次的劝说与动员，全丽江大队终于同意了"封山育林"。

为了解决丽江大队缺少耕牛的问题，喻杰这位老共产党员，一次性地捐出了四千元钱给丽江大队。当刘富佑书记从达老爷子手中接过这厚厚的一沓人民币时，激动得说不出话来。很多年了，丽江人因为贫穷，很少使用耕牛，村里的男人们一直是将牛套直接套在肩上，像牛一样拉犁耕地。

当丽江大队的社员们将十几头壮实的母牛从加义公社的集市上牵回来时，全丽江的社员们欢呼雀跃，大家都为达老爷子无私奉献的精神感动了。如果说大队书记刘富佑拍板"封山育林"，只是行政命令的话，那现在，"封山育林"已经成为了丽江人的集体共识，因为母牛可以生小牛，这样，用不了几年，村里就可以有更多的耕牛来耕地了。

有了耕牛，就有了希望；有了希望，就有了行动的力量！

尽管村里人的意见统一了，可是，封山育林的树苗从哪里来？又需要重点栽种哪些树苗？这些都是亟须解决的问题。为了拿出一个更好的方案，达老爷子白天就带着人到山上调研，到了晚上，他匆匆地吃过晚饭，就拄着拐杖来到丽江大队部，与大队党支部的人一起商议。经过大家的集体讨论，形成了统一意见，那就是以杉木和竹子为主，同时兼具经济树木。提到经济树木，达老爷子就跟开会的人反复地讲，一定要有经济意识，在山上将这些经济树木种上，丽江大队以后的日子才会有希望。

"哎呀，达老爷子啊，您种这些东西有什么用呢？国家根本不允许个人做买卖，难道等以后，还要像旧社会一样，到集市上做买卖吗？"

"达老爷子，我们支持您'封山育林'的决定，可是，这些想法还是不要提了，您也是受了牵累才回到家的，要是您再提这些商业的东西，您不怕传出去，有人找您的麻烦吗？"

"怕找麻烦？如果怕找麻烦，就不出去闹革命了，既然在炮火连天的战争时期，这一百多斤都没有倒下去，现在，就更不用怕了！当初出去闹革命时，为的是让乡亲们过上好日子，如今栽种经济树木，也是为了让乡亲们过上好日子。从当下来看，国家确实不允许商业买卖，可从未来看，我们一定会为今天的决定而庆幸。"

由于给丽江大队当免费"顾问"，再加上连日来不断地出工，还要到山上去做调研，达老爷子的胃病加重了。大队书记刘富佑及时向县里及公社党委做了汇报。县里的领导带着医生，来到了丽江大队，劝达老爷子到县里的大医院去治病，可是达老爷子根本不听县领导的劝。他说："人过七十古来稀，路上不见八十的。我已经快七十岁了，在革命时期，那么多的子弹都没有打死我，我已经值了，随他去吧。我是信仰马克思的，哪天马克思想见我了，我走就是了，一把老骨头，没有那么多的事，也不能给别人添麻烦。"不但如此，他还不让县领导提看病的事，而是将"封山育林"的规划及想法，跟县领导作了汇报。县里的领导被他一心为公的精神彻底地感动了，当即拍板决定，支持达老爷子"封山育林"的建议，并且，就在达老爷子的家里现场办公，当场写条子，派出专人送到芦头林场，让林场帮助筹集树苗及种子。达老爷子立即发动群众上山采集杉树和竹子的种子。

达老爷子坚决不去县里的大医院治病，县领导也没有办法，只能离开丽江村返回丽江县城。等到县领导走后，孙媳妇吴菊英就抱怨达老爷子不应该放着大医院不去，一点也不给领导面子，一点也不注意自己的身体。达老爷子却是满不在乎，吩咐孙媳妇吴菊英去给他找赤脚医生抓点草药。匆匆地将煎好的草药汤喝下，喻杰又拿起拐杖上山了。

山路崎岖，达老爷子拄着拐杖，沿着山间狭窄的小路，继续做调研。他一手拄着拐杖，一手拿着笔和本子，随时有了新的想法，便认真地记下来。他的脑海里放着一张图纸：这一块山头种杉树，那一块山头种竹子；这一块山包种油茶，那一块山包种桐树。四季轮转，斗转星移，无论是哪个季节，他的故乡，永远都郁郁葱葱。

丽江大队书记刘富佑怕达老爷子有个闪失，便一路跟着达老爷子。可是，达老爷子不愿意让别人跟着，当刘富佑劝他注意身体时，他笑着说道："没事，马克思还没请我去报到哪。"

当他忙碌了一天，从山上回到家里的时候，曾孙喻群益吵着让他给讲长征的故事。达老爷子似乎不愿意多说长征路上的事，他经常给两个小曾孙讲勤俭节约的故事。女儿喻向勤在济南，名字里面有个勤字；大曾孙喻群益的名字，指的是为人民群众谋利益；而小曾孙喻从勤，名字里面也有一个勤字。从达老爷子给女儿和曾孙取的名字便可以看出，达老爷子是一个勤劳的人。

清明前后，种瓜种豆。达老爷子在房前屋后种满了各种蔬菜。其实，他本可以不种，因为，尽管他从北京回来了，却仍是一个吃"国家粮"的人。在那个普通工人工资只有二三十块，农民一个月挣不了多少工分的年代，他的月工资就已经有两百多块了，别说是在丽江大队，就是在北京，那也算是高工资了。

虽说达老爷子挣这么多钱，他却又是一个"吝啬"的人。刚回丽江村的这个春节，达老爷子带着两个小曾孙出门玩。路过大队供销社的时候，两个小曾孙嚷着要吃糖。其实，这点要求根本不过分，何况还是过春节，可达老爷子听到后，赶紧带着两个小曾孙回到了家里。在小孩子的眼里，你对他好，无非就是给一块糖果或者是一块小糕点那么简单，而喻杰却连这微不足道的要求，都不想满足，以至于多年以后，已经长大成人的两个小曾孙，还有些抱怨达老爷子。

是达老爷子抠门吗？也不能这么说。他动不动就捐几千上万给丽江大队，从这一点上来看，他又是一个很无私的人。

很多年以后，丽江大队书记刘富佑在接受采访的时候告诉记者，在1968年，为了支持村里建水泵站，当时还在北京的达老爷子，一次性地就捐出了三千多块钱，可是，这个水泵站的水泵因为发大水给冲走了，等于达老爷子的钱白捐了。所以，当达老爷子回到丽江大队时，刘富佑书记满怀歉意，他本来以为自己肯定要挨批评了，却没有想到，达老爷子满不在乎地说道："没事，就当花钱买个教训吧。"

　　达老爷子很注意从小事上教育孩子。他的小儿子喻力光，户口本来已经落到北京了，因为返回丽江村，达老爷子就将喻力光的户口从北京迁回到老家。刚回村的时候，喻力光便按照父亲的要求，跟着伙伴们上山打柴。他本来以为，打柴不是什么难事，来到山上后，才知道这里面也有很多门道。别的小伙伴用不了多久便能打一大捆柴，而他因为没有农村的生活经验，费了半天劲才打了一小捆柴，而且绳子也不会系。看着别的伙伴们高高兴兴地打完柴回家了，喻力光越发地着急，就用上了蛮力，结果不小心把手给砍到了。当喻力光只扛着一小捆柴，还"挂彩"回到家时，父亲喻杰安慰他说："柴打得少没有关系，这次受伤也就是一个教训，有了这个伤疤，等下次你就知道怎样砍柴了。"

　　喻杰告诉儿子喻力光，你可以笨一些，也可以学得慢一些，但不可以懒。为了让喻力光早些学会砍柴，喻杰跟着喻力光一起上山，不但手把手地教喻力光砍柴，还告诉他哪些树能砍，哪些树不能砍。喻杰站在山间的小路上，指着一棵树对喻力光说："茶树不能砍，因为茶树是用来做茶油的；桐树也不能砍，桐树可以做桐油：都是经济作物，都有用，不能砍了当柴烧。"

刚刚十三岁的喻力光，当然不明白父亲的意思，他问道："爸，这也不能砍，那也不能砍，那到底要砍什么用来烧火做饭呢？"

喻杰笑了笑，指着远处一些干枯的树枝说："你看到没有，要砍就砍那种已经枯死的树枝，这才是可以当柴烧的。"

有了喻杰的言传身教，喻力光学得很快，只用了不到一个礼拜，他就能像其他小伙伴一样打柴了。那时，喻力光在加义公社中学上学。每天放了学回家，他做的第一件事，便是到山上去打柴；然后，再有空的时候，他就帮着父亲打理房前屋后种的地。

别看喻杰给丽江大队捐出了十几头耕牛，可他们家却没有耕牛。当社员们从加义公社将耕牛牵回来时，孙媳妇吴菊英曾经劝喻杰牵一头牛回家，却被喻杰给拒绝了。他告诉孙媳妇说："那是给丽江大队买的，我们不能损公肥私，不能牵回家里来。"

吴菊英撇了撇嘴，说道："这些耕牛都是用你的钱买的，凭什么不能牵一头回家？我们又没有多牵。"

喻杰听吴菊英这么说，倔强地说道："我说不行就不行，没有那么多理由。"

没有耕牛，就需要用人来拉犁，喻杰就将十三岁的喻力光叫来，将牛套套到了他肩上。直到现在，喻力光都忘不了当时的惨状，当牛套套在他肩膀上后，他费了好大的劲才拉动了铁犁，肩膀上则留下了一道道鲜红的血印。

看到喻力光拉着铁犁犁地，大队干部和社员们不高兴了。他们将队里的耕牛牵到了喻杰家里，想帮助达老爷子种地，却被达老爷子拒绝了。他告诉大队干部，家里的地不多，自己能种过来，坚决不能占丽江大队的便宜，因为这些耕牛是全体社员的财产，不能公家的牛私人用。

刘富佑是知道达老爷子的倔脾气的，他也不再跟达老爷子请示，带着几名干部挑灯夜战，就将他家的地种好了。达老爷子多方打听，才知道是刘富佑带人帮忙做的。他赶紧找到刘富佑，义正词严地告诉他，家里的地不用他管，并且不顾刘富佑的反复拒绝，如数付了工钱。

喻杰坚决不用村里的耕牛耕地，这让乡亲们觉得他是个怪人。乡亲们又想，达老爷子曾经做过那么大的官，从北京退下来，应该会吃得不错吧？虽说丽江村的条件不如北京，可是他也应该顿顿有鱼有肉，因为他能一下子捐出四千块钱来给丽江大队买耕牛，足以证明他是一个有钱人。这可是一笔吓人的巨款啊，如果全家人用来买肉吃，就是十年也花不了四千块钱啊。

大家看到喻杰的邻居李丙希经常去喻家，就来向他打听。与达老爷子已经成了忘年交的李丙希，就笑着告诉大家："这个达老爷子啊，顿顿吃的是红薯饭、南瓜汤，都解放这么多年了，他还生活在井冈山时期。"

其实，李丙希也曾经劝过达老爷子要保重身体，达老爷子却笑着告诉他："红薯饭这个东西好，淀粉多得很，吃了对身体有好处。"

达老爷子从来不讲究吃，只是顿顿离不开辣椒。他是一个地道的湖南人，常说的一句话就是："毛主席曾经说过'不吃辣椒不革命'，我是毛主席的战士，虽然是退下来了，但要永远保持革命传统。"他是这样说的，也是这样做的：离开北京回到故乡，他用勇往直前的革命精神，带领着乡亲们把眼前的"和尚山"变绿；为丽江建立村级集体林场，造林两千八百多亩，直到今天这林场依然是村里的集体收益来源。

四

绿化"和尚山"

1970年清明节刚过，喻杰就带着全丽江大队的青壮社员们上山了。

就在他上山的前一天晚上，家里又吵成了一锅粥，全家人都不同意他上山种树。九十五岁的老母亲心疼儿子，她语重心长地对喻杰说道："你说说你，老是瞎折腾！你刚一回家，就说要拆老房子腾地，我们由着你；现在，你还要跟年轻人一样上山种树。这种重活是你能干的吗？你都快七十岁了啊，你就听娘一句劝，别去了吧！"

喻杰叹了口气道："娘，封山育林的主意是我提出来的，本来大伙也不同意，好不容易把大伙说服了，这要是我不上山去种树，说服不了群众啊！"

老母亲继续劝道："娘不反对你跟大队提建议，你毕竟干了一辈子革命，这一下子闲下来，肯定是闲不住。你没事的时候给大队当个顾问，提一些合理的建议，这些娘都能理解，但是，你要像年轻人一样上山种树，我是坚决不同意。"

喻杰还没有回话，儿子喻砚斌就插嘴道："爷老子，您都已经快七十的人了，身体又不好，这万一出了点问题，您让我们怎么办？"

孙子喻元龙也劝道："爷爷，原来我和二叔都是北京户口，您一句话，就让我们回村里来种地了，我们没有意见。可是，您都这么大岁数了，您革命劳累了一辈子，也该享几天清福了，您说您去种树，您图个啥啊？"

喻杰不能跟老母亲顶嘴，但是对儿孙，他可就不客气了。他倔强地回道："你们不要再劝了，我当年离开家的时候，连云山到处都是绿的。后来，国民党放火烧山，把抱围大的树都烧了，解放后，大炼钢铁又毁了不少林子，我们不去种树，谁去种树？难道就让这山永远荒下去？"

令喻杰没有想到的是，十三岁的喻力光倒是挺赞成爸爸的决定，他说："奶奶，大哥，我觉得爸爸说的也有几分道理，这要是种满了树，我觉得绿油油的，一定挺好看的。"

喻力光刚一张嘴，就遭到了大哥喻砚斌的反对："你也不是不知道，爷老子的身体又不好，长征时落下了胃病不说，还有冠心病，血压也不好，就在回丽江前，还遭受过批斗。这好不容易回到家了，按照我的意思，就不应该再折腾了。"

老母亲长叹一声："你啊，卖祖宅我们尽管不同意，可是没有办法，如今你给大队出'封山育林'的主意，我们也不反对，可是，你要亲自上山去种树，你不要命了吗？你就听我们这些亲人一回劝，别去了吧！"

妻子杨橘香也劝道："你还是听娘的吧，你身体也不好，这要是上山去种树，万一累出个好歹来，你让我们怎么办？"

喻杰也知道家里人之所以反对自己，全是因为对自己的担心，可是，面对着这光秃秃的大山，他知道，自己必须亲自带头，才能带动起社员们的种树积极性。想到这里，喻杰握住老母亲的手，说："娘，这个事您别管了，我自己的身体我知道，上山种个树就相当于锻炼身体了，而这绿油油的山林，又可以让空气变好，这么好的事，我当然要亲力亲为了。"

任凭家里人怎么劝说，喻杰就是不听，第二天他就扛着锄头和铁锹，和村里年轻的后生们上山了。尽管反对达老爷子上山种树，可是，喻砚斌、喻力光兄弟两人，还有孙子喻元龙，也都扛着锄头上了山。

尽管已经是快七十岁的人了，可是喻杰并不服老，他扛着锄头的样子很威武，一看就是曾经扛过枪的人。达老爷子刚来到山上，便抡起锄头开始刨树坑。他虽然已经多年没有干过农活，可是抡起锄头来却是有模有样，一看就是曾经种过地的老把式。他还跟年轻人较劲，与年轻人比谁挖树坑挖得快。年轻人都不愿意跟他比，都劝他注意身体，毕竟村里七十左右的老年人，也都不出工了，只有这个不服老的达老爷子，依然像个小伙子一样，扛着锄头、铁锹出工。

累了的时候，达老爷子便招呼身边的年轻人，坐在刚刨好的树坑边抽上几袋旱烟。他一边抽着旱烟一边感叹，干革命真的是九死一生，从平江县出去的上万人，都倒在了革命路上，而从丽江村里出去的人，也只有他一个人回来了。说着说着，他的眼泪便不由得掉了下来。

看到达老爷子哭了，一旁的年轻人就想转移话题："达老爷子，您给我们讲讲长征的故事吧。"

"是啊，达老爷子，爬雪山过草地的时候苦吗？"

喻杰擦了一把眼泪，又抽了一口旱烟，给大家讲了长征时期发生的一件事。1936年10月，在红军三大主力会师后，他所在的部队被编为西路军。一路上到处都是围追堵截的马步芳骑兵。由于条件艰苦，喻杰骑的战马瘦骨嶙峋，而马步芳的匪兵则是兵强马壮，所以，他的马根本跑不过马家匪军的马。就在敌人的鬼头刀砍过来的时候，喻杰心说这一下可完了，求生的本能让他猛的一下立起站在马背上，又纵身一跃，跳到了旁边的岩石上。就在他的手抠住石壁的时候，敌人的鬼头刀也砍到了岩石上。当敌人的鬼头刀又抡过来的时候，上头眼疾手快的战友一把将他拉了上去。鬼头刀擦着他的脚砍了过去，惊出了达老爷子一身的冷汗……

说到这里，喻杰叹了一口气，对着树坑旁的年轻人说道："那次可真是好险啊，直到现在我回想起来，都感到后怕。当时，如果不是运气好，不死也是一个残废。"

当喻杰将这个故事讲完，大家都沉默了。他们知道，干革命肯定会遭很多的罪，受很多的苦，走很多次的鬼门关，因为闹革命肯定会有牺牲，要是革命是请客吃饭，那也不会平江县出去那么多人，回来的寥寥无几了；但是听身边人说自己的亲身经历，感触还是不同。

喻杰看众人还沉浸在刚才的故事里，便从兜里掏出烟卷来，给树坑边的社员们发了一圈烟，把他们拉回现实。这是他的新习惯，给别人发烟卷，他自己则抽旱烟。他从地上站起来，抽了一口烟问道：

"你们知道我为什么要种树吗？"

"知道啊，您'封山育林'，不是为了保护好环境吗？"

"对，达老爷子，您肯定是想让这光秃秃的山，像您小时候的一样绿。"

喻杰点了点头，说道："大家说的都对，可是也不完全对，我告诉你们，你们听我讲完下一个故事，就知道我为什么要种树了。"

大家开始为达老爷子鼓掌了。在社员们热烈的掌声里，达老爷子又将长征时期的一件往事，跟大家讲了起来。

一年冬天，他穿着靴子过河的时候，靴子进了水。当时天气非常寒冷，脚与鞋冻在了一起，钻心地疼。如果不找个地方好好休整一下，很有可能脚会冻伤。可是，那是在行军途中啊，哪里有条件啊？就这样，他忍受着噬心的脚疼，一瘸一拐地往前走。终于，他再也撑不下去，一下子跌倒在地上。此时，一名年轻的红军战士看到了他，也看到了他冻伤的脚。他轻轻脱下喻杰脚上的靴子，将喻杰冰凉的双脚，放进了自己的怀里。此时的喻杰已经精疲力竭，挣扎着想推战友，不肯让战友用胸膛的温度替他暖脚，可是，战友却死死地抱住他的脚，不让他动。等到他有力气将战友推开时，才发现战友已经牺牲了……

"我对不起他啊！同志们，直到今天，我也不知道这名救了我的战友叫什么名字，甚至，他连个坟头也没有。没错，我是从艰苦的战争岁月里侥幸地活了下来，可是，就算我再怎么做，也还不清欠的他们的债啊！"

达老爷子深深地抽了一口烟，两行泪珠已经从脸庞上落了下来。所有的社员们都沉默了，为喻杰所讲的长征往事而感动着。

喻杰看到社员们没吱声，有的人甚至还在擦眼泪，接着说道："同志们，咱们中国有植树寄托哀思的传统，就让我们将这些树种到山上，让倒在革命路上的战友灵魂，有一个寄托吧。"

听喻杰动情地说出自己植树的原因，大家纷纷给喻杰鼓起掌来。喻杰摆了摆手，说道："同志们，利用农闲的时候来种树，确实占用了大家的时间，但是大家想一想，相比于那些倒在革命路上的战友，我们是不是很幸福呢？至少我们能有大把的时间，来做我们该做的事。好了，今天就说这么多，开工！"

达老爷子一声令下，全体社员们一起行动了起来。喻杰奋力地抡起锄头，不停地挖坑。累了，就直起腰来擦一把汗；渴了，就拿过军用水壶来喝一口水。他的手上起了很多的血泡，却依然卖力地挥着锄头；血泡磨破了，他依然咬着牙坚持着，一声也不吭。

尽管达老爷子不想让别人知道，可是，他的手起了血泡的事，还是被细心的喻砚斌发现了。喻砚斌跑过来，一把握住达老爷子的锄头，说道："爷老子啊，您别干了，您看看手上的血泡都破了，您快歇会儿吧。"

喻杰一把推开儿子喻砚斌，倔强地说道："砚斌啊，人家都在卖力干活，我不能当逃兵啊。"

小儿子喻力光也赶紧走了过来，劝道："爸爸，这根本就不是当不当逃兵的事，您看看，这一群上山来挖坑的人，有一个快七十岁的人吗？"

喻杰笑了笑，机灵地说道："有啊，我不就是一个吗？"

听到喻杰这么说，兄弟两人也笑了。此时，大队书记刘富佑看到兄弟两人拦住了喻杰，也赶紧走过来。他知道达老爷子的脾气很倔，如果非要劝他别干了，他肯定要跟你对着干。想到这里，刘富佑从兜里掏出一根烟来，笑着递给喻杰："达老爷子，您先抽根烟歇会儿，我这一毛五分钱的烟不好，您可千万别嫌弃啊。"

达老爷子笑着接过烟来，说道："中国没有最差的烟，只有更便宜的烟。"

说完，达老爷子便接过烟，点上抽了起来。看着老部长喻杰一点架子也没有，凡事都替别人考虑，刘富佑的心里很感动，心说达老爷子这个人实在是太好了，毕竟也是当过部长的人，回到丽江村，却拿自己当一个农民，不摆谱不说，还处处给人留面子，处处为村集体着想，实在是太让人敬佩了，真不愧是一名优秀的共产党员。刘富佑再一想，如果达老爷子真的要摆谱，他还真有得摆，就说他捐出来买牛的四千块钱，别说是在丽江村，就是在平江县城也足以建起一栋豪宅了，可是，他一回家就将平地上的老宅子拆了，给村里腾出耕地来，而自己则带着全家住到了不占耕地的山夹里，就冲着他这种奉献的精神，也要将种树这个事做好，要不然也太对不起达老爷子了。

在达老爷子的带领下，当天，全村的社员就将一个山头的树坑挖好了，可是，芦头林场的树苗还没有运过来。达老爷子知道，只能先挖好坑等着树苗，而不能树苗到了再去挖坑，要是本末倒置了，肯定保证不了树苗的成活率。现在树坑挖好了，必须催一下芦头林场，让他们尽快将树苗给送过来。想到这里，达老爷子就将喻砚斌叫了过来，让他吃过晚饭以后，亲自跑一趟林场，催一下树苗的事。

可别说，喻砚斌亲自跑芦头林场催了一下，还真是非常管用，第二天，芦头林场的人就将树苗运到了丽江大队。树苗一到，达老爷子便立即行动，不顾双手破了血泡，扛起一捆树苗便向山上走。看着已经快七十岁的老部长都这么积极，有些想偷奸耍滑的社员也都不好意思了。大家都被达老爷子的精神感动了，他们争先恐后地将树苗扛到肩上，跟在达老爷子的后头，向着挖好树坑的山头出发了。

经过一天的忙碌，终于将一座山头种上了树苗。达老爷子望着这一片新栽下的树苗，心里很是欣慰。突然，他看到远处的山坡上，有牛在吃草，心里不由一阵紧张，这是刚种下的树苗啊，如果被牛踩了或是啃了，那可怎么办呢？

想到这里，达老爷子赶紧找到大队书记刘富佑商量。刘富佑当即拍着胸脯表示："达老爷子，您就放心吧，您捐钱买的耕牛，都有专门的饲养员喂养，是肯定不会糟蹋树苗的。"

喻杰点了点头："刘书记啊，你说的也有道理，可是，如果饲养员不在一旁时，牛挣脱了缰绳跑出来，那可怎么办呢？再说了，这一山的树苗还没有长大，要是有人来偷树苗，又该怎么办？"

刘富佑书记觉得达老爷子说的有道理，就说："达老爷子，您毕竟是当过部长的人啊，还是您考虑得周到啊。好吧，您说吧，打算让我怎么做？"

喻杰也知道刘书记是一个务实的人，就说道："刘书记，树苗我们栽下了，这只是第一步。只种树不管树不行，就像生了孩子不教一样，照样成不了才，对吧？"

听达老爷子这么说，刘富佑乐了，他笑："是啊，达老爷子，您这个比喻很有道理。您说吧，让我怎么办，我都听您的。"

喻杰继续说："我认为，我们还得做好守山的工作，所以，我提议，咱们连夜开一个党支部会议，研究一下守林的事情。"

刘富佑看着喻杰坚定的眼神，表态："达老爷子，您怎么说，我就怎么办，总之就一句话，在咱们丽江大队，您可以替我做主。"

喻杰笑了笑，说："刘书记，我只是一名老党员，是咱们大队的顾问，我可不敢做你的主啊。不过，有了问题，咱们也要商量着来，这就是要发扬咱们党的优良传统——民主集中制嘛！"

当天晚上，在丽江大队的办公室里，大队的党员们围坐在昏黄的煤油灯下，开会研究守林的事情。喻杰在会上郑重地表示，他将接管一座山包的守护任务；同时，还应该将种好的山林划区，丽江大队有二十一个生产小队，应该将看护山林的任务，落实到生产小队里，甚至落实到个人。此外，还要尽快制定出护林公约，做个牌子插到上山的岔路口，这样，不管谁上山，一眼就能看到。

喻杰刚说到护林公约，大队办公室里的党员们就犯愁了。刘富佑书记有些求助地看着喻杰，说道："达老爷子啊，您也知道，咱们大队这些人，也都没上过什么学，都是大字不识一个，您让我们来定护林公约，我们没这个能力啊；而且，我们的字写得也不好，要让我说，还是得您来写这个护林公约啊。"

"是啊，老部长，您不写这个护林公约，我们就更没有这个本事了。"

"达老爷子，您当年上学的时候，教过毛主席的方维夏，不是也教过您吗？要我说啊，您是咱们村最有学问的人，这个护林公约，您就不要推辞了吧。"

在众人的连声劝说下，达老爷子站起身来，说道："好，同志们，我就给你们当一回秘书，我来写这个护林公约，咱们一起来把这个山林守好。"

达老爷子是一个言出必行的人，做事从不拖拉。散会以后，他连夜写了三块护林公约牌子，第二天就召集全体社员开大会，向大家讲解护林公约的内容。然后，他就与大队书记刘富佑带着人上了山，将护林公约的牌子插到了入山的岔路口。护林公约牌子立好了，喻杰走上前，用手拍着牌子，似是自语地说道："把你们插在路口，你们就是守护山林的大将军，一定要履行好职责啊。要是我发现树木被偷了，我可是要罚你们的。"

达老爷子风趣的语言，引得同行的社员哈哈大笑。一个后生问："达老爷子，您跟这个木牌说话，它能听得懂吗？"

达老爷子也笑道："听得懂啊，万物有灵嘛。"

在那个缺少肥料的年代，为了让树苗长得更壮，喻杰决定利用农闲时间，跟社员们一起到丽江河里挖淤泥，因为丽江河里的淤泥富含丰富的营养物质。清明前后的丽江河，水还有些冰冷，但是喻杰却丝毫不顾，将鞋子一脱，拿着竹筐就跳进河里，伸出双手就将淤泥挖到筐里。等到挖满两筐淤泥，他又拿过扁担挑起竹筐往山上运。在他的带领下，社员们纷纷争先恐后地把淤泥运往挖好的树坑里。

可别说，经过达老爷子的一番努力，他负责的那片"示范林"，长势特别地好，种下的树苗，成活率超过九成。在那个缺少肥料的年代，这已经是很了不起的成就了。

一连几年，丽江大队都将"封山育林"作为大队的主要工作。经过达老爷子与全体社员们的共同努力，最终五千多亩光秃秃的"和尚山"和"癞子山"，都变成了绿油油的一片。

都说"前人种树，后人乘凉"，如今，喻杰已经去世三十多年了，可是那片他亲手种下的山林，却依旧葱郁，仿佛在向所有来到丽江村的人，讲述着这位老共产党员的感人事迹。

五

要通电，先修路！

　　闲不住的喻杰，天天都往山上跑。他拄着拐杖，慢悠悠地行走在刚刚植上树苗的连云山上。看着这新植上的绿苗，喻杰的心里就很振奋。每当他在山上遇到社员时，不管对方是谁，他都热情地跟人家打招呼，一点老部长的架子都没有不说，还掏出烟卷来请人家抽烟，并告诉对方，他要常到山上来巡山，要亲眼看着树苗长成参天大树。社员们实在是不愿意达老爷子太辛苦，就告诉他要保重身体，千万不能累坏了，他却笑着说，不，他要常来，以免坏人把树给偷走。

　　听达老爷子这么说，乡亲们就觉得奇怪，山上的树苗是新栽下的，有什么好偷的？再说了，连云山是山区，通往外面的路是泥泞的山路，根本就没有多少外人进来，谁还会这么费劲来偷树呢？日子久了，人们就觉得喻杰是个怪人，因为经常有人看到他站在新栽下的树苗前发呆，而且一呆就是老半天……

　　达老爷子毕竟是快七十岁的人了，身子骨不灵活不说，还多种疾病缠身，看到他成天往山上跑，儿孙们真的是心疼了。他们都劝达老爷子，闲着没事的时候，不要总是往山上跑，有村里的民兵巡逻，肯定不会有什么事。对于家里人的好意劝说，喻杰点头笑笑，看着是应下来了，实际上是依然故我，想上山时还是上山。

　　看到达老爷子巡山这么辛苦，丽江大队书记刘富佑再也坐不住了，他多次劝达老爷子不要这么辛苦，山上的路不好走，万一摔一跤可怎么办哪？

喻杰自然知道刘富佑书记是在关心自己，他笑道："我首先要谢谢刘书记对我的关心，关于我巡山这个事，你就放心吧，不会有什么事的。再说了，这片山林是我的责任区，巡山也是我应尽的义务嘛。"

刘富佑叹了口气道："达老爷子啊，都说是人过七十古来稀，到了您这个岁数，也应该保重身体了，大队的事情您不用太操心，可千万别累坏了身子啊！"

喻杰依然乐呵呵地笑道："人家是人过七十古来稀，我告诉你，刘书记，我跟别人不同，我是人过七十'有志气'！"

喻杰这一句话，可把刘富佑给逗乐了，他笑着说道："好，您有志气，我们也管不了您，只是您这样操劳，我们心里实在是过意不去啊。我想您可能是刚从北京回来不太适应，这样吧，我去给您买几副扑克或者象棋，您要是没事就到队里的办公室打牌下棋去。"

喻杰叹了口气，只是淡淡地说了六个字："那个玩物丧志。"

说完，喻杰便挂起拐杖，又慢腾腾地向着丽江村外的山林走去。刘富佑看着达老爷子的背影，无奈地摇了摇头。看着喻杰走远，不放心的他，因为队里的事又脱不开身，就赶紧让社员李丙希跟着达老爷子上山。

李丙希与喻杰既是邻居又是忘年交，他奉大队书记刘富佑之命跟着达老爷子上了山，老远就看见达老爷子站在一棵杉树的苗前，嘴里还念念有词。念的是什么，根本听不清楚，于是，李丙希便走上前对达老爷子说道："哎哟，达老爷子啊，我知道这片山林是您的心头肉，您也不用天天跑上山来啊。有我们这些人看着，您就放心吧，肯定丢不了！"

喻杰回过头来，一见是李丙希来了，就说："丙希啊，我没事，吃饱了到山上来溜达溜达，散一散心，对身体好啊。"

李丙希说："达老爷子，以后有什么事，您尽管跟我说，不用自己跑前跑后的，这山路不好走，您可别摔着。"

喻杰点了点头："丙希，你看咱们丽江大队，新中国成立都已经这么多年了，依然没有用上电，社员们现在还在用煤油灯，实在是太落后了啊。"

李丙希长叹一声，说："达老爷子，您不是不知道，我们这里距离发电厂那么远，根本不可能拉上电啊。我们是偏远的山区，离县城和加义公社实在是太远了，您要是想拉电，我告诉刘富佑书记一声，让他派人从芦头林场给您接一根线，不就行了？"

喻杰听李丙希这么说，生气地说道："丙希啊，你这叫胡说八道，我一个人用电，村里人都没有电，你让我这张老脸往哪里搁？咱俩交往这么久了，你又不是不知道，我的铁原则就是坚决不搞特殊化。"

李丙希看到达老爷子有些生气，赶紧赔着笑脸道："达老爷子啊，您别生气，我想再过几年，随着咱们国家的发展越来越好，咱们丽江大队一定能够拉上电的。"

喻杰摇了摇头，说道："丙希啊，这要等到猴年马月啊。依着我的意思，咱们靠爹靠妈靠国家，不如靠我们自己。我想只要我们多想办法，是一定能够解决用电问题的，因为凡事不能等靠要啊。"

李丙希有些疑惑地问道："达老爷子，您说靠我们自己就能发电，这可怎么发啊？我们都是些普通老百姓，又不是雷公电母。"

喻杰笑了笑，抬头望着远方，用手一指丽江河，说："丙希，你来看，这不就是现成的电源吗？"

李丙希彻底地蒙了，问道："达老爷子，这不就是一条河吗？怎么会是电源哪？据我所知，要想发电得有煤，如果没有煤，是不可能建起电厂来的。"

喻杰点了点头，说："丙希，你说的是用煤发电，这个没错，我告诉你吧，不只是煤能发电，水也能发电。你看这一块丽江水势落差很大，如果在这里建一个小型的发电厂，我们这一个村的用电，不就解决了吗？"

听达老爷子这么一说，李丙希的眼里闪出光彩。因为他盼着用电，已经盼了很多年了，可是，这用电的愿望一直没有实现，如果真像达老爷子所说，能够用上电，那可实在是太好了。想到这里，李丙希有些激动地握住喻杰的手，说："达老爷子啊，您说的可是真的？"

喻杰点了点头，说："丙希啊，五十年代流行一句话，'社会主义就是：楼上楼下，电灯电话'，这是新中国成立初期的梦想。作为一名老共产党员，我感到非常抱歉，都已经建国这么多年了，还是没有实现，想到这些，我的心里就有愧啊。"

李丙希说道："达老爷子，这个事不能怪您啊，我相信咱们有党中央毛主席的英明领导，用不了几年，咱们全中国的老百姓，都能过上好日子的。"

喻杰长叹一声，说："丙希啊，你吃了这么多的苦，依然相信咱们的党，谢谢你。你就放心吧，有党中央的领导，你所有的梦想，都能实现的。"

李丙希连连点头，说："达老爷子，说吧，您准备让我怎么做，我全听您的。"

喻杰点了点头，说："丙希，要建一座小型的水电站，虽说不难，可是设备啊人员啊等等，都需要仔细地筹备，这个事改天咱们找一下刘书记，好好地研究一下。"

李丙希听喻杰这么说，有些不好意思地说："达老爷子，您说建水电站，我倒是想起一件事来。六八年的时候，您从北京往村里寄回来三千多块钱，咱大队全买了水泵。结果，由于社员们也不知道该怎么用，就全被洪水给冲走了，您看看，一个水泵站都弄不好，就更别说是建一座水电站了，这个太难了。"

喻杰将手一挥，说道："丙希啊，这个事吧，不能怪社员们啊，再说了，这又不是被丽江大队的干部贪污了，我想这个事就当花钱买个教训吧。正因为那次的水泵被洪水给冲走了，所以，这次建水电站，我们更得好好地筹划啊。"

李丙希点了点头："好，达老爷子，您就放心吧，等下了山，我就将您的想法，跟刘富佑书记汇报，我想刘书记肯定会大力支持您建水电站的。"

当天晚上，喻杰一直辗转反侧，思考着该怎么把水电站给建起来。就在这时，门外突然传来了急促的敲门声。这么晚了，会是谁来敲门哪？喻杰赶紧披上衣服。等他拄着拐杖来到屋外的时候，喻砚斌已经打开了院门，将来人领到喻杰的面前。喻杰一问才知道，是这位社员家里产妇难产，芦头林场的凌医生已经给县城医院打了电话，但是县城医生还没到，他来这里是想借点洋参给产妇提气。喻杰一听，心里就有些犯难了，如果是在北京，这是小事一桩，可是社员们不知道的是，他这次从北京回来，根本没带这些。无能为力的喻杰，赶紧让喻砚斌取出六十块钱来交给来人，并祝他家母子平安。

第二天，喻杰得知一个不好的消息，因为山路实在是太难走，所以，等到县城的医生赶到村里来时，产妇已经死去多时了。这可是一尸两命啊！这一件事深深地触动了喻杰，不行，必须把修路这件事放在建电站的前面去做，只有路修好了，才能更好地建电站。事要一件件地做不假，本末倒置就要不得。

当天上午，喻杰就拄着拐杖来丽江大队办公室找刘富佑书记了。刘富佑当然知道修路的重要性，与喻杰聊完，就匆匆地通过大队广播通知所有的党员来办公室开会。

在丽江大队的党支部会上，喻杰首先做了修路的动员，将修路的意义和方案，对党员们做了宣讲，直听得大家群情振奋。修路这件事，他们其实已经盼了好多年了，只是没有人组织，也没有经费，所以，只能等将来发展好了再说，可是，那要等到什么时候才是个头呢？

喻杰在大队党支部会上告诉大家，事要一件件地办，饭要一口口地吃，等把这条通往加义公社的路修好了，下一件事，就是修建山口水电站，让丽江大队这座偏远的小山村，也实现用电的梦想。

丽江大队终于要修路建电站了！当丽江大队的党员们将要修路建电站的消息告诉社员后，不到一天的工夫，整个丽江大队都轰动了，因为，修路与通电这两件大好事，可是他们好几代人的心愿啊！

修路这个事与封山育林不同，因为好处就摆在社员们的面前，所以根本不用动员，那是有钱的出钱，有力的出力。所有的男性社员都争着出工，希望能够为修路出一把力，而妇女们则留守在家里做饭，为出工的丈夫和儿子做好后勤支撑。

喻杰作为修路的首倡者，自然也没有闲着，他把家里的男丁全部派到了修路现场。喻砚斌、喻力光、喻元龙全部都上了阵，达老爷子也扛着铁锹和锄头来了。

看到达老爷子这位老部长来到修路现场，大家干得更起劲了。达老爷子告诉大家："我们不能用修茅厕的材料来修公路，要用大石头，要修就要修一条高质量的路，用的石头一定要平整，别修完了路不能通车，那就等于没有修这条路。"

说完，他还给大家做示范，将一块大石块，铺到了路面上。

看到达老爷子这么认真地修路，修路的社员们更有干劲了。大家热火朝天地干着活，累了就坐在路边抽支烟，渴了就坐在路边喝口水……

丽江大队往加义公社修路的消息，也传到了加义公社领导的耳朵里。看到丽江大队的人干得这么起劲，不甘落后的加义公社，也组织了修路突击队，从加义公社的方向往丽江大队修。这样，两边相向同时修路，就大大地加快了施工的进度，才半个多月的工夫，一条长十三里的加芦公路就修好了。

看着这条平整的加芦公路，丽江大队的社员们高兴啊，南村北村的父老乡亲们也高兴，整个加义公社的老百姓都激动万分。因为，以后再进出丽江大队，可就真的方便多了，以前只能通牛车马车的乡间小路，变成了可以通解放车的大马路了。

当这条公路修好的时候，丽江大队书记刘富佑的心里真是激动万分，他特别地感谢达老爷子喻杰，如果不是喻杰提出修这条路，这条泥泞的土路，不知道什么时候才会变成宽敞的大马路。他又想到达老爷子的住处距离公路有些远，不如趁着修路这个热乎劲，再修一条通往他家的公路，这样，公社和县里的领导来看望达老爷子，也就方便多了。

当他将这个想法告诉达老爷子时，达老爷子却坚决不同意，他说要修就要修到村里最贫穷的地方，公社和县里的领导看到村里的落后，也就会多想些办法，多给社员们做实事。说完，达老爷子还语重心长地告诉刘富佑："政府应该方便群众，而不应该为一两个人谋私利啊。"

就这样，本计划修到喻杰家门口的公路，修到了全丽江大队最贫穷的横圳生产队保管室，方便了村民们运粮。在修建公路的过程中，尽管大家都是义务劳动，但是达老爷子还是拿出两百块钱，让大队干部买些好吃的东西，给修路的社员们打打牙祭。

由于丽江大队在山区，户与户之间住得比较分散。修通了由村里通往公社的加芦公路后，给村里修主干道的事也就提上了日程。因为原先县委副书记来调研时，曾经建议在丽江村中间修一条主干道，所以，这条路自然是要按照领导的意思来修。

当大队干部将在村中间修路的消息告诉喻杰后，喻杰就觉得这个主意不太好。因为丽江大队原本就地少人多，他之所以拆掉祖宅，就是为了腾出地方来种粮食，如果实行村中间修路的方案，那就要多占用四十亩耕地，这是真正的浪费土地资源啊！于是，喻杰就苦苦思索修路的新方案。最后，当他来到丽江河边，看到奔腾的丽江河水时，他的脑子里也来了主意，那就是将公路修到河边，既可以不占用耕地，又能让这条路起到防洪堤的作用，可谓是一举两得。

六

秉公执法的巡山人

喻杰是一个闲不住的人，等到路修好了，他没有带着儿孙到加义公社去逛集市，而是带着曾孙喻群益巡山去了。

修路是一项大工程，需要耗费大量的时间与精力，喻杰几乎就住在工地上，所以，他已经很久没有来巡山了。修好路以后的第一次巡山，他看得非常仔细。当他走到半边坡的时候，突然发现有三根碗口粗的竹笋不见了。有人偷竹笋！喻杰当时就大发雷霆，让曾孙喻群益跑步去丽江大队，把大队干部都给找来。

等到曾孙子跑远以后，喻杰蹲下身子，伸出手来抚摸着断裂的笋根，流着泪说道："你放心，我一定会把偷笋的人给找出来，绝不让这样的事情再次发生。"

达老爷子发怒，这还是从来没有过的事情，就连捐了三千多块钱买的水泵被洪水给冲走，他都没有生气。所以，当喻群益将达老爷子生气的事告诉大队干部的时候，大队干部慌了，赶紧放下手头的事，跑步来到了半边坡。

达老爷子擦了一把眼泪，站起身来，对着大队干部和护林员没好气地说道："你们怎么搞的，怎么能让人将竹笋给偷走！我告诉你们，挖笋就是砍竹！我给你们三天时间，把偷笋人给我找出来，照章罚款。要是你们找不到偷笋人，那我就重重地罚你们的款！"

大队干部想作解释，却又不能解释，只好一脸委屈地说道："达老爷子啊，就是三根竹笋，我看问题不大，我们以后一定加强巡山，这个事就下不为例吧。"

达老爷子一听，生气地说道："什么下不为例？我还是那句话，找不出人来，就罚你们！"

大队干部和护林员不想再惹他生气，只能连连称是，然后，便转身下了山。看着大队干部和护林员下山的背影，达老爷子对喻群益嘱咐道："群伢子啊，我告诉你，挖笋就是砍竹啊。这才生出来的新笋可是个好东西，很多人喜欢吃，可是我们不能挖它，挖了它，这竹子也就长不成了，所以，咱们爷俩以后得常来巡山，可千万不能便宜了贼啊。"

对于这件事，达老爷子决定一查到底。等回到村里，他就挨家挨户查找偷笋人的线索，可是，得到的回答却都是不知道。达老爷子就很奇怪，虽说加芦公路修好了，可是这么偏远的山村，一个外人要进来偷笋，那也不现实啊，所以，达老爷子就断定，这个偷笋贼就是村里人。

达老爷子查了一天，也没有发现什么线索，只得带着一身的疲惫回家。当他和喻群益回到家里时，在屋里的桌子上，看到了一个篮子，篮子里赫然放着三根嫩嫩的竹笋……

达老爷子生气了，他当即就质问妻子杨橘香："到底是谁将这竹笋放到家里来的？难道是你挖的竹笋？"

杨橘香很无辜地说道："人家是看你没日没夜地为大队操劳，又是种树又是修路的，所以，大队干部就召集大伙开会，大家一致决定，挖三根竹笋让你尝鲜，就给送家里来了。"

"胡扯，你有没有看到，那三块护林公约牌子是我写的，他们为我挖笋，这不是打我的脸吗？"

"没有那么严重吧？六八年，你为了大队建水泵站，一下子捐出了三千多元；回到大队后，你为队里买耕牛，一下子捐出了四千元。我想问问你，你是傻啊还是笨？你要是把这些钱用来买竹笋，得买多少竹笋啊？"

"胡扯，你真是越扯越远了，我告诉你，这是两码事，性质不一样！"

"有什么不一样的？照我看来，这是人家对你的敬意，跟偷笋是两码事，你也别把什么事都上纲上线。要照我说啊，还是你这个人太倔太直了，要是不这么直，你能在北京挨批斗吗？你能被下放到村里来吗？"

喻杰真的是想发火了。可是，这位自己的原配，在他离开家闹革命后，没有选择改嫁，而是一个人帮他撑起了整个家，替他照顾母亲，替他拉扯孩子，他是真的不能发火啊！喻杰叹了口气，说道："好吧，全怪我，全怪我行了吧？我告诉你，我是一名共产党员，我不能让别人戳我的脊梁骨。"

正在此时，喻杰的老母亲从里屋走了出来。她叹了口气，说道："你啊，还真如橘香所说，就是太直了。我看这样吧，你也别冲着她发火，在我看来，就是乡亲们的一点心意，你要是真过意不去，就把钱交到大队里，不就行了？"

快一百岁的老母亲都发话了，达老爷子也就不再说什么了。他从里屋拿出钱，转身就去了丽江大队办公室，将钱往刘富佑的手里一塞，说道："你们为我挖笋，这次罚我的钱，下次再瞒着我干什么事，谁的主意罚谁。"

刘富佑哪里好意思收达老爷子的钱，他是说什么也不收。达老爷子把钱往桌上一扔，扭过头去，背着手就离开了大队办公室。

因为三根嫩竹笋的事，妻子杨橘香好几天没有理喻杰。两个儿子也说，喻杰这件事做得太不近人情了，不就是三根竹笋嘛，又不是什么值钱的东西。全家人都劝喻杰不要将这件事上纲上线，都是乡里乡亲的，如果太不近人情，也不太好。

对于家里人的劝解，喻杰根本不听。为了杜绝挖笋这种毁山林事件，达老爷子在收工后，专门召集丽江大队的党员干部们开会。在会上，他将刘青山、张子善的案件，反复地跟大家讲，告诉党员干部们，一定要听毛主席的话，抵挡住"糖衣炮弹"的进攻。

在家里，喻杰反复地跟儿子和孙子强调，不管什么人来送东西，一律不能收。听到喻杰这么说，大儿子喻砚斌问道："爷老子，您说的我们记下了，可是，如果别人扔下东西就走，我们又该怎么办呢？"

喻杰叹了口气，说："要是真碰到这种情况，那你就拿钱给他，我还是那句话，宁肯我们自己吃些亏，也不能收别人的东西。"

喻杰深刻地认识到，这根本就不是三根竹笋的事，而是涉及党风的问题，要想整个社会风清气正，首先要管住身边的人，所以，他又接着说道："如果今天收了三根竹笋，开了这个头以后，那明天就有可能收更多的东西，人的贪欲就是这样，慢慢地越来越多的。"

孙子喻元龙觉得爷爷太不可思议，他说道："爷爷啊，这毕竟是一个村里的事，而且就是三根竹笋，没有你说的那么严重。乡亲们都很热情，凡事都讲个礼尚往来，你要是太让乡亲们没有面子，你还怎么住在村里？"

喻杰不认可孙子的话，说："很多党的干部，一开始都是好干部，正是因为收了一点小东西，慢慢地就被拉下水了。这件事从小了来说是收三根竹笋，从大了来讲，其实就是党风不正的问题。"

听喻杰这么说，家里人也就知道没法再劝了，也不想说什么了。因为喻杰实在是太倔了，理越讲越大不说，还一点也不考虑别人的感受。他的话说出来气人，这是全家人最真实的想法。

喻杰一看家里人不理自己了，讨了个没趣的他，倒也有自己独特的处理办法：既然你们这些大人不听我讲大道理，我就跟两个小曾孙讲大道理。看到喻杰跟两个小孩在那里讲马列主义和毛泽东思想这些大道理，家里人是哭笑不得。

尽管已经在丽江大队党支部开了会，也跟儿孙们讲了不收别人东西的重要性，可达老爷子还觉得不够，他想写一个条幅挂在房间里，这样，进出的儿孙们也都能看到，算是起一个警示的作用。于是，达老爷子用毛笔写了一幅字：勤俭节约讲奉献，坚决不搞特殊化。

是啊，坚决不搞特殊化！不管你以前作了多大的贡献，也不管你为党和国家立了多少功，都不是搞特殊化的理由。只要有一双勤劳的手，懂得节俭的重要性，有一颗奉献的心，他相信就一定错不了。

"偷笋"的事情发生后，达老爷子加强了巡逻的力度。他带着曾孙喻群益，巡山很仔细，每一个地方、每一棵树，他都认真地检查，甚至哪个地方少了几根草，他也能数出来，因为，他不是例行巡山，而是用心在与这座大山交流。

曾孙喻群益跟在曾祖父的后边，奶声奶气地问道："太爷爷，您天天巡山，有什么意思呢？不就是几棵树吗？"

达老爷子回过身来，伸出手摸着喻群益的头，慈祥地说道："群伢子啊，我告诉你啊，你不要把它们当成树，你要把这些树当成你的朋友，你知道吗？"

喻群益想不明白，就说道："太爷爷，树就是树，我怎么能把它们当成朋友呢？再说了，我如果将它们当成朋友，我说的话，它们也听不懂啊。"

达老爷子站起身来，指着一棵树说道："群伢子啊，老实告诉你，我其实是把它们当成我的战友来看的啊。当年，二十多万平江人民在革命中遇难，有无数的人倒在了革命路上，他们连块尸骨都没有留下啊。而我，就是要种一山的树，缅怀他们的丰功伟绩。如果他们在天有灵，就将灵魂附在这一棵棵的树上吧。"

说完，达老爷子潸然泪下。

喻群益望着喻杰，说道："太爷爷，不哭了，我记住您说的话了，我以后一定会把它们当成好朋友来看待的。"

达老爷子擦了一把眼泪，指着一棵杉树说道："群伢子啊，这棵树我把它叫作小李，那年冬天，我过河时被河水冻了脚，就是他用自己的体温来暖我的脚，可是，他却因为连日的劳累，永远地失去了年轻的生命。想起他来，我的心里就有愧啊！你看，树枝随风摇摆，群伢子，这是小李在给你敬礼啊。你快还礼，快还礼啊！"

喻杰站直了身子，对着那棵杉树，敬了一个标准的军礼。看到太爷爷向那棵树敬礼，喻群益也按照太爷爷所说，站直了身子，伸出右手来，向着那棵杉树敬了一个不太标准的军礼……

达老爷子爱这片大山，甚至过年也坚持巡山。在他的倾情陪伴下，山上的树苗一天天地成长起来了。一次，达老爷子上山巡查，发现有几根杉树被人给砍走了。在他的眼皮子底下偷树！这是达老爷子绝不能容忍的！他非常地生气，马上来到丽江大队找到大队干部，质问这到底是怎么回事。可是，大队干部也不知道是谁偷的。这可彻底惹恼了达老爷子，达老爷子发誓，一定要揪出偷树人，不查出是谁偷的，决不罢休！

当看到达老爷子挨家挨户地追查时，大队书记刘富佑就劝他："达老爷子啊，这个事就交给我吧，您这么查下去，会累坏的啊！"

喻杰倔强地说道："让别人来查我还真不放心，别查来查去没了下文，这个事我是发过誓的，不查出偷树人，我是绝对不会罢手的。"

说完，喻杰继续拄着拐杖，一家一户地查偷树的事。看着达老爷子越来越弯的腰，刘富佑的心里不是个滋味，赶紧跟在达老爷子的身后，陪着他挨家挨户地做排查。

劳累了一天，依然没有一点线索。当喻杰拄着拐杖，失望地回到家里时，快一百岁的老母亲看着，真的是心疼啊。她颤巍巍地拉住喻杰的手，说道："都是乡里乡亲的，如果真查出是谁偷的树，乡亲们的脸上也挂不住啊！再说了，你也不是年轻人了，你还查个什么劲？毕竟几棵树也值不了多少钱。另外，你这种情况属于下放，你要记住，你是在北京被批斗过的人，如果回到丽江大队，再惹了别人，再次遭到诬告被批斗，你可让娘怎么办啊？"

看着满头白发的老母亲还在为自己担心，喻杰的心里也不是个滋味，他安慰母亲道："娘，你就放心吧，这个事儿子知道该怎么做，你就不用再管了。"

话虽这么说，喻杰却知道，如果任由这股偷树的歪风邪气蔓延下去，那辛辛苦苦绿化了的"和尚山"和"癞子山"，极有可能会再次变成光秃秃的荒山。

想到这里，不愿意老母亲替自己担心的喻杰，又长叹一口气，说道："娘，这个事吧，您就不要替我担心了，没事。"

听到儿子这么说，老母亲还是不放心，可是，不放心也没有办法啊，她管不了喻杰，也不能永远地跟着喻杰。就像当初他离开家闹革命一样，她这个当妈的根本就不同意，喻杰是背着她跑出去的。想到这里，白发苍苍的老母亲摇了摇头，又说道："你也不用敷衍我，我知道你做事从来都是一根筋，但是当娘的告诉你，你不能总是让我担心啊！"

听着老母亲语重心长的嘱咐，喻杰的心里也很难过，他握住老母亲的手说道："娘，您就放心吧，我听您的。"

虽然嘴上说听老母亲的，可是在行动上，喻杰是一个坚持原则的人。此事他已经发了誓，不查出是谁偷的树，他是绝对不会罢手的。

当天晚上，全家人吃饭的时候，喻杰发现小曾孙喻从勤没有回来，就问他哪里去了。可是，谁能知道一个孩子跑到哪里去了呢。

等到大家吃过饭，还是没有看到喻从勤回来，喻杰就让大曾孙喻群益去找他。可是，喻群益找了几个喻从勤经常去的地方，都没有找到。等天黑的时候，就看到喻从勤从牛圈里跑了出来，喻群益给吓了一跳。见是自己的亲哥哥，喻从勤就直接把事说了。他说山上有人偷了树，他就把人家不要的树尾巴给拿回来了，因为知道太爷爷的脾气，所以才不敢回家来吃晚饭的，并请求大哥帮着隐瞒这件事。

喻群益就劝他把树尾巴拿出去，可千万别让太爷爷看到。可是，喻从勤觉得，又不是他偷的树，这根树尾巴反正也没有人要，如果扔出去也就浪费了，还不如拿回家里来烧火做饭。

听弟弟说的也有道理，喻群益就答应装作不知道这个事，但还是劝弟弟小心些，别让太爷爷发现了，小心他打屁股。

大哥喻群益替弟弟隐瞒，什么也没说，可达老爷子的眼睛是雪亮的。晚上检查牛棚的时候，他发现了藏着的树尾巴，顿时火冒三丈。凡事最怕灯下黑，要想管好别人，只能先管好自己，他不能一边张着嘴要求别人怎么样，自己却另搞一套。想到这里，找不到小曾孙喻从勤的达老爷子，就把喻群益叫了过来，说道："从伢子偷树啊。"

喻群益赶紧替弟弟解释，说那不是弟弟喻从勤偷的，是别人偷走了杉木的树干，留下的树尾巴没人要，他才拿回家里来的。

达老爷子一听，很是生气："我告诉你，群伢子，他们能搞，我们就不能搞。"

喻群益觉得有些委屈："我们又没有上山去偷，就是将树的尾巴弄回来，要是不将这根树尾巴给弄回来，不就在山上烂了吗？拿回家里来，至少还能烧火做饭。"

达老爷子一听，气得直跺脚，用手指着喻群益："你小小年纪，怎么不学好呢？我告诉你，不能搞就是不能搞！……"

达老爷子边说边骂。他这一通骂，可把全家人都给吓坏了，还是老母亲出来劝和，达老爷子才不再吱声。但他跟着就赶到大队办公室，找到大队干部，要求发动社员到他家里告发偷木头的人。

第二天早上就有人来喻杰家里，说是一个生产队的队长因为盖房子，就到山上砍了几棵杉树。终于知道了是谁偷的树，达老爷子再也坐不住了。火冒三丈的他，不顾家里人的苦苦相劝，马上跑到大队办公室，召开全体党员的"擦锈会"。他在会上点名批评了这名生产队队长，并让他按照价格赔偿。这名队长也意识到了自己的错误，在会上作了深刻的检讨。

达老爷子在会上对大家说："你们觉得几棵树可能不算什么，相对于连云山整片的山林来说，确实算不了什么。可是，你们想过没有，今天你偷一根，明天他偷一根，你偷我偷大家都偷，到最后，就是再多的树也有被偷光的时候。咱们这个党支部，只是党的一个基层组织，但是，如果你也当蛀虫他也当蛀虫，再强大的组织和国家，也会倒塌。我在这里召开这个'擦锈会'，就是要让大家记住，规矩是容不得半点破坏的。"

本来，大家都以为，达老爷子话已经说到这个份上了，也就差不多了，因为这名队长不仅照价赔偿了，还在会上作了深刻的检讨。但让大家没有想到的是，达老爷子借此机会学习了一次延安整风，让大家对照着大队当前的生产工作，进行批评与自我批评。当大家你一言我一语，将工作中不到位的地方在会上讲出来后，达老爷子这才说："好，你们既然已经认识到了错误，那这个'擦锈会'的目的，也就达到了。可是，这个事没完，我会发动群众来监督你们，如果被我发现什么新的问题，一定严惩不贷。"

还能怎么严惩不贷？党支部会上的党员们都觉得这下应该差不多了，达老爷子也应该消停了，却没有想到，达老爷子不是把"擦锈会"当成终点，而是当成了起点。在会后，他就通过大队广播，发动更多群众来检举。有群众就检举说，这名偷树的生产队队长有贪污腐败的行为，这引起了达老爷子的重视。

丽江大队是一个贫穷的大队，社员们的生活并不富裕，如果任由这些侵占集体利益的蛀虫存在，那还了得？于是，达老爷子就向上级党组织反映了问题。上级党组织在经过调查核实后，查清了这名生产队队长贪污的事实，直接将这名生产队的队长送到了监狱。

当喻杰如释重负地回到家里后，老母亲、妻子、儿子与孙子，都抱怨他多管闲事：都是一个丽江大队的乡亲，低头不见抬头见的，得罪那个生产队队长干什么呀？何况贪的也不是你的钱，你难道就不怕别人报复你吗？

面对着家里人的不理解和担心，达老爷子想解释，可又不知道该如何解释，怕越解释家里人就越担心。于是，他就讲了一件他北伐时期的往事。

北伐时期，他是一名普通的战士，本来不应该管炊事班的事，但是，细心的他发现，司务长每月的饭钱都有结余。他觉得这些钱都是战友们的钱，就想让司务长还给弟兄们。司务长起初想拉拢他，可是他不受拉拢，坚决要司务长把结余退给战友。他找到连领导反映问题，连领导却怎么查也查不出问题，结果他因为诬告还受了批评。后来，还是有炊事员偷偷告诉他，是司务长做了假账。得知情况后，他再次核实，并再一次向连领导反映问题，果然查出了司务长贪污腐败的事。尽管这件事让他与司务长结怨了，可是，连里的伙食大大地改善了。

故事讲到这里，喻杰语气坚定地对家里人说："只要是侵犯群众利益的事，我就该管！哪怕是遭到打击报复，我也决不害怕！"

确实是这样，喻杰就是一个把群众利益放在心上，勇敢与不正之风作斗争而不顾个人安危的人。

达老爷子揪出偷树的生产队队长不说，还通过开展"擦锈会"和发动群众，一举查清了这名队长的贪污问题，并将他送进了监狱。这一下，整个丽江大队的社员们不仅认识到了违规违法后果的严重性，还对达老爷子的铁面无私有了进一步了解，对达老爷子更敬重了。达老爷子也反复地对大家讲，山上的一草一木，都是全体社员的共同财产，绝对不允许随意地砍伐。

为了保护检举人，达老爷子没有公开这个人的姓名，甚至连这个检举人家里人也不知道是谁举报的。达老爷子亲自上门，将钱送到了这名举报人的手中，并且郑重地告诉他：为了公家的利益举报，为了大家的利益举报，是君子的举报，他不仅口头上支持，还有物质上实实在在的支持。

经历了这次偷杉树事件，丽江大队的社员们保护山林的责任感增强了。以前，是大队指定护林员巡山，而现在，变成了群众自发性地成为护林员，大家只要闲着没事，都会来到山上巡逻。这种转变，积极推动了护林工作的开展，经过丽江大队全体干部社员的共同努力，短短三年不到的时间，五千余亩的荒山，就全部都种上了树。

七

筹资兴修山口水电站

    白天，达老爷子看着这不断变绿的山林，心里高兴啊，可是，每每到了晚上，不管是在家里，还是在大队办公室里，面对着那一盏盏昏黄的煤油灯，达老爷子的心里就不是个滋味。社会主义建设都搞这么多年了，可是，丽江大队连电都没有用上，他就觉得是他的工作没有做好。

    其实，不只是他们丽江大队没有电，加义公社的大部分地区都没有电。一到了晚上，整个连云山区便漆黑一片，偶尔亮的几盏灯，也是林场或是公家部门的。曾经有不少的社员在碰到他时，跟他提起过想用电的想法，达老爷子都是乐呵呵地应了下来，并拍着胸脯告诉大家，乡亲们的用电问题，其实已经列入丽江大队的议事日程。可是，他也深深地知道，山区的地理位置本身并不好，距离发电厂远不说，因为电线、设备等多方面原因，拉电线进村很难。每每想到他对社员们的承诺，以及修建水电站所面临的诸多困难，喻杰就睡不好觉。

    喻杰的卧室里经常点灯到深夜。在昏黄的煤油灯下，喻杰在桌前反复地思考修建水电站的问题，还用笔记本记了下来。家里人发现喻杰睡得越来越晚，便关心地提醒他应该早些休息。出于集思广益的考虑，喻杰决定把修建水电站的事，先在家里作一个小范围的探讨。

    当喻杰将想修建小型水电站的消息告诉家里人时，家里人依旧劝他不要多管闲事，因为大队书记刘富佑早就说了，要是他家用电，可以直接从芦头林场拉一根电线，这个是一点问题也没有的。而丽江大队的居民住得很分散，要让家家户户都用上电，很难。即使不考虑钱与人工的因素，真的将水电站给建起来了，外村肯定到村里来接电线，这个小型水电站的电量也不够啊。

达老爷子当然知道这个难度不小。首先是资金问题。当时，全国的经济都不乐观，更别说丽江大队了，加义公社、平江县委也拿不出多少钱来支援建水电站。还有一个问题，就是村里建水电站，上面批还是不批他也吃不准。因为建一个水电站，不比在村里建水泵站，只要有钱买水泵就行了，也不需要谁的批准。而在村里建水电站，这个事不但在整个平江整个湖南，就是在全国，恐怕也是没有过的。要是上级不批准，那这个事可就麻烦了。毕竟，他达老爷子是在北京受过批斗的人，算是被"下放"回来的，不是功成名就之后心无挂碍地回乡。所以，达老爷子尽管跟大队书记刘富佑说过，也取得了丽江大队的支持，却不敢像种树一样马上行动。每当夜深人静的时候，他就在心里反复地思考，这个事该怎么往前推进。

达老爷子知道，要想改变村里落后的局面，还是要依靠社员们，于是，他就拄着拐杖到左邻右舍家走访，听听他们的意见。大家也都盼着能早日用上电，所以，也都是举双手支持。可是，这种支持也仅限于口头上的支持，因为都是穷苦老百姓，条件都差不多，谁也没有额外的钱来帮助丽江大队修建水电站，大家都感到不好意思。可是，对于达老爷子来说，乡亲们支持才是最重要的。没有钱可以想办法，没有政策可以向上面打报告，一次不行就打两次。他相信，我们的党是全心全意为人民服务的党，只要是为老百姓做好事，那上面是一定会支持的，大不了多跑几个部门，大不了多等待一些时间罢了。

接下来的日子里，达老爷子开始琢磨，怎么给镇上、县里和水利电力等相关部门写这个请示报告。

夜深了，昏黄的煤油灯下，达老爷子用手握着毛笔，却没有着急动笔，他在心里一遍遍地打着腹稿。本来，像他这样退下来的部级领导，有什么事是不需要给县级部门写请示报告的，但为了让乡亲们早日用上电，给乡亲们做一件实实在在的好事，也为了引起县里的重视，他决定就建水电站的事写一份翔实的报告。

喻杰已经沿着丽江河考察了无数次。山路不好走，有一次，他拄着拐杖行走在河边，一不小心摔了一跤，还差点掉进丽江河里。幸亏一位社员眼疾手快，猛的一把拉住了他。众人都来问他有没有受伤，他却一屁股坐在丽江河边，念起了毛主席的诗："金沙水拍云崖暖，大渡桥横铁索寒。"在那个年月里，毛主席的这首诗可谓是家喻户晓，正当大家准备跟着念下去的时候，他却将话锋一转，说道："当年啊，我就差点掉到金沙江里去，当时是一名红军战士将我拉住了，我才没掉下去，才看到了新中国的成立。今天，是你们将我拉了起来，这是一个好兆头，说明我们的水电站一定能够建设成功。"

他一点也不把自己当回事，这是全丽江人的共识。在丽江人的心里，别说是部长，就是大队书记那也是个大干部了。在那个年代，干部的衣服是四个兜，一般会在胸前的兜里插一支或两支钢笔，一方面是工作需要，经常要作记录或者签字什么的，一方面也显得有文化。达老爷子从不在兜里插钢笔，这么多年来，他一直坚持用毛笔写字。他觉得写毛笔字，不但能够陶冶情操，更重要的是可以锻炼心性。

现在，喻杰手里拿着蘸满墨汁的毛笔，心中是思绪万千。终于，一页纸写完了，达老爷子看了看，觉得不太满意，又撕了重新写……实在是太晚了，孙子喻元龙走进屋里，劝他早些休息，他却让孙子早些回去睡，因为第二天早晨，他就要把这些信寄走。孙子喻元龙实在是没辙，只能转身离开。一直到半夜，喻杰将给公社、县里和水利、电力等部门的信工工整整地写好，又叠好放进信封里，才到床上睡觉。

喻杰的来信，受到公社、县里和水利、电力等部门的高度重视。相关的领导一致认为，在距离县城较远的连云山区修建水电站，这是一件实实在在的大好事，可是，县财政和各个部门确实有困难，暂时拿不出资金来解决大队的水电站修建问题。尽管不能提供帮助，但是信还是要及时给老部长回的，所以，只用了不到一个星期的时间，回信就通过邮局寄到了喻杰的手里。

喻杰认真地看着信，也知道大家说的都是实情，对此，他并没有垂头丧气，因为这本来就是意料之中的事情。

想让上级部门支援建水电站是不可能了。怎么办？喻杰是一个做实事的人，此时他的心里就只有一句话，那就是接着干。喻杰拿出了自己的存折。存折上那少得可怜的钱，距离修建一座水电站的费用还差得很远。他在心里盘算着怎么筹钱。达老爷子知道，要修建一座装机容量较小的水电站，可能要一万多块钱，可他存起来的工资和儿孙们攒下的钱，全部加一起也不够。

唯一的办法就是继续借钱。他是一个生活节俭的人，平时做人的原则就是坚决不借钱，可是自从回到丽江大队，为了让乡亲们的日子过得好一些，他不得不一次又一次借钱。以前在长征的时候，和后来的战争年代，他也曾经借过钱，可那是以组织上的名义借的。如今为了给乡亲们建设水电站，他只好以自己的信誉做担保，再次给在北京的战友和同事们写去了借钱的信……

为了村里早日建成水电站，大队书记刘富佑也通过广播，反复地跟乡亲们讲修建水电站的好处，动员家里有富余的社员们捐钱。社员们当然知道修建水电站的好处，对修建水电站也是支持的，可是，在那个年月，又有几个人会有余钱呢？

于是，村里就有人来找喻杰提意见了："达老爷子啊，我们没有钱，您看看这满山的树，随便卖一些，钱不就出来了吗？"

山上的树能换成钱，这个事谁不知道啊？他们能想到的，当过大领导的达老爷子，肯定也想得到。达老爷子不想卖树，就叹了口气说道："我们要建一座小型的水电站，不需要大兴土木的，我看，还是留着这片林子再长长吧。至于修水电站的钱，我先拿出一个大头来，不够的大家就凑凑。我保证，等工资下来了，我就立即还给大家。"

"达老爷子啊，您为咱们丽江作了这么大的贡献，我们大家都听您的，只是，这是为乡亲们建的水电站，不能让您一个人出钱，这个钱就等于大家捐的了。"

"是啊，达老爷子，这要是真让您一个人掏钱，那可真的是对您不公平。"

"不公平？有什么不公平的？我是从北京回来的，都解放二十多年了，还没有让大家过上好日子，我心里有愧啊。"达老爷子满是歉意地说道。

喻杰管过经济，当然知道要想修建一座水电站，方方面面的问题会有很多。现在看来，上级部门虽说拿不出钱来，却是支持修建水电站的，社员们的热情也很高，肯定也都愿意出工；只是修建水电站不是小事，设备的采购、运输等，都是必须考虑的问题……

于是，达老爷子又给县交通局和供电局的领导写了求助信，请他们在水电站正式开建以后，帮助协调车辆运输水泥器材等事宜。

八

"老地主"来讨债

通过喻杰的多次努力，修建丽江村山口水电站的钱终于筹集得差不多了。就在水电站准备动工的时候，又发生了一件让喻杰头疼的事情。有一个外号叫"老地主"的社员，拿着一张湘鄂赣苏维埃政府开的粮食借据，找到了喻杰家里，想让政府偿还当初欠他的十八担谷子。

这个绰号"老地主"的人，在新中国成立前确实是一个地主，同时也做点生意。他在得知喻杰给丽江大队又是捐钱买耕牛又是筹资修路，现在又要组织大家修建水电站的事后，就认为喻杰肯定是一个非常有钱的人，党中央肯定给了他不少钱，就想来蹭点油水。当然，"老地主"也不是无缘无故地蹭油水，而是确实有依有据。本来像他这样的人，在解放以后尤其是在"文革"时期，是要夹着尾巴做人的，就是借他十个胆也未必敢来找喻杰。可是他在听到喻杰要修建水电站的事后，觉得喻杰既然能够捐钱给村里修水电站，也不差他那十八担谷子，再加上家里碰到了困难，所以，就壮着胆子来找喻杰了。

喻杰拿过借据来一看，还真是当初湘鄂赣苏维埃政府的借据。不过，现在全国都已经解放了，拿着新中国成立前的收据要求偿还，这在当时那种特殊条件下，确实是一件棘手的事。达老爷子在确认借据是真的以后，也没有说别的，就让他先回家去，他要跟丽江大队的干部好好研究一下。

达老爷子当即找到丽江大队的干部商量此事。有些干部一听，非常地生气，立即将这件事上纲上线，说这是地主分子向共产党讨债来了，是阶级敌人的疯狂反扑；还有人要求立即召开全丽江大队社员会议，要批斗这个"老地主"。达老爷子一看气氛不对，赶紧劝大家消消气，并告诉大家，在当初革命事业处于低谷的情况下，"老地主"能够无条件地拿出十八担谷子来借给政府，这就说明他是共产党的朋友；如今共产党当政了，不能忘记这过去欠的债，必须将这十八担谷子连本带息地还上；只是因为他将钱用在修电站上了，所以，才没有马上将本息还给这个"老地主"。他的意思是先请大队负责还债，等以后他发了工资，再将这个钱还给大队。

既然达老爷子都这么说了，非常敬重达老爷子的大队干部，倒也没有再说什么，就同意了达老爷子的主张。就这样，一笔欠了快四十年的旧账，一笔本不应由达老爷子背的债，就记到了达老爷子的头上。

当达老爷子让人将十八担谷子的本息交给"老地主"时，"老地主"激动得热泪盈眶。他哽咽着说，要不是因为家里有难处，他也不会为了这十八担谷子来找达老爷子，本来以为借出去的谷子回不来了，却没有想到，达老爷子还得这么快。

"老地主"特别感激达老爷子，当天就将一只自养家的鸡送到了喻杰的家里。喻杰是一个率性的人，跟什么样的人都能做朋友，根本不在乎他"地主"的身份，就留他在家里吃饭。这一下，这个"老地主"真是激动坏了，因为达老爷子是部长啊！在那个"政治挂帅"的年代，他一个"地主"跟一个共产党的部长吃饭，简直是想都不敢想的事！简简单单的饭菜，让这个"老地主"感受到了盛情，屋里简陋的摆设，使"老地主"认识到，喻杰家里其实并不富裕。他当场表示要将十八担谷子的本息捐出来修建水电站，却被喻杰给拒绝了。喻杰告诉"老地主"，共产党是永远不会忘了困难时伸出援手的人的恩情的。

一顿饭吃完，达老爷子没要土鸡不说，还悄悄将十斤粮票放进了"老地主"的包袱里，因为他知道，这些"老地主"的日子，过得更难。"老地主"发现后，说什么也不肯要，喻杰却真诚地说道，等到丽江大队都通上电的时候，一定约他再喝酒，至于这个粮票，他是一定要收下，不然，这个约定就不算数了。

在达老爷子眼里，人是没有高低贵贱之分的，他认为人生来就是平等的，并且尤其反对"成分论"。他经常说的话就是，一个人不能选择自己的成分，一个人解放前的身份是地主，不代表他永远是地主；即使是地主，只要没做危害人民的事，也应该友好相待。

在当时那种特殊的社会条件下，"成分"是一个非常厉害的标签，如果被划成地主或者富农，连个媳妇都不好娶。耿直的达老爷子就跟家里人抱怨，说这个是不对的，尽管有些人在解放前是地主，却也对革命作出了贡献。就像那个曾经借粮食给红军的"老地主"，对革命就是有功的，党和政府就应当帮助他们。听到达老爷子这么说，家里人就劝他少说话，怕这些话传出去会对他不利。达老爷子却是满不在乎："我是这样想的，我就要这样说，共产党与国民党最大的区别，就是让人说话。"

达老爷子为人豁达，乐于助人，他不只仗义地替国家还了"老地主"的债，还主动帮助一些生活困难的群众。每当到了丰收的季节，他总是将收获的南瓜、红薯等，拿出一部分来分给左邻右舍，让大家也都来尝尝他用汗水浇灌出来的粮食、蔬菜和瓜果。谁家有什么大事小情，也都乐意跟达老爷子说一说。在乡亲们的眼里，这个达老爷子不像是从北京回来的老部长，倒像是一起生活多年的可爱可亲的长者。

疾病给人们带来了很多痛苦，尤其是在战争岁月，因为缺医少药，造成了许多不必要的死伤。所以，早在红军长征时期，喻杰就认识到了随身备些医药的重要性，只是烽火连天的年代，条件根本不允许。新中国成立以后，他置备了一个装有各种常用药的小药箱。可别说，自从有了这个小药箱，只要不是大病，就不用去医院，药箱里的常用药，就能解决一些头疼脑热的小病。

从北京回丽江老家时，喻杰将小药箱也给带回来了。正是因为有这个小药箱，他成了村里应急的"赤脚医生"。其实，小药箱里面也没有多少药品，也就是一些最基本的消炎药，可是在医疗条件比较落后的小乡村，达老爷子的小药箱发挥了很大的作用。谁家有个头疼脑热的病，就找他来要点药，也不用给什么钱，达老爷子就是这么仗义。

因为达老爷子的房屋是买了黄天生的破房子翻盖的，卖了房子的黄天生无处可去，达老爷子就让黄天生免费住在旁边的一间房子里。黄天生的故乡是广东韶关，他年轻的时候曾经参加过国民党部队，因为行军等多方面的原因，也是落下了一身的病，经常地咳嗽。达老爷子只要听到他咳嗽，便会给他送几片阿司匹林。黄天生非常感谢达老爷子，亲切地称呼他为老哥哥。喻杰自然是非常地高兴，嘱咐他好好地养病，并告诉黄天生，到他这里拿药别不好意思，他小药箱里的药，可是治好了很多乡亲的小病。也是因为达老爷子小药箱里的药作用突出，所以，丽江大队的社员们除了称呼喻杰为达老爷子，还亲切地称呼他为"阿司匹林大夫"。

达老爷子小药箱里的药品，在他刚回到丽江村时，都是喻元龙到加义公社买的。后来，加芦公路修好以后，达老爷子就将需要购买的药品名称提前写到纸条上，只要有人到加义公社去赶集，就让孙媳妇吴菊英将纸条给他。而县里的领导来看望达老爷子时，达老爷子也会将公社里没有，而他又需要的药品，请县里的领导捎过来。他就是这样，利用一切条件，为丽江村的乡亲们创造便利，真正地把自己当成了大队免费的"赤脚医生"。

九

涉及原则，决不马虎！

　　1972年春天，在丽江大队山口水电站动工修建前夕，有十名知青来到了丽江大队，接受贫下中农再教育。对于这十名来自城市的知青，达老爷子是非常欢迎的，他始终觉得，毛主席发出的知识分子到农村中去的号召是正确的，而年轻人更应该多吃些苦，才能够在将来的社会主义建设中，作出更多更大的贡献。

　　当十名知青来到丽江大队的时候，大队书记邀请达老爷子这个村里"重量级"的顾问，前来给他们做接受贫下中农再教育的动员工作。达老爷子站在十名知青的面前，意气风发，仿佛回到了当年刚参加革命时的峥嵘岁月。他给大家讲自己年轻时闹革命，往往讲得跟别人不一样，别人讲的是苦大仇深，而他带有趣味的讲话，经常逗得知青们哈哈大笑。在欢声笑语中，达老爷子鼓励知青们好好干，不要辜负毛主席对他们的期望，只要把心安在农村，踏实地工作，就一定能够为将来的成长奠定一个扎实的基础。

　　知青们本来以为，一个从北京回到乡村的老部长，说话肯定会板起脸来，给人一种威严感，却没有想到，这个老头竟然这么可爱，自然，对于他的讲话，也是热烈地鼓掌。达老爷子告诉知青们，如果有什么困难就过来找他，他一定会全力帮助他们解决生活中的问题。

　　知青们都很感激达老爷子，在不忙的时候，有些知青还主动来看望达老爷子，跟达老爷子汇报自己的插队生活。对于这些，达老爷子总是笑呵呵地听着，并鼓励大家克服困难，将生产搞好。

在达老爷子的鼓励下，知青们大都成了积极肯干的热血青年，有的知青还向大队党支部递交了入党申请书。然而，大部分知青能干肯干，并不代表所有的知青都能干肯干。有一名知青借机接近达老爷子，就是想请达老爷子利用手里的关系，将他调回城里去。其实，知青们想家想回城，达老爷子是知道的，但是他只能在生活中关心他们，不能利用自己的关系帮助他们回城，这是原则性的问题。

当涉及原则性问题，达老爷子就没有那么可爱了。他毫不留情地当面拒绝不说，还明着告诉那名知青，他有让他返城的能力，但是，让知识青年接受贫下中农再教育，是毛主席发出的伟大号召，只有改造好了，才有回城的机会，找谁都没有用。看见那名知青尴尬的表情，达老爷子便鼓励他好好干，等到他真正能回城的时候，会亲手给他戴上大红花送他回城。

达老爷子觉得，现在的年轻人没有吃过他们当年的苦，所以，更应该接受更多的锻炼。他常说的一句话就是"玉不琢不成器，人不学不知义"，他认为年轻人最好不分农村城市，都接受贫下中农再教育。

也可能是达老爷子的铁面无私惹恼了一些人吧，反正，过了没多久，就有人传开了，说达老爷子的公正是假的，真要是公正，他怎么不把自己的儿子喻力光送去插队？甚至还有人说，达老爷子之所以将儿子喻力光和孙子喻元龙的户口从北京迁回丽江农村，其实就是为了不让他们下乡当知青。

当这些话传到达老爷子耳朵里的时候，尽管达老爷子既没有生气也没有发怒，但心里的触动还是挺大的。他本来以为，拥有北京户口的喻力光和喻元龙，跟着他千里迢迢地回到丽江大队，从吃"国家粮"变成吃"农村粮"，就已经是下乡了，而且从根本上断掉了回城的可能性，却没有想到，这也会成为别人的话柄。听到这种说法以后，从来不搞特殊化的达老爷子，搞了一次"特殊化"。当天，他就动用自己的关系，托人给喻力光报了名，让他插队到了邻近的芦头林场。

当喻力光得知自己被父亲安排插队后，心里不是很高兴。等到晚上收了工，他就来找父亲，想请父亲"收回成命"。可是，达老爷子告诉儿子："你插队到芦头林场，成为一名光荣的知识青年，这是一件大好事啊，怎么还不高兴呢？你看看现在的城市青年都到农村来插队。"

喻力光说："爸，当初在北京时，您的单位就在我学校的对面，您不让我坐您的小轿车，我听您的。后来，您让我跟着您回丽江农村，我也听您的。可是，您让我现在去插队，这是什么意思？您就不能像别人的父亲一样，替自己的孩子考虑考虑吗？"

"考虑？考虑什么？我告诉你，让你在农村多吃点苦，到芦头林场去接受锻炼，这本身就是替你在考虑。"喻杰严肃地说。

"您是打算让我一辈子都不回城了吗？"

"我告诉你啊，锄头立得稳，种田是根本。你留在农村种地，只要你勤劳，种点东西吃有什么难的？如果留在城里，将来丢了工作，你准备喝西北风啊？毕竟城市里可不产粮食。"

父亲喻杰已经把话说到这个份上了，喻力光也不想再说什么了，尽管他不太甘心，却也只有接受到芦头林场插队的安排，因为他知道，既然父亲说这是在帮助他进步，即使是质疑，即使是不想去，那也是没有用的。他既然改变不了父亲的决定，还不如快快乐乐地去插队，至少还能有个好心情。

喻力光叹了口气，便不再吱声了，他只是淡淡地将自己的愿望提了出来："爸，您让我插队，我就去插队，可是，等过几年我长大一些，我想请您答应我，让我去当兵。"

喻杰点了点头，夸奖道："好孩子，有志气，好男儿就要去当兵。但是当兵也是有名额的，你现在必须先好好地在芦头林场里锻炼，等过几年你表现好了，我就送你去当兵。"

"您说的可是真的？"

"当然是真的，爸爸从来都不会骗人，你要是不信，我跟你拉钩。当然，前提是你要好好表现，表现不好可别怪我说话不算话。"

喻力光听父亲这么说，也就不再反对进芦头林场的事了。第二天，他就将背包找根绳子捆了捆，往肩上一扛，准备往芦头林场报到了。谁知刚走出家门，就被父亲喻杰给叫了回来，喻杰说道："力光啊，你捆这个背包，这不是丢我的老脸吗？"

喻力光有些疑惑地问道："我捆的背包怎么丢你的脸了？"

喻杰笑呵呵地说道："你跟我进家里来，我教你捆背包的办法，既然你想当兵，就要学着军人的样子来捆背包。"

喻力光只好跟着喻杰来到屋里。喻杰将儿子喻力光的背包打开，按照军人打背包的样子，认认真真地替喻力光捆好了背包，这才说道："力光啊，既然你想当兵，你就要按照军人的样子来做事，背包现在打好了，走，我送你去芦头林场。"

说完，喻杰便帮儿子将背包放到了背上，然后亲自将喻力光送到了芦头林场。

看到达老爷子将自己的儿子喻力光也送到芦头林场当了知青，在丽江大队插队的知青们没话可说了，也不敢再动请达老爷子帮忙回城的歪脑子了。不但如此，知青们的表现也越来越好了，因为有达老爷子在那里看着，他们都想好好地表现，得到达老爷子的认可。

十

肥水只流外人田

达老爷子知道这些知青大都是第一次离家，父母亲没有守在身边，更需要有人来关心他们，所以，尽管他不能在回城的事上利用自己的关系来帮助他们，对于他们的生活却是非常地关心。达老爷子家里养着鸡、养着猪，也养着牛，隔个三天五日的，他就会嘱咐孙子喻元龙，带上一些鸡蛋，去给这些知青补身体；而每逢节假日，他也会拿出粮票来，让孙子喻元龙送到知青们的手上，让他们也改善一下生活。

都说是肥水不流外人田，可是达老爷子专门把肥水往外人的田里送。一天，当孙子喻元龙再一次接过达老爷子递过来的粮票，不禁有些不高兴地说道："爷爷，您让我给知青送粮票，我就去送，只是我不明白，您让我送给哪些知青啊？我二叔喻力光可也是知青，他也需要改善生活。"

这一句话，可把达老爷子给气乐了，他知道孙子喻元龙是故意这样问，就笑着说道："哎呀，你这个元龙啊，这个事还用问吗？你二叔力光距离家这么近，这个粮票，当然是要送给那十个外地来的知青啊。"

喻元龙就有些气呼呼地说道："爷爷，不是我说您，您跟那些人以前也不认识，这平时鸡下个蛋，您让我送给他们，也就罢了，问题是粮票多金贵啊，为什么要白白地送给他们，我还想买个手表哪。"

达老爷子很疼爱这个孙子，就笑着说道："元龙啊，你看我这块手表，早晚也都是你的，你还买表做什么？"

喻元龙叹了口气，又摇了摇头："爷爷，我都这么大了，儿子都已经两个了，您就不能从您捐给村里的款子里，挤出两百块钱来，给我也买一块手表？"

达老爷子叹了口气，说："你这个伢子啊，到底是怎么回事啊？让你去给知青送几张粮票，又不是让你去做别的，你怎么那么多事啊？我就问你一句话，你送还是不送吧？"

喻元龙平时很听达老爷子的话，可是，他实在是不愿意把粮票送给城里的知青，就说："爷爷，我和二叔原先可都是北京户口，您让我们回丽江村，我们就跟着您回丽江村；您让我们种地，我们就种地。可是，我就不明白了，您为什么对他们这么好，对我们却连个外人都不如？"

达老爷子听喻元龙这么说，也是生气了，他一把从喻元龙手里拿过粮票，怒道："你不去送，我还不用你送哪，我又不是没有手脚，我自己去送，省得你这个事那个事的。"

喻元龙一看爷爷真的生气了，只好服软道："爷爷，我这不是跟您开玩笑嘛，我送，我送还不行吗？"

达老爷子眼睛一瞪，用手一指喻元龙说道："你给我出去，我不用你送了，我自己去送。我就不信了，我这走了二万五千里长征的脚，还送不了个粮票了。"

说完，达老爷子从墙角拿过拐杖，推开房门就向外走。喻元龙赶紧上前搀扶，却被达老爷子一把给甩开。看到爷爷真的发怒了，根本不想搭理自己，喻元龙也是很着急，他大声地冲着正在院子里玩耍的儿子喻群益喊道："群伢子，去，帮你太爷爷送粮票去。"

正在外面玩耍的两个儿子，听到父亲喊，赶紧迎上前来，一左一右地牵住达老爷子的手。达老爷子很心疼两个小曾孙，便回过头来，冲着喻元龙吼道："我不用你送，我跟两个伢子去送粮票。"

看着爷爷的背影，喻元龙的心里有些无奈，他觉得别人家的爷爷都是使劲地帮助自己的儿孙，而自己的这个爷爷可好，胳膊肘总是往外拐。再仔细想想，这么多年了，他的这个爷爷不就是这样一个人吗？在北京的时候，爷爷所在的商业部就在长安街上，那时，二叔喻力光在北京上学，学校就在爷爷单位的对面，爷爷却不愿意让二叔坐他的小轿车去上学。二叔调皮，等小轿车来了以后，就悄悄地拉开车门，到车上坐着。等到爷爷上车以后，看到喻力光先是一愣，虽然爱子心切，没有将儿子赶下车去，却在离学校三四百米的地方，让喻力光提前下了车。为此，二叔很是不满，却没有任何的办法，只能乖乖地下车。他知道二叔心里是埋怨爷爷的，因为，别人家的孩子，都是父母单位的小轿车直接送到学校，而他却不能坐父亲的车上学，即使上了车，还要在距离学校三四百米的地方下车，然后走路过去。内心受到伤害的二叔，后来再也不坐爷爷的小轿车了。

是啊，自己的爷爷就是一个坚持原则的人，而且在原则问题上，从来不会退让。

看着爷爷带着两个曾孙给知青去送粮票的背影，喻元龙在心里感叹，如果爷爷在对别人好的时候，也能够拿出十分之一，不，哪怕是仅仅百分之一的力量，来帮帮他自己的儿孙，该多好啊！

达老爷子心地善良，经常仗义疏财、济危助困，不管是谁找他借钱，只要是真的需要，能够将钱的用途说出来，他即使没有借钱也要帮助你。他的美名和善举，在整个加义地区都传开了。达老爷子俨然成了乡亲们眼中的"活菩萨"，大家有个什么事，也都愿意来找达老爷子，只要他答应帮忙了，大部分的事都能办成。

有一天，达老爷子正与李丙希在山上巡山，老远就看见一个年轻人跑了过来。他跑到达老爷子的身边停住脚，擦了一把汗，张嘴就说道："达老爷子，我可算是找到您了，您能借我一百块钱吗？"

达老爷子根本不认识这个人，他看了看来人，就问道："小伙子，你叫什么名字？你借这么多钱做什么？"

那个年轻人报了自己的名字，叹了口气说道："我母亲得了重病，急需一百块钱。"

达老爷子看到那个人说话有些着急，就说道："小伙子，你不要着急，走，你跟我回家，我拿钱给你。"

听达老爷子这么说，一旁的李丙希连忙冲达老爷子使眼色，又对那个年轻人说："小伙子，你看达老爷子正在巡山，我看你的事，还是等明天再说吧。"

达老爷子自然也看到了李丙希使来的眼色，就说道："你这个人哪，一点也不厚道，你冲我使什么眼色？他母亲得了重病，急需用钱，他这是一片孝心，难道有什么问题吗？你别管，这个忙我帮定了。"

李丙希被达老爷子数落得脸一阵红一阵白的，就轻声地说道："达老爷子，您都不认识他，也不问问他是哪个大队的，就借钱给他，他要是不还怎么办？"

达老爷子笑了笑，指着那个小伙子说道："他能来找我，说明他信任我。他母亲得了重病，这么大的事，怎么能耽误了？"

说完，达老爷子又冲着那个小伙子说道："小伙子啊，你别着急，走吧，你跟我回家，我这就拿钱给你母亲治病。我告诉你，有病可不能拖，可得早治。"

那个小伙子看到达老爷子这么慷慨，就说道："达老爷子，我是邻村的，人家都说您好说话，是有求必应的'活菩萨'，我以前不信。现在，我母亲有病，我家里没有钱，借也没有借到，是有人告诉我，说您能帮上忙，让我来找您，我就来了。来的路上我还怕您不帮我，却没有想到，您比传说中还要仗义。"

达老爷子点了点头，握住那个小伙子的手，说："走，你这就跟我回家，我让孙媳妇取钱给你。"

李丙希刚要说话，达老爷子已经与那个小伙子向前走了。李丙希感叹，达老爷子自己舍不得吃舍不得喝，却要帮助一个陌生人，这一点实在是太难得了，怪不得他能出去闹革命，并最终成为部级领导哪，人家那思想境界，可不是一般的高啊。

达老爷子将那个年轻的小伙子带回家后，立即来到卧室找钱，可是找了半天，也没有找出一百块钱来。此时，正好孙媳妇吴菊英进屋里来，达老爷子就让吴菊英去取钱给年轻人。

听到爷爷又要拿钱给陌生人，吴菊英也不顾对方也在场，就有些不乐意地说道："爷爷，您让我拿钱给他，我拿什么给他？我又不是开银行的。您要是有钱，您就给他；您要是没有钱，您也别问我要，这一百块钱可不是个小数，我舍不得。"

达老爷子身上没钱，便笑着对孙媳妇说道："哎呀，孙媳妇啊，你看我手头上暂时不方便，你就先帮我垫上嘛，等我方便的时候，我再还给你不就行了。"

听达老爷子这么说，孙媳妇吴菊英乐了。达老爷子经常这样，拿着比一般人高很多的工资，却因为捐款，因为乐善好施，搞得自己没钱花，还经常跟亲人们借钱。借了就借了呗，却从来不提还钱的事，亲人们自然也不好意思跟他提还钱的事。所以，别看他工资高，其实他是欠了亲人们钱的。

吴菊英又想，如果说以前帮助丽江村的乡亲们，是因为都是一个村的熟人，人家多少还会念一声好，现在他又要帮助一个不认识的人，那就有点过头了。你连人家都不认识，就敢拿钱给人家，这不是傻吗？

吴菊英本想将这个老公公数落一顿，话到嘴边又咽回去了。达老爷子尽管脾气有些倔，对儿孙们也很严厉，可是对她这个嫁进门来的孙媳妇，还是非常地尊重。

想到这里，吴菊英就说道："爷爷，我其实也不是因为这一百块钱较真，您要是自己用这一百块钱，我马上就能给您，反正，我们孝顺您也是应该的。可是，您就这样随便地把钱借给不认识的人，您家里就是开着银行，那也给不起啊！"

孙媳妇吴菊英的话一出口，站在喻杰身旁的那个小伙子，也感到非常不好意思。他干笑了几声，对喻杰说道："达老爷子，看来我今天来得不是时候，既然家里不方便，那我就再去别的亲戚家看看吧。"

说完，那个小伙子转身就要走。达老爷子一把拉住他的胳膊，说道："小伙子啊，你看看，你这么信任我，我怎么能辜负了你对我的信任呢？没事没事，我没什么不方便，我这就给你。"

达老爷子冲着孙媳妇吴菊英说道："孙媳妇，你看这个小伙子又不是自己花，他是母亲有病，急着要借一百块钱。他是个大孝子啊，你就帮帮他呗，你要是不帮他，我就去找大队干部。"

话已经说到这份上了，吴菊英也不好意思再说别的了。因为大队干部哪有什么钱，别说是大队干部，就是整个丽江大队现在也是过着拮据的日子。想到这里，吴菊英就转身去了里屋，拿出十张大团结来，交给达老爷子，说道："爷爷，这是元龙教书攒下的钱，本来想买块手表的，你既然需要，就先借给你吧。"

吴菊英故意把借字念得重一些，意思是提醒爷爷，因为他的大方与仗义，全家人的钱都被他借给别人了。她本来以为爷爷会为此感到不好意思，继而会把仗义收敛一些，谁曾料到，达老爷子在听完孙媳妇的话后，竟然张嘴就说道："好啊，我的这个孙子现在学坏了，前几天我跟他说，让他把钱拿出来给大队修建水电站，他竟然骗我说没有钱，这可真是欺负我上岁数了。等他回来，我一定狠狠地批评他。"

听爷爷这么说，吴菊英没好气地道："爷爷，这是我们的钱，不是你的钱，你有什么可批评元龙的？他就是想买一块手表嘛，要不是你把他挣的钱都捐出去了，他也不至于到现在都没有一块手表。"

喻杰理直气壮地说道："又不是不让他吃饭，他非要块手表做什么？"

吴菊英也是生气了，她也不再客气，当着借钱的年轻人面，直接说："他不是你，你有国家给你发手表，他就是老百姓一个，不自己挣钱买手表怎么办？你又不给他买。"

说完，吴菊英就不想再搭理达老爷子了，转身出了屋。

达老爷子手里拿着孙媳妇给的钱，心里也不是个滋味。他虽然嘴上说要批评孙子喻元龙，却也知道元龙是个好孩子。他也不怪孙媳妇挪揄他，因为他确实把家里人的钱都拿出来捐给村里了，现在全家没有钱这也是事实。想到这里，达老爷子也觉得亏欠家里人的实在是太多了。

小伙子眼见着达老爷子和孙媳妇产生争执，也很不好意思："达老爷子，我原来以为您很有钱，原来您也没有钱啊。既然如此，我看我还是不借了吧，以免引起您家庭不和。依然谢谢您，达老爷子。"

达老爷子回过神来，赶紧说道："小伙子，你别听我孙媳妇瞎说，我告诉你啊，她不是个坏人，其实，她就是刀子嘴豆腐心，是一个特别爱帮助人的好人。没事，这钱你拿去，快给你母亲治病去吧。"

尽管小伙子一个劲地推辞，达老爷子还是硬要把钱往小伙子手里塞。小伙子从达老爷子的手里接过那十张大团结，非常地感动，他两眼含着泪，扑通一声跪在达老爷子的面前："达老爷子，您是我母亲的救命恩人哪，我给您磕头了！"

达老爷子赶紧双手搀扶起那个小伙子，说："你这是干什么？你快起来吧，我告诉你，咱们共产党可不兴下跪这一套。"

小伙子被达老爷子搀扶起来，擦了一把眼泪，说："达老爷子，您的恩情我记下了，您放心，这个钱我一定还。"

达老爷子点了点头："既然如此，你就赶紧回家给你母亲治病吧。记住，有什么困难，你再来找我。"

看着小伙子千恩万谢地转身离去，达老爷子的心里很是欣慰，他在心里一遍遍地为小伙子的母亲祈福，祝福她早日恢复健康。

十一

灵光一闪，溜索运木

因为芦头林场距离丽江村比较近，达老爷子在忙完村里的事后，也会走路去林场探望喻力光。这个小儿子，是他在五十多岁的时候，从孤儿院里领养的。因为他参加革命后再婚的妻子陈希不能生育，所以，他们就从孤儿院里领养了一女一儿两个孩子，女儿喻向勤是老大，老二就是儿子喻力光。

达老爷子来访，芦头林场的干部也是格外地高兴，他们带着达老爷子参观山林，给达老爷子讲这个1956年成立的林场历史，俨然将达老爷子当成了前来调研的国家干部。达老爷子笑呵呵地听着，当林场领导讲到过去光荣的历史时，达老爷子还不时地夸奖几句，这让林场的领导感到很有面子。林场的领导提出，只要是有入党、提干等好事，他们会优先想到喻力光。达老爷子听完，脸上就有些不高兴了，但是他也知道，不能伤了林场干部的工作积极性，于是，就淡淡地说了一句话："千万不要搞那一套，你要是搞那一套，我就将喻力光弄回村里种地去，凡事还是要看喻力光的表现。"

这一下，轮到林场的领导犯嘀咕了，难道达老爷子来访，不是为了喻力光的事？那他来芦头林场做什么来了？

想到丽江大队直到现在还没有用上电，芦头林场的干部又向达老爷子保证，只要达老爷子一声令下，他们马上会从林场接一根电线到他家，圆达老爷子的用电梦。

达老爷子笑了笑，说道："谢谢你的好意啊，不过，丽江大队都没有用上电，我要是从这里拉一根线，不是搞特殊化吗？这个头不能开，坚决不能开。"

看着林场干部一脸茫然的样子，喻杰想了想，觉得可能是自己来得冒失，让对方不知所措，于是就笑着跟林场的领导说道："哎哟，我来了，你们也不用紧张，我就是过来串串门，来看看林场的工作，看一看力光。"

听达老爷子说来林场没有别的事，芦头林场的领导这才松了一口气，赶紧带着达老爷子去找正在伐木的喻力光。尽管芦头林场就在丽江大队旁边的山上，距离并不是很远，可是达老爷子却与喻力光"约法三章"，让他没有事的时候，要像其他的同志一样留在林场，千万不要工作不干，总是往家里跑，要多为林场作贡献，多起带头作用，不可以给喻家人丢脸。

喻力光是一个懂事的好孩子，自然，父亲的话，他是记在心上的，所以，在进入林场的这些后生当中，他算是表现最突出的一个了。他因为工作干得好，还曾经多次受到芦头林场领导的表扬，而林场的领导跟达老爷子所说的，有提拔机会先想着喻力光，也并不是全看达老爷子的面子，而是喻力光只凭自己的表现，就已经赢得了林场领导的认可。

当达老爷子出现在喻力光面前的时候，喻力光刚刚砍完了两根木头，他一肩扛一根木头，准备将这两根木头从陡峭的山路上扛下去。别看树木不是很粗，要想将树木扛下陡峭的山路，也不是一件易事。那个时候，交通不是很方便，林场的职工们，就是通过这种肩扛的人力方式，往山下运木头。

看到父亲来了，喻力光赶紧将木头放到一旁，擦了一把汗，便向达老爷子跑去。几个月没见，看到父亲好像又老了一些，喻力光的心里有些难受。达老爷子看到儿子满头是汗，人变得更黑更壮实了，心里很高兴。他走上前拍了拍儿子的肩膀，说道："嗯，不错，几个月没见你，你长得又壮实了，好，你好好干，可千万别给我丢脸。"

喻力光也笑着说道："爸，不管我在哪里，您说的话，我都记在心上哪。现在我来到林场，领导对我也很好，我一定加油干，您老就放心吧。"

芦头林场的干部们，也不失时机地夸奖喻力光表现好，是一个懂事的好孩子。达老爷子点点头，并没有对喻力光的表现有任何的表示，而是转移话题问起了林场生产的事。喻力光就将肩扛木头又费时又费事，可是这山路崎岖，很难将木材运出去等事，全部跟父亲说了出来。

儿子提出的问题，让达老爷子陷入了沉思。是啊，在这样陡峭的山路上往外运木头，确实不方便，可是又该用什么样的办法，将木材更省力更快捷地运出去呢？达老爷子转过身，站在一棵树前，开始思考。

林场的干部和喻力光都不敢打扰，怕扰乱了达老爷子的思路，只好站在一旁，默默地注视着达老爷子。

达老爷子在树下想了半天，忽然想到，在云南、西藏等山区，有一种叫"溜索"的交通工具。通过溜索将木头往山下运，不就快多了吗？想到这里，达老爷子激动地转过身来，将自己刚刚想到的好主意，连说带比画地讲给林场的领导听。

芦头林场的领导，自然也是非常佩服达老爷子的智慧，纷纷夸奖这个主意好。可是，从山上到山下需要很长的绳子，这些绳子又该从哪里来？达老爷子当即表示，他可以帮助林场协调买绳索，并且嘱咐林场的领导，一定要用钢绳索，因为安全永远都是第一位的。

林场的领导听达老爷子说出这么好的主意，激动地握住达老爷子的手道："达老爷子啊，我代表林场的职工谢谢您了！您先是带头修了加芦公路，林场由以前赶马车往外运木头，变成了开汽车往外运木头；现在，您又提出了溜索运木头的好主意，我们林场所有的人都感谢您啊！"

喻杰点了点头，说："凡事咱们一定要多想办法来解决，我觉得吧，只要多想办法，那么办法一定会比困难多。你们放心，我今天晚上就给相关部门写信，让大家帮助你们林场想更多的好办法。"

听喻杰这么说，芦头林场的领导非常地激动，这可是从北京回来的老部长啊，只要是他答应的事，各个部门都会给面子。林场的领导对喻杰千恩万谢，想留喻杰在场里吃饭，尝一尝林场的特产，却被喻杰给拒绝了。他匆匆地转身，也不用喻力光他们送，拄着拐杖就离开了。

当天晚上，达老爷子就拿出了毛笔和砚台，铺开一张信纸，给平江县交通局写信。他写信主要是反映两个方面的问题：一是再次提到，等丽江村里的山口水电站动工时，需要交通局安排人手；二是请交通局局长帮助协调，给林场买绳索。

十二

"你可真是别人的好爷老子！"

第二天早晨，喻杰正在家门口收拾菜地，一名退伍兵来找他。喻杰在村里德高望重，丽江村里的乡亲们有事，也愿意跟达老爷子说，所以，对于这名退伍兵来访，家里人也觉得很正常。

这名退伍兵的手里提着一只鸡。因为他知道达老爷子素有好名声，从来不收乡亲们的礼物，所以不敢提着鸡直接进屋，而是将绑好腿的鸡拴到了院里的树上，然后才迈步走到达老爷子身旁。

达老爷子很喜欢跟年轻人聊天，一看来的是一个退伍兵，热情得不得了，又是递烟又是上茶的，真的是把这个退伍兵当成了稀罕客人了。原来，他是邻村一名退伍兵，刚从部队上回来，民政部门还没有给安排工作，所以，就来探望达老爷子，说是想听一下达老爷子的指示。他嘴上虽然说的是来听达老爷子的指示，其实就是要让达老爷子帮他找份好些的工作。

达老爷子的热情，也让这位退伍兵没有想到。在他的印象里，大官肯定是有大架子的，可是眼前的这位满头白发的老部长，一点官架子也没有，就像是他已经过世的爷爷。看见达老爷子这么热情，这名退伍兵就将来的目的，一五一十地跟达老爷子说了一遍。

喻杰家里人本来以为，这名退伍兵说完他来看达老爷子的目的，肯定要挨达老爷子的批评。因为达老爷子是一个有原则的人，你家里生活有困难找他，他肯定会全力以赴地帮助，可你要是找他利用手里的关系走后门，做一些谋私利的事，他肯定会断然拒绝。

但是这一次，家里人全都猜错了。达老爷子抽了口烟，在听完这名退伍兵的来意后，笑呵呵地问道："你在部队上这几年，有没有学习什么技术？"

听达老爷子这么问，这名退伍兵就觉得这个事有门，笑着说道："老部长啊，我在部队上学的是开车，只是现在回到村里来了，咱们这里也没有汽车，我想现在汽车倒是没得开了，还是安心地开牛车马车吧。"

说完，这名退伍兵还做了一个赶车的动作，惹得达老爷子哈哈大笑。"开车是个好活啊，手握方向盘，给个县长也不换啊。好吧，你的事我应下了，我替你问问县交通局，如果他们那里缺人，你就到他们那里上班去吧。"达老爷子爽快地说。

这名退伍兵听达老爷子这么说，简直不敢相信自己的耳朵，从椅子上站了起来，激动地说道："老部长，您说的可是真的？"

达老爷子摆了摆手，示意他坐下，又说道："你快坐下吧，坐下咱们慢慢说。"

看到这名退伍兵坐下，达老爷子说道："君子一言，驷马难追。我是一个说到做到的共产党员，我说的话自然不会是骗你的，你回家等着吧。我今天就给县交通局的领导写信，说说你的事，我想过不了几天，县交通局的人就会联系你。"

这名退伍兵听达老爷子这么说，又一次站了起来，说道："老部长，实在是太感谢您了，我也没有别的，我给您敬个标准的军礼吧！"

说完，他就站了起来，恭恭敬敬给达老爷子行了一个标准的军礼。达老爷子激动了，军礼是他当兵时经常行的礼，自从离开西安去北京以后，因为身份转变，除了战友们相见，他就很少再与人行军礼了，大家更多的是握手。如今，看到这名退伍兵就站在自己家里，给自己敬军礼，达老爷子的心里别提多激动了，那些戎马倥偬的军旅往事，也一幕幕地涌上心头。达老爷子的眼里含着泪，给这名退伍兵还了一个标准的军礼。

这是达老爷子破天荒地第一次动用关系，替别人办私事，家里人都感到不理解：这根本就不是达老爷子的风格啊。更令家里人没有想到的是，当达老爷子送这名退伍兵离开时，看到他放在院子里的鸡，既没有让这名退伍兵带回去，也没有像往常一样，让家里人拿钱或者粮票让这名退伍兵带走，而是很坦然地将这只鸡收下了。

老爷子这是怎么了？家里人不敢问，可是，总感觉达老爷子今天的表现怪怪的，有点不对劲。达老爷子自然也感受到了家里人的疑惑，等到送走了这名退伍兵，就将喻元龙叫过来，问道："元龙啊，你是不是觉得爷爷今天有些贪心啊？怎么会平白无故地收人家一只鸡啊？"

喻元龙听爷爷这么问，笑了笑说："爷爷啊，您总算是开窍了，以后啊就应该这样。咱们也不欠人家的，不就是一只鸡几个鸡蛋嘛，也不是什么值钱的东西，其实就是大家表达对您的一份敬意，算不了什么，相对于您给村里捐出的东西来说，我觉得根本算不了什么。"

达老爷子叹了口气道："元龙啊，我如果不要他的鸡，他肯定觉得这个事我不会替他办，所以我就先收下。等过几天，他的事我办成了，我再将鸡给他还回去，这样，他才能心安啊。"

喻元龙有些不解地问道："爷爷啊，您这个人热情我们都知道，只是您又不是不替他办事，何必要考虑对方的感受哪？"

达老爷子笑了笑，说道："元龙啊，你没有当过兵，可能不知道。爷爷告诉你吧，尽管他是一名退伍兵，可是退转军人的事，必须做好。要是退转军人的事办不好，是容易出大问题的。"

当天晚上，达老爷子将之前写给县交通局的信撕了，又重新磨好了墨，拿起毛笔来重新写了一封。在这封新写的信里，除了前面提到的两条外，他将这名退伍兵的事也带上了。写好后，他将信装入信封，嘱咐孙子喻元龙，一定要将信尽快发走。

达老爷子的心里装着退伍兵，认为必须把他们的事情解决好。确实，国家眼下的经济并不太好，难以将所有退伍兵的生活都安排好，但还是要尽可能地为他们解决实际困难。只有这样，才能吸引更多的年轻人来参军保卫祖国。

达老爷子写给交通局的信发出后没有几天，那名退伍兵便接到了县交通局的通知，让他去面试。当他在大队办公室里接到电话后，激动得疯了一样就往喻杰家里跑。到了喻杰的家里，二话不说，就又给达老爷子敬了一个军礼。达老爷子马上还礼，并鼓励这名退伍兵要永葆革命军人本色，在新的工作岗位上好好地干。

这名退伍军人非常地感动，当即向达老爷子表态："老部长，您就放心吧，我是绝对不会给您丢脸的。尽管我已经退伍了，可是，我既不怕苦也不怕累，我是一定能够干好工作的！"

当天，达老爷子还留这名退伍军人在家里吃饭。当红薯饭、南瓜汤端上来的时候，平时不喝酒的达老爷子，甚至让喻元龙给拿上来两个酒盅，与这名退伍军人一起喝起了小酒。

家里人谁也没有想到，平时不饮酒的达老爷子，竟然跟这个退伍兵喝起了酒，这足以看出达老爷子对退伍兵的重视。

达老爷子给这名退伍兵解决了工作的问题，可把这名退伍兵给激动坏了，他连着敬了达老爷子好几杯酒，跟达老爷子说了很多部队上的事情。达老爷子也是特别地高兴，也将在长征时期的很多往事，一股脑地全说了出来，还一个劲地劝这名退伍军人喝酒，而他自己，则是象征性地喝了一些。

当天，在喻杰的家中，这名退伍军人喝醉了，一会儿称呼喻杰老首长、老部长，一会儿称呼他达老爷子，那个醉酒的样子，惹得喻杰是哈哈大笑。喻杰也受到了感染，觉得自己好像回到了烽火连天的军旅岁月。

趁着这名退伍兵酒醉的时候，达老爷子将十斤粮票塞到了他兜里，并让孙子喻元龙带上他送来的鸡，将这名退伍军人送回了家。

等到这名退伍军人一走，家里人可就不高兴了。大儿子喻砚斌就开始埋怨达老爷子："爷老子啊，你可真是别人的好爷老子啊，人家找你给介绍工作，你就给别人介绍工作，可是你自己的儿孙们，你就不管了？全让我们在家里种地？"

喻杰知道喻砚斌是在抱怨他，他也不恼，笑呵呵地说道："怎么不管你啊？是缺你吃了，还是缺你喝了？要是你真吃不上喝不上，我能不管你吗？我是你的爷老子嘛。"

听达老爷子这么说，喻砚斌有些无奈地笑了。笑过以后，他继续数落道："爷老子啊，敢情人这一辈子就只图个吃喝啊？你看看人家那些老革命，国家又是分房又是配车，儿女也都给安排工作。你可倒好，把我们都弄回来种地。你想想，你对得起我们吗？"

达老爷子叹了口气，说道："我生了你们养了你们，哪一点对不起你们了，我又不是不让你们吃饭，对吧？"

喻砚斌叹了口气："爷老子啊，1950年，你任西北军政委员会贸易部部长兼财经委员会副主任的时候，我提着一包干粮，从咱们老家千里迢迢地跑去西安找你。那个时候，咱们国家百废待兴，哪里都缺人，我也没有啥要求，就是随便给我找个活，干什么都行，可是你当时怎么说的？"

达老爷子当然知道自己当时是怎么说的，却依然装作不知道的样子："是啊，我怎么说的？你看看这过去很多年，我都给忘了。"

喻砚斌都被爷老子喻杰给气乐了，他继续说道："好吧，你忘了，我给你想着哪。你当时说了，城里需要人，农村更需要人，你在农村待了二十多年，熟悉农村的环境，趁着年轻力壮，还是回去继续建设农村去吧！你说说，你可是我的亲爷老子啊，一句话，就将我打发回湖南老家了。"

达老爷子听到儿子喻砚斌抱怨自己，有些生气："回家种地有什么不好？你要是不回家种地，你能入上党？能当上丽江大队的大队长？这还不是人家看我的面子？"

喻砚斌苦笑了一下，说道："是，人家是看你的面子。我也没说你不好，我只是觉得，你当时可能考虑到刚解放，马上就安排自己的子女，有些不合适，也确实，所以，在1954年，我又去西安找你。这一次，我已经做了决定，就是留在你的身边，做个什么活都行啊，可是，你又把我给打发回来了。你说说，爷老子，有你这样的爷老子吗？"

"住嘴，我不许你胡说八道……"

达老爷子是真的生气了，他不允许自己的儿子喻砚斌继续说下去。因为，在他的心里，外面的金窝银窝，始终比不上丽江的青山绿水，而他让儿孙们都留在家乡务农，其实就是为了让自己的儿孙，将这一片生他养他的故乡建设好。

儿子喻砚斌看到爷老子生气了，便叹了口气，想转身离开达老爷子的屋子。达老爷子却叫住了他，说道："砚斌啊，我告诉你，那些跟我一些闹革命的战友，他们很多人都死在了革命的道路上，你爷老子我既然活下来了，就不能辜负了他们的期望，咱们就得将整个丽江整个加义给建设好啊！"

喻砚斌知道爷老子的脾气，看到父亲说话态度软了下来，在门口停下，说道："爷老子，我也没有说你别的，只是觉得，既然是建设社会主义，干什么工作都是干，那我们为什么非要种地？再说了，我们没给你丢脸不说，甚至还给你争光了，你不帮我们不要紧，可也不能挡着我们的路啊。你说说，别人一句话，你就给找工作，我们凭自己的本事，换来的工作机会，你却拦着我们，非要把好的工作机会让给别人，我们想不通啊！"

喻杰叹了口气，说："砚斌啊，我知道县里曾经想要把你调过去，是我一个电话打过去，把这个事拦下了，然后，就调走了别人。你的心里肯定不痛快，换成是我也不痛快。可是，你想过没有，你是我的儿子，你的起点已经比别人高了，你还想怎么着？我们不能以权谋私，让别人戳我们的脊梁骨啊！"

喻砚斌回过身来，走到喻杰的面前："爷老子，我也实话跟你说了吧，我都已经快到知天命的年龄了，我已经无所谓了。可是，我弟弟喻力光还年轻，你的孙子喻元龙还年轻，你总得帮他们想想办法吧？难道也要像我一样，一辈子在农村种地？"

喻杰叹了口气，站起身来，拉住儿子的手说道："砚斌啊，你也知道，咱们共产党的官，不同于国民党的官。你看看伟大的领袖毛主席，在朝鲜战争的时候，不是也把儿子毛岸英送到了朝鲜，并牺牲在朝鲜了吗？你要相信，咱们共产党的官那是最公正的，是绝对不能以权谋私的。再说了，就是你凭本事得来的好机会，在外人的眼里，人家也会说我以权谋私啊。"

喻砚斌苦笑了一下，挣脱父亲的手："那是你，不是别的高官；你看看是不是所有的官，都跟你一个样。"

喻杰倔强地道："别人是别人，我是我，我还是那句话，别人以权谋私我管不着，要让我喻杰以权谋私，这办不到！"

喻砚斌听爷老子喻杰说得这么坚定，就说道："总之啊，我说的话你就想想吧，你是我的爷老子，我尊重你，可是你作为这一家之主，也应该替咱们家考虑考虑，因为这也是你的责任。好了，我的话说完了，你睡不着觉的时候，慢慢考虑吧。"

说完，喻砚斌就迈开步子，转身离开了达老爷子的屋子。达老爷子看着儿子的背影，轻轻地叹了口气，走到门口将门关上，又转身来到桌前，摊开信纸，开始写山口水电站的建设规划。

十三

抓赌博，正风气

在达老爷子的心中，始终有一个伟大的梦想，就是要用机械化来彻底改变家乡丽江的落后面貌。伟大的革命导师列宁曾经说过，"电力工业最能代表最新科技成就"，而人们也常说，"共产主义就是：楼上楼下，电灯电话"。所以，给家乡修水电站，让所有的乡亲们都用上电，这只是第一步。在达老爷子的规划蓝图里，包含了修水电站、买拖拉机、买电动打米机等具体事宜，甚至，他还想到，等过几年经济上去了，要让所有的丽江人民，都住上高大宽敞的别墅，这才是他希望看到的未来新农村。

想到这里，达老爷子又为自己感到担忧，觉得自己已经是一个七十岁的老人了，已经到了风烛残年，也不知道老天爷能够给自己多少时间，毕竟，从长征时期，就落下了肠胃病，现在又有冠心病等多种病症，这些慢性病一直折磨着自己……想着想着，达老爷子不禁有些伤感。

煤油灯的灯芯越来越短了，光亮有些不足，达老爷子就起身从柜子里找出插在线穗上的针，用针头挑了挑灯芯。煤油灯的火苗一下子蹿了上来，虽然烟大了一些，可是光线也明显亮了很多。

看着煤油灯里的火光，达老爷子突然觉得，其实人的一生就如一盏煤油灯，人死了一切也都没有了，但是即使最终灯还是会灭，也要尽可能让光线更亮一些。自己是一名共产党员，更要为人民群众贡献光和热。只要多活一天，就要多为老百姓做一天的事。

虽说三年困难时期早已经过去了，但丽江大队社员们的日子过得依然不好。达老爷子就想，为什么人们每天都出工，却依然不能过上富足的生活，只能挣个温饱？到底是哪里出了问题呢？为此，达老爷子经常走街串巷，只要是与人聊天，就请教这个问题。可是，乡亲们又能有多少想法？大家说得最多的过上好日子的办法，就是按规出工不偷懒，多几个劳力挣工分，因为只有多挣工分才能多分粮食。达老爷子觉得他们说的没错，可是也不能说对。

达老爷子不甘心，他希望通过多多走访乡亲这种方式，真正地找出一条适合农村发展的道路来。可是，他在走访乡亲的时候，也发现了一个新的问题，那就是在农闲的时候，有些乡亲就聚到一起玩牌。达老爷子认为，适当地玩几把牌娱乐一下，也没有什么大不了，甚至可以起到丰富社员们业余生活的作用。可是，在大家玩牌的同时，也存在着一个隐患，那就是玩牌的人可能会赌钱。玩牌如果掺上赌，那可就不好了，达老爷子也隐约地听到，好像真的有人在赌钱。

他想去抓几个现行，纠正一下社会风气，可年老体衰，腿脚也不利索，即使别人真的在赌，他也抓不到，别人也不可能当着他的面赌钱。于是，达老爷子回到家，想请儿子和孙子来帮忙。等他把话讲出来，儿孙们就劝他少管闲事，不要惹一身的麻烦，毕竟都是乡里乡亲的，真要是抓到赌钱的，那面子上可就挂不住了。请儿孙们帮忙不成，达老爷子就让丽江大队干部帮忙。可这些人都是赌钱社员的重点盯防对象，他们行动了几次，都是无功而返。

就在达老爷子无计可施的时候，一名妇女鼻青脸肿地来找他了。她跑到达老爷子家里，向达老爷子哭诉说丈夫迷上了赌博，将家里的粮票和钱全都拿去赌了，输光了钱和粮票不说，还回到家里，要把家里的鸡和猪都卖了去赌。她出面阻止，却没有想到，竟然遭到了丈夫的毒打。没有办法，她只好来请达老爷子出面，将丈夫给劝回来，让他别再去赌了。因为达老爷子在村里很有威望，她相信，只要他出面，丈夫一定会听的。

达老爷子正愁没处入手呢，听这位妇女说完，猛地一拍桌子就站了起来：这还了得！把家都给赌光了，还打人！

达老爷子是真的火了，他抄起拐杖就跟着这名妇女出了门。等到了丈夫赌博的屋外，这名妇女却不敢往里进了，她怕再挨丈夫的打，更怕气急了的达老爷子将丈夫送进公安局。达老爷子看这名妇女不进去，自己一把推开门，就到了屋里。只见满屋子的烟气，一张桌子前，四个人正在玩牌，桌上满是扑克牌、粮票还有零零散散的钱……

达老爷子一下子冲上前，一把就将桌子给掀了，大声地吼道："你们知道这是在做什么吗？"

达老爷子对乡亲们一直很和蔼，乡亲们也都很敬重达老爷子。此时，看到达老爷子发火了，四个赌博的害怕了，纷纷请求达老爷子不要将此事说出去，要是将这个事说出去，他们就完蛋了。

达老爷子满脸怒气，一言不发。他是真想将此事说出去，让赌博的人都受到惩罚，可是，听到他们好言哀求，又有些心软，想到真要是那样做，这四个人可就毁了……

那名妇女的丈夫看到达老爷子不说话，以为达老爷子真的要让警察来抓他们，就扑通一声跪在达老爷子的面前，求他不要将事情说出去。看着这名跪在自己面前的赌徒，达老爷子叹了口气，说道："我要是有心害你们，就不会一个人来了，我随便叫上几个公安局的人，你们就要被抓起来判刑。机会我可以给你们一次，但是，你们也要保证，再也不能赌博，要是让我再看到你们赌，那我一定把你们送进公安局。"

其中一个赌博的听达老爷子这么说，赶紧拿出一支烟来，想讨好达老爷子。达老爷子没有接烟，而是继续说道："你们想想旧社会，有多少人因为赌博，搞得家破人亡，这都是血的教训。闲来没事，玩几把牌，这个大家都能理解，可要是沾上赌就真的不好了。"

"是是是，我们一定改、一定改。"

"是啊，达老爷子，您说的话，我们一定听。您怎么说我们就怎么做，我们再也不敢赌博了。"

"达老爷子，您就放我们一马吧，只要您放过我们，您让我们做什么都行啊。"

喻杰看了四人一眼，语重心长地说："十赌九输，就没有听说过靠赌博可以过上好日子的。好了，你们既然也都说了戒赌，那我就看你们的实际行动。这个事我暂时替你们保密，但是，如果再让我听到你们赌，到时就不是我来了，我一定让公安局的同志来找你们。"

"是，达老爷子，我们再也不敢了，再也不敢了啊。谢谢达老爷子，谢谢达老爷子。"

达老爷子叹了口气："你们收拾一下桌子，该是谁的钱和粮票，你们各自拿回去。记住，不能按输赢拿，谁带来多少拿多少。这次我放了你们，以后就不要再赌了。"

说完，达老爷子就拄着拐杖离开了屋子。

在回家的路上，达老爷子反复想一个问题，乡亲们总是闲着不行，要想让他们不继续赌博，除了加强教育以外，还要让他们有事做，得尽快将建设山口水电站的事提上日程。

大队里有人赌博的事，难道真的就这么算了吗？当然不是，为了让全丽江大队的社员们都引以为戒，达老爷子特地召开了全体社员参加的戒赌会议。达老爷子着重讲了赌博的危害，并不点名批评了大队赌博的社员，同时重点强调，如果队里再发生赌博的事情，他一定不藏着掖着，一定要将此事交给公安局处理。

达老爷子在会上板着脸，说话的声音很大，那个样子非常地威严。社员们都觉得，这个时候的达老爷子，才像是从北京回到村里来的大干部，颇有点"包青天"的感觉。

他们算是说对了，达老爷子还真是"包青天"，别说是几个赌博的社员了，就是彭德怀彭老总，他觉得做得不对的，也会顶回去，而且还顶过不止一次。

早在井冈山时期，喻杰就跟着彭老总打游击，也算是彭老总最得力的手下了。全面抗战爆发后，喻杰成了专管军需物资和军费的后勤干部，彭老总就命令他多给战士们发军费。可是不当家不知道柴米贵，彭老总只知道心疼战士，却不知道作为一名军需干部得操多少心。喻杰觉得该给的军费也都给了，还要再额外加钱，不行，就不听彭老总的。彭老总觉得战士在前线打仗流血，一切的供给军费，就应该对他们倾斜，也就坚持加大发放力度。可是，彭老总这位老领导的话，喻杰就是不听，气得彭老总直骂娘，甚至威胁要毙了喻杰。喻杰也是个一根筋：你就是再骂，你就是毙了我，我也要按照原则办事。后来，这件事传到了朱德朱老总的耳朵里，还是朱老总出面，按照程序批示了，喻杰才将军费物资按彭老总的要求，下发到部队。

作为一名曾经管过钱与物资的高级干部，喻杰当然知道钱与粮票在家庭中的作用。所以，他反复地强调，丽江大队的社员们绝对不能赌博，以后只要是发现有赌博的现象，坚决毫不留情地严肃处理！因为赌博而家破人亡的例子很多，全体社员必须引以为戒！

达老爷子说起话来不怒自威，那种威严让人敬畏，不可冒犯。自这次会议以后，别说是赌博了，就是玩牌的也少了很多，全村人已经拧成了一股绳，就等着开工建设全村第一座水电站了。

一开始，喻杰也认为，只要是钱的问题解决了，建设一座小型水电站，是水到渠成的事。可是，随着水电站规划的陆续铺开，以及相关人士不断提出问题，达老爷子觉得，就目前情况来说，要想建起一座小型水电站，还需要请相关的专家实地调研，仔细研究。

为此，喻杰特意邀请了县水利局的专家来到丽江村。专家来了以后，喻杰亲自陪同勘探场地，研究施工中可能遇到的问题。他明确地告诉水利专家，尽管已经提前选好了施工地点，但如果他们觉得不合适，就按他们的要求改，让水利专家放开手来测量，大胆地来设计，只要是专家定的，他全部都尊重。

虽然喻杰没有提前告诉专家他选的施工地点，但水利专家经过实地勘探后定好的地址，竟然与他所选的完全一致。丽江大队的干部都对着达老爷子不停地竖大拇指，说达老爷子真有远见，不愧是当过部长的老领导。

听大队干部这么说，喻杰笑了笑说道："凡事只有多调查，多思考，才能少走弯路，才会事半功倍。"

是啊，凡事只有多调查，才能少走弯路，才会事半功倍。多么朴实的话啊！可是，再仔细想想，又有多少人在做事之前，经过认真的调查研究了呢？相反，不经过实地调查，也不经过认真思考，一拍脑袋就干事情的人实在是太多了，结果就是劳民伤财。所以，直到现在，尽管丽江人民的生活水平得到了很大的提高，可是村里依然传承着达老爷子的务实作风，凡事注重调查——这也是达老爷子留给丽江人民的宝贵财富。

经过水利专家的实地勘探，确定好了修建水电站的地点，所需要的建设材料与器材也都陆续到位，丽江大队的社员开始全力投入到山口水电站的建设之中。

十 四

"要学会让科学技术来给你们干活"

在达老爷子的帮助下，质量过硬的钢绳索，终于运到了芦头林场。林场的领导第一时间来到达老爷子家，跟达老爷子作了汇报，并请达老爷子找专业人员前来林场安装。达老爷子很痛快地应了下来。

达老爷子出马，一个顶俩，这是全丽江大队和芦头林场人公认的。可别说，在达老爷子给北京写信后不久，一支专业的溜索安装队，便来到了芦头林场。都说是专业的人办专业的事，安装人员只用了不到三天的时间，一条长长的溜索，便连接起了林场的山上与山下。

看着这条长长的溜索，林场的领导特别地感动。当天，林场职工就想用溜索往山下运木头，却遭到了林场领导的阻止。林场的领导告诉职工，应该请达老爷子来林场，亲自看看第一次溜索运木，以表达林场所有职工对达老爷子的感谢和尊重。为此，林场领导特批了喻力光一天假，让他回家请父亲喻杰，前来参加溜索第一次往山下运木头的仪式。

就这样，喻力光回到了好长时间没有回的家。喻力光刚到家，达老爷子就问道："我说你不在林场里干活，跑回家里来做什么了？是不是不想干了？"

喻力光被父亲问得有些莫名其妙，就说道："爸，我哪里不想干了，我这次回来是要告诉您，您提出的溜索运木头方案，现在终于成功落实了。林场的领导让我回来，是请您去参加这个运木仪式。"

听喻力光这么说，喻杰点了点头，说："你没有偷懒就好，别像那些娇生惯养的孩子一样，吃不了苦，丢我们老喻家的脸。好，你回去吧，告诉你们领导，我肯定会准时参加的。"

难道是父亲撵我？我这也好长时间没有回家了，难道刚进家门，连口水都没喝，父亲就要让我回林场上工去？

喻力光还真是想对了。就在喻力光愣神的工夫，喻杰接着说道："你现在是插队到林场的知青，尽管距离家很近，你也别没事就往家里跑，这样影响不好。你还是回去上班吧，别让人家说你躲在家里偷懒。"

喻力光彻底无语了，父亲难道一点也不心疼儿子吗？就那么着急要撵自己回林场吗？想到这里，喻力光说道："爸，这次是林场的领导特批了我一天的假，让我回来请您的。我想平时林场也很忙，我也很少有空回家，不如就让我在家里待一天，帮您干一天的活吧。"

喻杰也知道喻力光一片孝心，就说道："爸爸当然知道你是一个有孝心的好孩子，可是林场的活也忙啊。你不用管我，早些回去上班吧，你这一走，你那一摊活肯定没有人干，回去吧，听话。"

就这样，喻力光回到家屁股还没有坐热，就被父亲给撵回了林场。看到爷爷将二叔给撵回去了，喻元龙有些不高兴了，替二叔喻力光鸣不平："爷爷，二叔刚回来，您就将他撵回去上班，您让二叔心里怎么想？"

喻杰笑呵呵地说道："他爱怎么想就怎么想。我是他爷老子，我撵他回去，是为了不耽误他上进，是为了让他多给林场干活，这样才有利于他的成长进步嘛。"

喻元龙也彻底无语了，他叹了口气道："爷爷，我不同意您的观点，您说是为了让他进步，可是他进步有用吗？您别以为二叔不回来我就不知道，林场的人可都传开了，说是林场的领导向您保证过，有入党提干的机会，先想着我二叔，可是却被您拒绝了。您要知道，您当过部长，您拒绝了就等于二叔失去了进步的机会啊。"

喻杰依然笑呵呵地说道："你就不要管了，我告诉你，你二叔的志向不在林场，总之，这个事你就不要管了。"

芦头林场正式用溜索运木头的那天，达老爷子穿上一身干净的中山装，早早地带着喻砚斌与两个小曾孙来到了林场，见证第一次用溜索往山下运木头。

因为是第一次用溜索运木材，所以，达老爷子想亲自上阵，可林场领导却怕达老爷子有个闪失，不想让他亲自上阵。在林场领导和喻家人的反复劝说下，达老爷子这才打消了亲自往溜索上架木头的念头。

达老爷子眼见不让他干活，只好转而求其次，在一旁帮着儿子喻力光往木材上系绳子。

拗不过达老爷子的热心肠，林场领导也只好由着他了。达老爷子一边往木材上系绳子，一边唠叨着要注意安全，还时不时地检查一下绳索的牢固度。等到感觉差不多了，才让喻力光起绳子。都准备好了，喻力光望向林场领导，等林场的领导发话。

林场领导就来到达老爷子面前，请达老爷子讲话。

达老爷子笑着说道："还是你来讲吧，你是林场的领导，我只是一个来看热闹的老头，我讲话，确实有些不合适。"

"有什么不合适的？您是财政部退下来的大领导，是咱们整个加义地区最大的领导。您来芦头林场，这本身就带有指导工作的意思，当然得由您来讲话。"

达老爷子听林场的领导这么说，推托道："我都七十岁的人了，还讲个啥劲？而且这次来林场，是以职工家属的名义来的，我现在已经不是领导了，我现在就是丽江大队的一个老百姓，所以，这话还得你来讲。"

林场的领导笑了笑，说道："哎哟，老部长啊，您快别这么说了。您即使退下来了，在我们眼里，也还是大领导。您来林场，就是来'微服私访'了，您快别推辞了，快给我们讲几句话，做一下战前动员吧！"

达老爷子一看再推托下去也没有什么意思，这才走到职工们面前，清了清嗓子，朗声说道："同志们，我只讲两句话：一是要学会让科学技术来给你们干活；二是在生产当中一定要注意安全。我的讲话完了。"

完了？领导讲话就只讲这么几句？这还是领导讲话吗？

在众人的眼里，领导讲话，就应该是长篇大论，就应该是侃侃而谈，就应该是指点江山神采飞扬，可是这一切都没有，达老爷子只讲了两句话。

芦头林场的干部职工没反应过来，还在等着喻杰继续讲下去。过了片刻工夫，大家才反应过来，原来达老爷子的讲话已经结束了。现场立即爆发出了雷鸣般的掌声。大家实在是太激动了，从达老爷子简短的讲话里，大家体会到的是务实和实干的精神。大家都觉得喻杰的讲话实在是太有道理了，因为在任何一个年代，科技的力量，都代表着智慧与进步，而安全又是一切生产的基础，可以这样说，没有安全也就没有一切。

掌声停下，芦头林场的领导这才高声地说道："达老爷子的话，尽管很短，却非常地有道理。同志们，你们一定要记下达老爷子的话！来啊，开工！"

随着芦头林场领导的一声令下，喻力光与工友们一起行动起来。他们将木头拉到溜索上，放下了悬在溜索上的绳子，那捆在一起的木材，便顺着溜索向山下滑去……

现场再一次爆发出了雷鸣般的掌声。这掌声代表着感激与敬意，更代表着大家干好工作的决心。在众人鼓掌的过程中，喻力光目不转睛地看着人群中的父亲。在他的心里，此时的父亲是那样的伟大，他深深地为自己能有这样的父亲而自豪。

十五

老部长杀年猪

1972年春节就要到了，达老爷子特别地高兴，因为过了年，丽江大队就要正式修建山口小型水电站了。为了欢送即将过去的猪年，让全家乃至全大队的人，都好好地过一个新年，达老爷子决定杀一头猪。

杀年猪是丽江人祖上就传下来的习俗，因为过年的时候天气寒冷，猪肉能够储藏很长时间也不坏。

要杀的猪是达老爷子自己养的。当时，改革开放还没有开始，农村几乎没有工厂，所以，那时的农村所生产的粮食与肉食，都是绿色食品。而达老爷子养的猪，更是纯天然环保无污染。

这是为什么呢？因为达老爷子喂猪上心哪。这个"上心"体现在，他会定期给猪洗澡，让猪干干净净的，而且，每过十天左右，达老爷子就要给猪称一称体重。他专门找了一个笔记本，用来记录猪的生长情况，而猪吃的东西，也都是山上的野菜。他在巡山时经常随手拔一些野菜，用几根野草一捆，带回家了，自己吃一部分，大部分拿来喂猪。

除了讲究科学喂养，达老爷子还特别注意让猪也参加体育锻炼。这个就有意思了。别人家的猪都是围在圈里，吃饱了就躺在地上睡觉长膘。达老爷子喂猪不这样，他只要看到猪躺着，就拿一根小竹棍，照着猪的白肚皮一捅，猪就叫着爬起来，在猪圈里来回地转圈。达老爷子把这个当成了乐趣，美其名曰"让猪参加奥运会"。"参加奥运会"的猪自然差不了，个长得大大的，吃起来味道也更棒。

达老爷子这头猪养了四五个月了，其实他是舍不得杀的，但是为什么他又改变主意，要来杀这头猪呢？最主要的原因是，过了年以后，丽江大队山口水电站就要开工了，他粗略地算了一下，需要一万多块钱，他的钱还不够。尽管社员们也捐了一些钱，依然是杯水车薪。而杀一头猪，一是可以让大家过一个好年，还有一个重要的原因是，把猪肉卖了，可以为修建山口水电站筹集工钱。为了省钱，达老爷子连杀猪匠也没有请，他决定自己来杀这头猪。

当天，天还没有亮，达老爷子就将两个儿子喻砚斌、喻力光，还有孙子喻元龙全都叫了起来。当然，两个小曾孙喻群益和喻从勤也不能闲着，他们拿着盆，准备接猪血。达老爷子带着两个儿子，又找来了大队书记刘富佑，还有忘年交李丙希。几个人准备好了绳子，杀气腾腾地冲进了猪圈。达老爷子一声令下，几个人冲上前，合力将这头养了近半年的猪给按倒在地。喻元龙拿过绳子来将猪的四条腿来了两个"猪蹄扣"。然后，大家又将一根木棍插到猪腿间，合力将这头两百多斤的大肥猪，从猪圈里抬了出来，放到案板上。

达老爷子手里拿着一把明晃晃的杀猪刀，威风凛凛地站到了杀猪的案板前。此时，那头猪似乎也意识到了危险，发出尖厉的叫声。村民们听见猪叫声，都争先恐后地跑来看热闹。

达老爷子在杀猪之前，叫曾孙喻群益："来啊，群伢子，赶紧把你手里的盆放到案板下接猪血，这猪血可是好东西，可不能浪费了。"

喻群益听到太爷爷的话，赶紧将一个大木盆放到了案板下，然后站到一旁，看太爷爷怎么杀猪。达老爷子拿着刀，走到案板前，笑呵呵地说道："我说猪啊，我们要用你的肉，来欢送这个猪年，你这也算是为社会主义作贡献了。如果真的有来生，你再来让我们吃，给我们丽江人民作贡献吧。"

看到达老爷子嘴里念念有词的样子，前来看热闹的乡亲们都感到好笑，心说这当过部长的"杀猪匠"就是不一样，即将杀猪的时候，还知道跟猪唠叨两句。

人群越聚越多，大家都想看看达老爷子是怎么杀猪的。

达老爷子拿起刀来，猛地一用力，照着猪身上就是一刀，也不急着拔刀。过了一会儿，用力一转刀把，猛地一下抽出。猪血一下子就喷了出来……

桌子上被绑得结结实实的猪，起初还在挣扎，慢慢地力气越来越小，叫声也越来越弱，直到最后没有了声音。达老爷子拿刀从猪肚子中央划过，猪就被开了膛……

围观的社员们都傻了，他们没有想到，一个当过部长的老领导，竟然也会杀猪！看着众人瞪大的眼睛，达老爷子的脸上挂着笑，心里说，我的事你们不知道的还多着呢。在参加革命之前，达老爷子是走街串巷的卖货郎，经常担着两个箩筐，从城里将针头线脑、香烟糖果等购进来，然后，在平江县的四邻八村里兜售。也是在那个时候，他看到了这个社会上的很多不公平，渐渐地有了投身革命的想法。达老爷子一开始是加入国民革命军参加北伐，后来看到北伐军原来也是贪污腐败严重得很，根本不是他想要参加的军队，就借着机会逃了出来。最后在亲戚喻庚的引领下，才正式地参加了红军。

此时，他用手麻利地剥着猪皮，一旁的大队书记刘富佑就有些好奇了，问道："达老爷子啊，您是从哪里学的杀猪啊？您有这门手艺，我还是才知道哪。"

达老爷子一边剥着猪皮，一边笑着说道："早些年在延安的时候，有一年过年，我们就从乡亲们那里买来了几十头猪，想着给战士们改善一下伙食。可是猪买回来了，才发现一个问题，一个连的战士都不会杀猪。"

李丙希好奇地问道："达老爷子，论说不应该啊，战士们都是杀敌报国的英雄，这日本鬼子都杀过，杀一头猪有什么难的呢？"

达老爷子点了点头，说道："是啊，当时的我们也是这么想的啊，可是猪拉回来了，才知道我们都不会杀猪，因为杀猪跟杀敌人，这根本就是两回事。打敌人远距离你可以开枪，近距离可以拼刺刀，反正不是你死就是我亡，可是拿着刀杀猪，这可难倒了一个连的人。"

人群中，不知道谁问了一句："达老爷子，那你们最后是谁杀的猪啊？"

达老爷子笑了笑说："当时别的连队有一个叫'小四川'的，也就是四川兵，因为他个子矮，我们都叫他'小四川'，他以前在家里当过杀猪匠，我们就将他给请了过来。那些猪都是他杀的。当时，我怕再遇到同样的情况，于是没事就跟着他学，这一来二去的，我也就会杀猪了。"

曾孙喻群益调皮地说道："太爷爷，我也要学杀猪，等以后学好了，再遇到杀猪的时候，我就将最肥最好的大肥肉，留给自己吃。"

听到喻群益这么说，大家都哈哈大笑。达老爷子没有笑，他的脸一直绷着，等到众人笑过后，他对喻群益说道："群伢子啊，我告诉你，你的思想不正确啊。这要是有大肥肉，你得留给乡亲们吃啊，哪能你一个人吃独食哪？以后啊，你可不许这么说了，你要是再这么说，我就打你的屁股。你这个小孩子，怎么不学好呢？"

喻群益听太爷爷批评他，赶紧说道："太爷爷，我记住您说的话了。等我学会杀猪后，我就把最肥的大肥肉，留给乡亲们吃，我自己吃点瘦肉就好了，省得您打我的屁股，我可不要您打我的屁股。"

达老爷子这才呵呵笑道："好的，乖伢子，这才是好孩子嘛。"

人群中又是一阵哄堂大笑。可能他们祖孙的对话，对于现在的我们来说，真的是很难理解。怎么有肥肉要留给别人，而瘦肉却自己吃哪？这是因为，在二十世纪七十年代，人们的生活水平并不高，吃的饭菜油水少，而肥肉有油，正是大家所需要的，所以，大家都愿意吃肥肉。如果现在你说请别人吃肥肉，就没人会吃了。

达老爷子麻利地将猪的内脏取出来，交给儿子喻砚斌去清洗，他自己又小心翼翼地继续剥着猪皮。达老爷子一边剥着猪皮一边唠叨，说猪皮是个好东西。其实，不用他说乡亲们也都知道，一块完整的猪皮，可以卖一个很好的价钱，因为猪皮的用途很多，既可以做皮鞋也可以吃。

等到将猪皮剥完，乡亲们都纷纷夸奖达老爷子的技术不错，竟然能将猪皮完整地剥下来。受到乡亲们夸奖的达老爷子，也是精神振奋，拿着尖刀的他准备继续剔猪骨。看到父亲一点闲下来的意思都没有，再看到父亲额头上的汗，喻砚斌就有些心疼，说道："爷老子，您都七十的人了，又忙活了这么老半天，还是休息一下，剩下的活您交给我，我来做吧。"

达老爷子笑了笑，说："砚斌，不是我瞧不起你，你别看你年轻，这剔猪骨你不一定干得了，因为这是技术活，没有个一年半载的，你就想学会，门都没有啊。"

喻砚斌叹了口气道："爷老子啊，您说说您都七十了，还不服老。我告诉您，人啊，不能不服老！"

听儿子这么说，达老爷子呵呵笑着说道："我告诉你，我这一辈子什么都服，就是不服老，只有不服老，才能为老百姓作更大的贡献嘛。"

达老爷子一边说着，一边剔着猪骨上的肉，将肉与骨头分离开来，又按肥瘦肉的均匀度，一块一块地分开。接下来，就是社员们激动的时候了，可以买肉了！大家手里拿着钱，排着队来达老爷子这里买肉。这一下，喻砚斌与喻力光就忙活开了，他们按照乡亲们的要求称着肉。

看着乡亲们高兴地拿着肉离开，达老爷子的心里也是非常地高兴。他一边分着猪骨，一边哼着小曲，那个样子哪里还像一个退休的部长，简直就是一个地地道道的农村杀猪匠。

因为是过年，家家户户都要吃猪肉，用了不长的工夫，一头猪的肉就卖得差不多了。喻砚斌赶紧提醒："爷老子，您别全卖了，给咱家也留着点啊。"

达老爷子笑呵呵地说："放心吧，砚斌，这是过年，肯定会给你留着的。但是还是老规矩，亲兄弟明算账，你也得拿钱来买。"

听达老爷子这么说，还没有买到肉的乡亲们就笑了，他们笑达老爷子，怎么能跟自己的亲儿子说出"亲兄弟明算账"的话呢？

达老爷子却不在乎，他就是想表达一个"亲是亲财是财"的意思，他继续咧着嘴说道："砚斌啊，你要是现在拿肉，你就要给钱；当然你要是不给钱的话，我也没有办法，我只能给你记账。"

喻砚斌实在是拿自己的父亲没辙了，苦笑着："好好好，给钱，当然给钱了，又没说不给钱。元龙啊，把钱给爷爷。"

喻元龙按照父亲所说，从兜里掏出钱来交给爷爷。达老爷子笑呵呵地接过钱来，将一块瘦肉递给了喻元龙。喻元龙接过肉一看，有点不乐意地嘟囔道："爷爷，我这可是给了钱的，怎么别人都是肥肉，您却分我瘦肉哪？这大过年的，您就不能再多分我一些肥肉？"

达老爷子笑了笑，说道："元龙啊，亏你还是个老师，你的觉悟怎么就这么低哪？你就不能自己吃瘦的，把肥的留给别人？我告诉你，社员们的日子也都不好过，平时很难吃上一顿肉，所以，我将肥的给他们，你就多吃些瘦肉吧。"

喻元龙叹了口气，说："爷爷啊，您让我说您啥好呢？我还是不是您亲孙子呀？"

达老爷子也不恼，继续笑呵呵地说道："元龙啊，你也不要生气，我知道你一直想要一块手表，等到水电站建成了，全村人都用上电的时候，我手上的这块手表就是你的。"

说完，达老爷子还冲着喻元龙扬了扬手腕，露出了他手腕子上的那块手表。看到爷爷手腕上的手表，喻元龙高兴了。一直以来，他都想拥有一块手表，为了得到爷爷的那块手表，他曾经软磨硬泡了好久，可是，爷爷就是不松口，就是不想把手表给他。喻元龙也经常在心里抱怨，都说是隔辈亲，这要是别人家的爷爷，二话不说，就能将手表摘下来给孙子，可是自己的这个爷爷，却是一个坚持原则的老古董，根本不知道心疼自己的亲孙子。

既然爷爷不把手表给自己，那就攒钱买吧，结果省吃俭用攒了一百块钱，却被爷爷跟自己的媳妇要去，转手就借给了一个陌生人。想起这些来，喻元龙直叹气，但又一点办法也没有。

喻元龙也知道，爷爷时刻以一名共产党员的标准来严格要求自己，坚决不做损公肥私的事情，但有时还是觉得爷爷有些过于死板，太不替家人着想。别人一般会想办法帮子孙谋利益，他可倒好，对家里人不帮助不说，还断了爸爸、叔叔与自己在城里"吃国家粮"的路，让一大家子都守在农村。

达老爷子会杀猪的事，在丽江大队乃至加义公社传开了，大家都觉得很新奇。老部长杀猪，这可是稀奇事儿，于是，大家都来买达老爷子家的猪肉。

猪就杀了一头，根本不够社员们分的，何况有的外村人也来买猪肉了。为了让大家过年都吃上猪肉，达老爷子找到了大队书记刘富佑，让他开个会研究一下。村大队经过紧急协商，决定再买几头猪杀了卖。本来，村里杀猪是要到邻村去请杀猪匠的，如今，达老爷子有现成的手艺，也就不用那么麻烦了。猪买来后，刘富佑就来到喻杰家，请达老爷子再次出山，将买来的那几头猪也都杀了，保证所有社员春节都有猪肉吃。

刘富佑本来以为，达老爷子乐于助人，又乐善好施，找他杀猪肯定不会要钱的，却没有想到，这一次，原先义务给丽江大队办了很多实事的达老爷子，却主动开口提工钱的事。这可大大地出乎刘富佑的意料。

刘富佑听到达老爷子开口要钱，有些不解地问道："达老爷子，让您杀猪是肯定要给工钱的，因为这是早些年就定下的规矩，无论是谁都是要付工钱的。只是让我感到疑惑的是，您给村里捐四千块钱买耕牛，捐三千多块钱买水泵，其他的大事小情，您捐的钱也不少。在乡亲们眼里，您不是一个看重钱的人，可为什么这一次，您主动提出要收工钱哪？"

达老爷子笑了笑，说："刘书记啊，这还不简单，我是想多赚点钱，好拿出来修建咱们村里的山口水电站啊。"

刘富佑叹了口气："达老爷子，我说句不好听的话，您别不高兴。我知道您是部级领导，虽然是回了村，您的工资还是很高，可您就是再有钱，这修建水电站也不是您一个人的事啊！您就不要再为了村里的这个事操心了。我想，您的钱还是留下来养老吧，这修水电站的事，我看就让县里的领导来操心吧，因为这么大的事，您一个人是真管不过来啊！"

听刘富佑这么说，心直口快的达老爷子把眼一瞪，说："刘书记，我一直把你当成一名优秀的共产党员，你怎么能说出这样的话来哪？我告诉你，我要是不管，就咱们距离县城这么远，你觉得，我们得什么时候才能用上电啊？"

刘富佑看到达老爷子生气了，赶紧解释："达老爷子，您误会我了，我的意思是说，您捐钱我也支持，可是，社员们用电，大家捐钱也是应该的。您说说，凭什么他们捐给大队建水电站的钱，您要再还给他们，这不公平啊！"

达老爷子当然知道刘富佑是一番好意，就笑着说道："刘书记，我实话告诉你吧，我辛苦些真的没有什么，关键是社员们的生活太苦了。村里通电照明的事，本来国家也是应该给解决的，只是这些年来，我们的工作没有做好，才造成了包括咱们丽江在内的很多乡村，到现在都没有通电啊。说起这些，我的心里就有愧啊。"

刘富佑叹了口气，说道："达老爷子，可是这个事不怪您啊，正如您所说的，全国很多地方都没有通上电，又怎么能怪您呢？"

达老爷子说道："因为我是一名参加过革命的老共产党员，我的很多战友都倒在了革命路上，我们这些活下来的，就应该去实现他们的心愿，那就是让老百姓的日子过得好一些，所以，我不能用社员们的钱。可是我的钱又不够，只好发动社员们捐款。咱们先把水电站建起来，等我有了钱，再慢慢地还。你记住了，一定要把社员们捐款的账记好了，我可不想还一笔糊涂账。"

刘富佑有些感动，说："达老爷子，老实说，我也是一名共产党员，可是，您所做的一切，我真的做不到啊。我打心眼里敬佩您，您真是一名纯粹的优秀的共产党员啊！"

达老爷子从怀里掏出一根烟来，递给刘富佑："刘书记啊，我相信只要你心里装着老百姓，我所做的事，你也一定能够做到的。"

刘富佑接过烟，诚恳地说道："达老爷子，以前您没回来的时候，我收到您捐来的那么多钱，就在心里想，您可能过着锦衣玉食的生活，出门是小轿车接送，生活有专门的团队负责，可是，我没有想到，您的生活竟然这么简朴。您对我们实在是太好了，我要是不好好干，都觉得对不起您。"

达老爷子伸出手来，拍了拍刘富佑的肩膀："没事，你还年轻，只要你好好干，心里装着老百姓，咱们丽江大队社员们的日子，是一定能够过好的。"

十六

丽江的黑夜，亮了

过完了年，丽江大队山口水电站的修建工作，正式进入倒计时，达老爷子也带领着全家人，投入到了紧张的开工筹备工作中。

1972年清明节前夕，丽江大队的乡亲们在丽江河岸边集合。整个现场是红旗招展、锣鼓喧天，乡亲们手里拿着铁锹、镐头等工具，等待着前来出席开工仪式的领导宣布水电站正式开工。

主席台上，中间的座位还空着，这是专门留给喻杰的。此时的喻杰，刚刚忙完开工前的布置工作。只见他特地穿上了一身整齐的中山装，拄着拐杖走上了主席台。看到达老爷子来了，主席台上的领导都站了起来，向他报以热烈的掌声。县领导请喻杰首先讲话。此时的喻杰也不客气，他拿起话筒来，高声地说道："同志们，今天，我以一名老共产党员的身份，以一名部级退休干部的身份，跟大家说几句心里话。新中国成立都已经二十多年了，因为我们的工作没有做好，大家到现在也没有用上电，这是我们工作的失误。在这里，请所有的乡亲们，接受我这个老共产党员真诚的道歉。"

说完，站在主席台上的达老爷子喻杰，竟然真的弯下腰来，向着在场的乡亲们深深地鞠了一躬。

这是喻杰自从回到丽江大队以后，第一次以一名部级退休干部的身份，来给大家讲话。没有想到，这第一次使用部级干部的身份，竟然是给乡亲们鞠躬道歉。

这一下，整个现场的乡亲们感动了，大家七嘴八舌地说道："不，达老爷子，这个事不怪您，您已经对得起所有丽江的乡亲了！"

"对，达老爷子，这个事不能怪您，何况，丽江这么一个偏僻的乡村，要不是因为有您，也不知道猴年马月，才能通上电啊！"

达老爷子给乡亲们鞠躬道歉，公社里、县里的领导也坐不住了，也都站了起来，陪着达老爷子给丽江的乡亲们鞠躬。县委书记更是动情地说道："同志们，我们绝对不能辜负乡亲们的期望，绝对不能辜负喻杰老领导的牵挂，一定要建出一座高标准的水电站，让所有的乡亲们，都过上亮堂堂的日子！"

掌声雷动，红旗招展，随着达老爷子一声令下，现场所有的乡亲们，都投入到了山口水电站的建设当中。而当初那位被喻杰介绍到县交通局开车的退伍兵，也主动报名参与了山口水电站的建设。

看着热火朝天的施工场面，达老爷子的心里非常地激动。此时，站在河岸上的他是感慨万千。他想，等山口水电站建成以后，不但乡亲们可以过上有电的日子，更重要的是，为村级水电站的修建工作，起到了一个示范作用。尽管喻杰已经离开了北京，回乡成了一名农民，可是他的心还在牵挂着全国老百姓。他想，全国的火电厂并不多，只能够保证城里用电，而中国幅员辽阔，那些离城市远的地方，想用电就格外困难，只要有了村级水电站这种尝试，很多地方就能够充分利用地形，将水电站或者风电站建起来。

达老爷子越想越激动，他将外套和鞋袜一脱，卷起裤腿、撸起袖子，将拐杖往地上一扔，抄起一把铁锹，就要下河干活。身旁的人赶紧来阻止，却劝不住达老爷子。

看到达老爷子赤着脚跳进了丽江河，跟修建水电站的乡亲们一样，不停地挥动着铁锹铲土，公社和县里的领导也纷纷脱掉鞋子，拿起铁锹就往河里走。正在干活的乡亲们看到达老爷子和各级领导都来了，干劲更足了。

山口水电站是喻杰带领乡亲们修建的第一座水电站，从1972年动工到1974年竣工，丽江人民艰苦奋斗了两年多。这座经历了将近半个世纪风风雨雨的水电站，给丽江人民带来了光明、温暖和希望。

四十多年过去了，曾经在平江山区有如夜明珠一般闪耀的山口水电站，因年久失修而失去了昔日的光华。2019年，财政部精准扶贫工作小组将山口水电站的蓄水堤坝进行加固的同时，还加高、加宽了3米；引水渠改成了压力管，水轮发电机组从原有的80千瓦时（2台）改成320千瓦时（2台），为当地群众的生产生活带来了更大的动力和无限的希望。

十七

为"反革命"战友鸣冤

在修山口水电站的时候，有一天孙媳妇吴菊英跑到工地上来找达老爷子，说是家里来了他的战友，叫什么名字没有记住。

战友？达老爷子有些疑惑，他的战友大部分在北京，这又是谁来找他呢？达老爷子是一个重感情的人，听到孙媳妇这样说，赶紧放下铁锹往家里赶。

等回到家才知道，真的是几十年没见的老战友来了。喻杰的心里激动啊，他三步并作两步地上前，跟老战友拥抱在了一起。

看着两个白发苍苍的老人流着眼泪抱在一起，孙媳妇吴菊英也不由鼻子一酸。达老爷子擦了一把眼泪，又握住老战友的手，激动地问道："陈胜啊，我的老战友，这么多年没见，你过得好吗？"

老战友陈胜也擦了一把眼泪，他叹了口气又摇了摇头，用手将衣服往上一掀，露出了两条血痕。

喻杰的眼里透着惊讶，问道："老战友，你这是怎么了？"

陈胜哭诉道："喻杰老部长，你帮帮我吧，我实在是过不下去了啊！"

喻杰用手摸着陈胜身上的血痕，问道："老战友，这到底是怎

- 123 -

么了？你这么大岁数了，谁这么狠的心，还要来打你，莫不是你的儿孙不孝？"

陈胜又擦了一把眼泪，说道："不是，老部长。"

喻杰这才反应过来，原来陈胜一直在叫自己"老部长"，只是刚才自己见到老战友太激动，没有在意，就有些不太高兴地说道："陈胜啊陈胜，我的陈政委，你和我那是什么关系？那是一起出生入死的关系啊！你怎么也叫我老部长啊？你要是再这么叫，我可生气了。"

听喻杰这么说，陈胜叹了口气，继续说道："老书记啊，我们当年一起护送邓小平政委过赣江的事，你还记得吗？"

陈胜的一句"老书记"，将喻杰的思绪拉回到了曾经的峥嵘岁月。他叹了口气，说道："老战友，当时我是万（县）赣（江）南（康）游击队党总支书记，你是游击队的政委，我怎么会不记得哪。当时，我带领一支部队牵制敌人，你带着人护送邓小平过赣江，那是1931年的事了吧？"

陈胜的眼泪又流了下来，他握住喻杰的手："老书记啊，你可得替我做主啊，我真的是有冤无处诉啊！"

说着，陈胜双腿一屈，就要跪在喻杰的面前。就在陈胜的膝盖即将碰地的时候，喻杰一把将他拉了起来，说道："老战友，你要是再这样，我可真不理你了。有什么冤屈，你直接告诉我，就是豁出命去，我也要替你出这个头！"

喻杰将陈胜拉到桌前坐下，让孙子喻元龙送上茶，陈胜这才慢慢道来。原来，在土地革命时期的一次突围中，他跟部队失散了——这在战争年代是常有的事。找不到部队的他，只好回到家乡种地。一晃几十年过去了，新中国成立后，他每天听广播，听到那些熟悉的老领导与老战友的名字，他就激动得睡不着觉。可令他没想到的是，"文化大革命"开始后，有人举报说他是叛徒，他被打成"反革命"不说，还遭受毒打！

喻杰"啪"地一拍桌子，厉声说道："简直是无法无天！简直是骇人听闻！简直是胡说八道！你放心，陈政委，你的事我管定了。"

当喻杰听完老战友陈胜的不幸遭遇后，气得是青筋暴起，他站起来，攥紧拳头，在心里暗暗地发誓：这个事我管定了，我要是不管，我就不是喻杰。

看着喻杰良久没有说话，陈胜也站了起来，叹了口气道："老书记啊，你是不知道啊，我的两根肋骨也被他们打断了啊。"

喻杰咬着牙一字一句地说道："陈政委，你放心，你的事就是我的事，我一定替你讨回一个公道。"

陈胜说："老书记啊，不管这个事能不能办成，我都会永远地感激你。"

喻杰说："陈政委，你是为革命立过功的，这个我知道，再说革命战争年代，走失了找不到大部队这很正常，怎么会成了'叛徒'和'反革命'？真是岂有此理！"

陈胜说道："老书记啊，当初咱们一起护送过的邓小平同志，现在也被打倒了，刘少奇主席也被打倒了，那么多的老领导被打倒，我一个逃兵，又算得了什么呢？"

喻杰一把握住陈胜的手，说道："陈政委，你不是逃兵，你以后千万不要再这么说，你是功臣，你是革命的大功臣！你记住了吗？"

陈胜激动地点头："我记住了，老书记。"

喻杰叹了口气，张罗着让陈胜坐下，又冲着外面喊了一声，将孙子喻元龙叫了进来："元龙，去，把咱院里的鸡杀了，我要与老战友喝一杯，我们也好多年没见了，我要跟他好好地叙叙旧。"

达老爷子的一声吩咐，又让喻元龙感到不可思议了。自从回到丽江老家以后，这是达老爷子第二次要喝酒，第一次是与那名退伍兵，他给人家安排了工作。按照爷爷的习惯，这是又要帮助别人办事了，那这一次，他又要帮助他的老战友做什么事呢？喻元龙带着疑惑出了房门。

达老爷子看到喻元龙转身离去，这才重回正题，笑呵呵地问道："我说陈政委啊，我这回丽江大队也两年了，你怎么才来找我啊？害得我还以为你牺牲了呢，这个事不能就这么算了，一会儿，你可得自罚三杯。"

陈胜叹了口气道："老书记啊，不是我不想来，而是我听说，你跟别人一样，在北京也挨了批斗，你的情况比我的情况也好不到哪里去，我怕我来了，事办不了不说，反而还会连累你啊。"

喻杰笑了笑："嗯，是有这么回事。我反正就是横下一条心，本身也没做错什么事，他们爱怎么批就怎么批吧，我才不把他们当回事呢，大不了我就回家种地，没什么了不起的——哎，不对啊，既然你知道我也受了牵连，为什么现在又来呢？"

陈胜说道："老书记，我这不是听说你在村里修水电站嘛，我就琢磨着可能风向有变，你可能要重新回北京当大领导，所以，我就来了。"

听陈胜说到回北京，喻杰哈哈大笑："你这个陈胜啊，还真会看风向！我告诉你，我不会再回北京了。我要是回北京，还得一大帮人照顾我，北京又没有地种，空气也不好。想一想，我还是回来好，想吃什么，自己就种些，吃着舒心不说，还没有那么多的事。"

陈胜又问道："老书记，我就想问你一句话，你要是替我平反，不会给你造成麻烦吧？"

喻杰说道："陈政委，我的老战友，实话跟你说了吧，如果说没有麻烦，那是假的。可是，你我都是闹过革命的人，年轻的时候，都是脑袋别在裤腰带上的人，我们死都不怕，还怕麻烦吗？再大的领导我也不怕，还怕几个'造反派'吗？我告诉你，不帮你平反了，我就不是当年与你并肩打过仗的好战友！"

陈胜端起茶杯，喝了口茶，激动地说道："老书记啊，这次见到你，我总算是遇到亲人了。本来，我来的时候，还怕你不管我，现在听你这么说，我也就放心了！"

喻杰也端起茶杯来，与陈胜碰了一下，说："陈政委啊，咱们平江县当初出去闹革命的那么多人，活着回来的很少啊，你我都是幸存者。所以，我是一定要替你平反，然后，咱们劲往一处使，把剩余的不多的精力，用到建设平江县上来啊！"

陈胜点头："老书记啊，我谢谢你了，其实像我这样的罪人，你能够瞧得起我，很是令我感动啊。我就是豁出这把老骨头，也要为咱们平江的建设出一把力！"

听陈胜又把自己当成罪人，喻杰摆了摆手，说："陈政委啊，你以后跟我说话，就不要一口一个罪人啦，你不但不是罪人，你还是革命的功臣哪。当年的事情已经过去了，而且被打散了离开大部队，这个事也不能怪你啊，就像我在长征时，就曾经多次被打散到只剩一个人，只是后来我比你幸运，找到了大部队而已啊。"

当天，喻杰与陈胜两位久别重逢的老战友，用喻杰自己养的鸡和种的菜下酒，喝了个酩酊大醉。两人回忆起当年一起共事的日子，也讲了分开后的苦难；两个七十上下的老年人，仿佛回到了当初闹革命时的火热岁月。天黑了，陈胜提出回家，喻杰既不放心他独自回去，也舍不得他走，就拉着他的手，将陈胜扶到了自己床上。

那一夜，两人聊到很晚才睡下……

等到了第二天，陈胜早早地起了床，匆匆地吃过早饭，便离开了喻杰家。喻杰跟孙子喻元龙一直送到好远，才依依不舍地与陈胜道别。

当喻元龙了解到陈胜的遭遇后，也是很气愤，他觉得爷爷出面替陈胜做证平反，是一件好事，但是在那个特殊的年月里，想办这种事其实挺难的，必须保证陈胜真的一点问题都没有。想到这里，他就问："爷爷，您打算什么时候去县城找革委会的人，替陈胜平反？"

喻杰回答："元龙啊，这个事得尽早，我想现在就去县革委，找他们的头，非得把这个事说明白了不可，要不然，被打断肋骨的事，还是会发生。"

喻元龙提醒道："爷爷，您就这么相信陈胜吗？要知道在当时那种特殊的情况下，不是没有背叛革命的人，要是陈胜真的曾经背叛过革命，那您可就要受牵累了，毕竟您也是在北京挨过批的人。"

喻杰点了点头："元龙，这个事你说得对，尽管我是无比地相信陈胜，可是，我现在就去县革委替他平反，还是太冒失了。这样吧，你这几天先不要去修水电站，你就跟着我四处走走，先把陈胜查明白了，确定没问题，咱们再去找县革委。"

当天，他俩就踏上了调查之路。调查发现，陈胜在和红军队伍走散后，确实没有叛变革命，为了躲避国民党的追击，他改名钟细来一直在家乡务农。

在得知老战友陈胜这么多年一直在农村平凡地生活，即使新中国成立后，也没有到北京找当年的老战友，替自己落实老红军的政策，喻杰就觉得陈胜是可敬的，他不但不是叛徒，还是一个品德高尚的人。

有了喻杰的帮助，陈胜自然是放心多了，可是，达老爷子的亲人就不放心了。大儿子喻砚斌直接来到爷老子喻杰的屋里，劝他不要多管闲事，因为他可不愿意爷老子惹祸上身，给整个喻家惹来麻烦。

喻杰听完儿子喻砚斌的话，叹了口气："砚斌哪，你说的我理解，可是我也要说，陈胜是我的老战友，他这个人我了解，他没有叛变革命，如果我不站出来替他申冤，还他以清白，我还是人吗？"

喻砚斌也说道："爷老子，您是一个有情有义的人，这个我知道，咱们整个丽江大队的乡亲们也都知道。可是，'文革'风刮得这么厉害，您本身也是在北京挨过批斗的人，依我看哪，您也是泥菩萨过河自身难保，您真的就不怕惹祸上身吗？"

听大儿子喻砚斌这么讲，达老爷子一下子从椅子上站起来，用手指着他，叫道："住嘴！我告诉你，只要我还活着，我就不能不管老战友！只要我还有一口气，我就要管尽这人间的不平事！"

喻砚斌也有些急了，虽然他不是在父亲身边长大的，可他的脾气跟父亲一样倔，父亲不让他说，他还是继续说："你也不是不知道，在这个人人自危的时代，人家是躲还躲不及哪，你可倒好，还往上冲！假如你替陈胜叔叔强出头，到时别人再把你也打成'反革命'，你怎么办？"

达老爷子一拍桌子，吼道："我乐意！你给我出去，我不想再听你讲话！"

看到父亲急了，喻砚斌也不多说，转身就往外走。走到门口时，他回过头来，又说："爷老子，我的话您仔细考虑一下吧。您是一名老共产党员，我也是党员，我们都要坚持党性，都要忠于毛主席，这个不假，可是，我也要告诉您，您做任何事之前，首先要保证自己不出问题。"

达老爷子用手往外一指："你给我出去！"

就这样，达老爷子把关心自己的大儿子喻砚斌给轰出了屋。他自己一个人待在屋里，心情久久不能平静。新中国已经成立二十多年了，人民的生活依旧不富裕，尤其是农村，到处都是用煤油灯的家庭，而且还经常搞运动。就拿"文革"来说吧，打倒了多少有功之臣啊，这里面有他的领导、战友，还有下属，他自己也经常挨批斗。本以为回到丽江大队以后，就没有这么多的事了，却没有想到，全然不是那么回事，一个与组织上失去联系的老红军，竟然也被打成了"反革命"，这到底是怎么回事啊？

喻杰开始反思"文化大革命"了。他当年与陈胜护送过的邓小平同志被打倒了，国家主席刘少奇被打倒不说还含冤去世。再这样下去，还能有未来吗？达老爷子在房间里来回地踱着步。夜已经深了，他却毫无睡意。

良久，达老爷子才取出纸与笔，慢慢地研好了墨，提起笔来给县革委会的同志写信，向县革委会的同志反映陈胜的问题。

第二天，他没有让家里人去加义公社寄信，而是早早地起了床，拿起信来就往外走。家里人不知道他要去哪里，急忙问，他只是说了一声"出去走走"，便拄着拐杖向县城的方向出发了。

达老爷子来到了平江县，找到了几位幸存的老战友，请大家一起在信上联名签字，证明陈胜不是逃兵，更不是"反革命"。都是一起出生入死过的，感情当然是不一般地深，虽然是在特殊年代，可是大家的心都还是热的，都愿意出来做证。

达老爷子拿着战友们签过名的信，独自来到县革委的门口。

等见到了平江县革委的领导，喻杰先是掏出信来，请领导看，接着又将当年的事跟县革委的领导说了一遍。县革委的领导知道喻杰是老部长，对他也是极为客气，又是敬烟又是上茶的，可是，说起给陈胜平反的事，就有些想推托："这个事我们说了也不算，恐怕有心无力，帮不上忙。"

听县革委的领导说他们说了也不算，达老爷子就直接问道："既然你们说了也不算，那我就想问问你，你觉得谁说了算。你说谁说了算，我就去找他，实在不行，我就去找毛主席，让他来给陈胜同志评评这个理。"

听喻杰把毛主席都给搬出来了，县革委的领导也害怕了，赶紧表示先研究一下，然后再给他一个回话。

达老爷子知道，这个事也不能太强求，因为县革委的领导说的也对，他确实是做不了主。想到这里，达老爷子就说道："好吧，既然你说要研究，那你们就研究，我先回去等，但是，我要告诉你，如果我长时间收不到你们的回复，那我就直接给党中央毛主席写信，反映一个老红军战士的悲惨遭遇。"

说完，达老爷子便拄着拐杖，转身就要往外走。县革委的领导被达老爷子最后那句话给吓坏了，跟在达老爷子的后面，连声跟达老爷子解释，还要派车送达老爷子回村。

达老爷子才不吃这一套，他一点面子也不给县革委的领导，独自一个人坐上县城开往加义公社的汽车，回到了丽江大队。

因为是在特殊年代，所以，结果可想而知。陈胜依然背负着"反革命"的罪名，还在遭受着批斗。想到这里，喻杰的心里就特别地难受。他又专门给党中央毛主席写信反映情况，可是，这封信却如石沉大海没有回音。既然答应了老战友陈胜，那就得把这件事办成。喻杰继续多方奔走，虽然没让陈胜平反，也还是多少有了些效果，陈胜明显发现，受批斗的次数越来越少了。

直到粉碎"四人帮"后，喻杰又给时任最高人民法院院长的江华写信，请他替陈胜做证。都是当年一起参加红军的战友，江华在接到喻杰的信后，也是非常地愤慨，当天就给平江县的相关部门写来了证明信。终于，陈胜被平反，并落实了老红军的相关政策。

当消息传到喻杰的耳朵里时，喻杰的心里真是激动万分啊！

喻杰知道，陈胜在得知已经平反的消息后，肯定是要登门道谢的，而他是绝对不会让老战友登门感谢他的。所以，消息传回来的那天，达老爷子就抓了一只鸡，来到了陈胜家道贺。

陈胜自然也是激动万分，他流着泪，紧紧地握住喻杰的手，哽咽道："老书记，真的是谢谢你了啊！"

喻杰也紧紧地握住陈胜的手，说："陈政委，我们是一起出生入死过的兄弟，你放心，不只是这件事，不管什么时候，只要你需要我，我都会像当年一样，与你同生死共进退。如果子弹打过来了，我也会毫不犹豫地替你挡子弹！"

十八

不论"成分"，平等待人

　　喻杰就是这样一个人：他可以为了战友两肋插刀，同时对其他人，他也做到了平等对待，绝对不以"成分"来看人，而是发自内心地去尊重每一个人。

　　就拿住在他家里的黄天生来说吧，在战争年代，他当过国民党兵。这样的出身，在"文化大革命"那段特殊的日子里，可算是倒了霉了，隔三岔五地挨批斗，整个人被批得变了形不说，亲戚朋友们没有一个敢上门的。自然，他的日子过得怎么样，想想也就知道了。

　　当初，达老爷子要买黄天生的破屋时，大队干部和家里人就都反对过，却阻止不了倔强的达老爷子；在新房盖好后，又留出一间房子让黄天生住。因为这个事，家里人也没少跟他吵，毕竟，一个共产党的退休高干与一个当过国民党兵的人住到一起，这成何体统？

　　达老爷子却全然不顾。他经常说的一句话就是，那是特殊的时代造成的，并不是黄天生一个国民党兵能够改变的，就算他是国民党兵，他也没有做过对不起丽江乡亲们的事情，而且，在抗日的战场上，国民党兵也打过日本鬼子，对中国人民也是有过贡献的。

黄天生是广东韶关人，年轻的时候，被国民党抓了壮丁，后来在打日本鬼子的时候，有一次打仗被打散了，流落到了平江县，就在加义镇丽江村落了脚。所以，年纪轻轻就出去闹革命的喻杰，并不认识这个后来才来丽江村的国民党兵，但是，这并不妨碍他们之间的交往。

黄天生与喻杰慢慢聊得熟了，才告诉喻杰，说他一开始听说村里有共产党的高官要回来，可是害怕了好一阵子，害怕被抓起来挨打挨批斗，却没有想到，这名共产党高官不但没有算他的账，反而成了他的保护神，让他少挨了不少的批斗。

在那个年月，像他这样的国民党兵，出门都是抬不起头来的，大队的社员们，也没有几个愿意搭理他。他没有想到，达老爷子竟然不管这些，只要有空就和他一起聊天。看着共产党退休的高官这么平易近人，这个总感觉抬不起头来的原国民党兵，慢慢不再拘束，一来二去，两个人就成了无话不谈的好朋友。

达老爷子为人爽快，平时家里做了饭，也都想着黄天生。这让黄天生非常地感动，就将心里的恐惧、无助与悲伤，全都讲给喻杰听。喻杰虽然不能让黄天生的处境有太大改变——因为他当过国民党兵这是事实，却总是宽慰他要向前看，一切都会好起来的。

达老爷子宽慰的话，让黄天生备受鼓舞，慢慢地他不再少言寡语，参加队里的生产劳动也积极了很多。

在与黄天生聊天的过程中，喻杰感到越来越困惑。如果说黄天生曾经是国民党兵，在新中国成立以后受一些委屈，这也是能够想到的，怎么连老红军战士陈胜，到最后也成了革命"叛徒"？他们怎么都是"反革命"哪？尽管喻杰想不明白，可是他一直在思考，他越来越觉得，党内可能真的出了一些问题。

然而，这些问题不是他能够解决得了的，闲着没事的时候，他也跟当老师的孙子喻元龙探讨。喻元龙自然是心疼爷爷的，就劝他凡事要懂得明哲保身，千万不可胡说，更不可意气用事，以免惹祸上身。

听孙子这么说，喻杰叹了口气，说道："我还是觉得毛主席说的有道理，不能事不关己，高高挂起，明哲保身，但求无过。都当'老好人'，就会滋生邪气、助长歪风。我也管不了别人，反正只要我见到的不平事，我就要管。"

喻元龙一看爷爷生气了，就说道："我这不也是为了您好吗？您也别生气，很多的事就是这样，我也不是不让您管，而是希望您能在保护好自己的情况下，再去管事，否则，您连自己都保护不了，还怎么保护别人啊？"

喻杰也知道孙子是关心自己，就叹了口气，呆呆地看着前方，不再说话了。

喻元龙一看这氛围有些尴尬，为了让爷爷开心，就跟爷爷讲了一个笑话。说有一次考试，一个学生不会答题，就在所有的问题上都写上"毛主席万岁"五个大字；老师一看，果断地毫不犹豫地全部打钩，可是，最后得到的分数却是零分。

听喻元龙讲完，达老爷子忍不住哈哈大笑起来。

黄天生有支气管炎，经常咳嗽，女儿黄银华早早地出嫁了，儿子在广东韶关老家，也没陪在身边，他就一个人住。喻杰就隔三岔五地让儿孙们给他送点饭，碰到黄天生身体不舒服，达老爷子还让儿孙们带他去看病。

黄天生非常感谢喻杰的照顾，逢人便说达老爷子是他的恩人，比他的儿女们对他都好。也确实，达老爷子是一个很有人情味的人，他知道孤独的滋味不好受，所以，经常来看望黄天生。有一天，他又来探望黄天生，可是叫了半天门也没有人应。达老爷子心说不好，赶紧让孙子喻元龙把门撞开，发现黄天生在床上，已经人事不省。

达老爷子让儿孙们将已经陷入昏迷的黄天生送到了县医院。在那段日子里，尽管儿孙们也要去修水电站，达老爷子还是让他们轮流到医院照顾黄天生，给他端茶送饭、端屎倒尿……

黄天生老人是一个知恩图报的人，他在临终的时候，当着女儿黄银华的面，将省吃俭用攒下来的粮票和钱，交到达老爷子的手里，并请他一定要收下。眼看着黄天生在弥留之际的唯一心愿，就是让他收下钱和粮票，达老爷子只好含着泪接过。

可是，在黄天生老人去世后，他转手就将钱和粮票都交给了黄天生的女儿黄银华，尽管黄银华死活不肯要，达老爷子的态度却是非常坚决：这是你爸爸的钱，是一定要由你收下的。

虽然喻杰对黄天生老人很照顾，但是，这并不表明他就不坚持原则了。在平江，如果家里有人去世，按照风俗习惯，是要请和尚或者道士做法事的。对于这些封建迷信，达老爷子是坚决抵制的。他一直有着一种豁达的生死观，觉得人只要活着的时候过好就行了，死了，简单地开个追悼会送走就可以了。

黄天生老人去世，他的儿女们就想给他办一场隆重的葬礼，请几个和尚或者道士给做个法事。因为达老爷子跟黄天生关系好，所以，在请人做法事之前，他们征求了达老爷子的意见，想让达老爷子给出个主意，到底是请和尚好还是请道士好。

本来，这也就是客套一下。令他们没有想到的是，达老爷子却奉劝他们不要这样，人已经死了，就简单地开个追悼会，让他早些入土为安就行，至于其他的事情，真的没有必要。

黄银华有些想不通："达老爷子，我爸活着的时候，受了很多的罪，现在他走了，我给他请个人来做场法事，难道不行吗？"

达老爷子叹了口气，说道："你孝顺你爸，这个我知道，可是你要明白，做法事就是搞封建迷信。我告诉你，这些都是骗人的。你也知道我跟你爸的关系好，你如果真的孝顺他，你就听我的，在屋里简单地开个追悼会。这个追悼会，如果你不嫌弃，就由我来主持。"

特意从广东韶关赶来的黄天生的儿子说道："达老爷子，我看还是听我妹妹的，给我爸做个法事吧，我们广东那边人去世了，也是要做法事的。"

达老爷子说道："你们怎么还不明白？做法事其实就是搞封建迷信，这个我们整个社会都是反对的。真的不能搞封建迷信，人终有一死，如果做法事真的灵，那我看这个社会就没有穷人了。"

经过达老爷子的苦心劝导，黄天生的儿女们终于想明白了，于是，就按照达老爷子说的，在小屋里开了一个简单的追悼会。达老爷子亲自主持追悼会，并在追悼会上再次重申，国民党兵也是为抗日作出了贡献的，这一点绝对不能选择性地遗忘……

十 九

阻止形式主义"学大寨"

　　1976年初秋的一天，加义高墈河裁弯改直工地上，红旗招展，人头攒动，几千名社员在开山劈石。他们干得非常地卖力，公社领导也在现场不停地指挥着，看起来是一片火热的生产场面。

　　喻杰拄着拐杖从远处走了过来。刚走到现场，就有人凑到他的耳边说："哎呀，达老爷子啊，您可来了，您快看看吧。都说是'人有人道，水有水道'，这把石头炸开，让河水在中间流，再把好端端的粮田毁掉，在沙洲上造田，这样干下去怎么行，这不是劳民伤财吗？"

　　"是啊，达老爷子，这是地地道道的胡干蛮干啊！我们都快累死了，可是，做的却是无用功啊。"

　　"达老爷子，您快替我们想想办法吧，我们是一点也不想干啊，这要不是公社领导在这里，我们早撂挑子了……我说达老爷子，您行行好，可千万不要说是我们说的啊。"

　　……

　　尽管社员们说话的声音很小，达老爷子还是听清楚了。同时，他也看清楚了，确实是在蛮干啊！达老爷子曾经管过全国的钱粮，一项不合理的工程会浪费多少人力物力，他心里都有权衡。看着大家就这样劳而无功地忙碌着，公社领导在那里干劲十足地瞎指挥着，喻杰实在是忍不住了。他拄着拐杖走上前，将公社领导叫到一旁，将群众的意见还有自己的想法，跟这名公社干部说了出来："你干得很卖力，社员们干得也很卖力，有一股子精神头，这很好，值得表扬。可是你想过没有，'多快好省地建设社会主义'，不代表着蛮干胡干哪。我的意见是，你赶紧停止施工，不要再做这劳民伤财的无用功了。"

公社干部在听完喻杰的话后，仔细地一盘算，也觉得喻杰这位老部长说的有道理，可是工程已经上马了，如果说停就停，岂不是很没有面子，就红着脸说道："达老爷子，我这是在'学大寨'啊。"

喻杰当时就火了，他用拐杖杵着地，怒道："哼，这是什么'学大寨'？你这是瞎指挥！是在让群众遭罪！"

公社干部看到达老爷子发火了，有些着急："达老爷子，我知道您当过大领导，跟伟大领袖毛主席也都认识，可是，'工业学大庆'与'农业学大寨'，这是党中央毛主席定下的，不是您一句话就能否定的。"

达老爷子一听，暴脾气再也忍不住了，抡起拐杖来，要打这个公社干部。这名干部也知道惹不起达老爷子，见势不妙，赶紧溜得无影无踪了。

喻杰在工地上怼了公社干部的事，很快就传到了家中。喻砚斌赶紧跑到施工现场，将还在生气的父亲给拉回了家。

一到家，喻砚斌就急了，对父亲说道："爷老子啊，这个事你管什么管呀？你管得了吗？"

达老爷子余怒未消："我即使管不了，也不能由着他们胡来啊！"

这时，满头白发的老母亲从里屋走出来，对喻杰说道："儿啊，娘知道你性子直，可是，你一定要记着，你在北京是挨过批斗的，你也是泥菩萨过河自身难保啊！"

老母亲已经一百多岁了，听她说出这样的话来，喻杰的心里也不舒服。他不愿意让老母亲担心，就笑着说道："娘，没事，您就放心吧，我一切都听您的。"

等到将老母亲送回里屋，喻元龙又来了，劝爷爷说："爷爷啊，他们现在干这个工程，干得很卖力，已经将这个工程当成门面工程了。这个事吧，您就不要再管了，您现在需要明哲保身啊。"

眼见老母亲不在这里，喻杰又发火了，他怒道："保，我保什么？我还是那句话，我要是想保什么，我就不出去闹革命了。现在的我一不保官，二不保命！只要我还有一口气在，我就要保老百姓的利益，我就不能让他们胡来！"

喻元龙眼见说服不了爷爷，就说道："爷爷，您不是认识毛主席吗？您要是真的想管这件事，您就给毛主席写信，向毛主席反映情况，而不是自己冲上去。您即使管得了这里，您管得了全国吗？"

听了孙子喻元龙的一席话，喻杰不作声了，因为喻元龙确实说得对。仔细想一想，已经回丽江六年了，除了因为老战友陈胜的事给毛主席写过信外，还真没有把这些下面的情况，跟毛主席汇报过。是应该给毛主席写一封信，向他老人家反映反映下面的具体情况了……

当天晚上，喻杰正在屋子里思考着，该怎么给毛主席写这封反映情况的信，一个新情况就传到了他这里。有乡亲们来向喻杰反映说，有一位年轻的小伙子，因为讲了句"这样'学大寨'是劳民伤财"，就被公社的干部当成了活靶子，揪在工地上连夜进行批判。

喻杰知道，这是人家在拿揪斗这个小伙子来向他示威哪。当时他的气就不打一处来，他用手指着外面，高声地喊道："我管不了这件事，我就不姓喻！"

说完，达老爷子拿起拐杖就要往外冲。家里人一看，不好，会出事呀！便死死地拉住达老爷子，甚至将家里的门给反锁上，不许达老爷子冲出去。

生了一肚子气的达老爷子出不去也睡不着，便坐在桌前，提起笔来给毛主席写信。他写了又撕，撕了又写，不知道该怎么向毛主席反映这些情况。

等到了第二天，达老爷子拄着拐杖，又来到了改河道的施工现场。他想昨天可能自己正在气头上，说得不够明白，这一次他要好好地跟负责人聊聊，听一听他的意见，争取让他停止这种劳而无功的工程。

达老爷子赔着笑脸，苦口婆心地劝这个负责人，不要做这种蛮干的事，不要做这种劳民伤财的事，可是，任凭达老爷子磨破了嘴皮子，这个负责人都不为所动，根本不把达老爷子的话当回事。达老爷子说得急了，这个负责人干脆不理他。这可把喻杰给气着了，眼见难以说动这个正在"学大寨"的负责人，喻杰干脆召集丽江大队的社员们回去搞冬播准备。

喻杰在丽江大队德高望重，他说出来的话，大家都愿意听，何况这样的活，他们也都不愿意干，于是，就都停了工，跟着达老爷子走。

气急败坏的公社干部跑来阻拦。可是，他拦也没有用，因为大家不听他的，在大家的眼里，喻杰这位老部长，才是他们真正的领导。看着喻杰将丽江大队的人带走，这个负责人气得用手指着喻杰的背影，恶狠狠地发誓："喻杰，你给我等着，我绝对饶不了你！"

当喻杰将丽江大队的人带回村里后，家里人都知道，这一下喻杰算是惹祸了，纷纷劝他找那个负责人聊聊，缓和一下关系。可是喻杰坚定地说道："我参加革命的时候，还没有他呢，要聊也得他找我聊。他有什么坏招，就尽管使，我喻杰要是皱一下眉头，我就不姓喻。"

在那个特殊的年代，喻杰这么做，在不了解内情的人看来简直就是大逆不道，于是就有人主张批斗喻杰，跟喻杰这样的"牛鬼蛇神"作斗争，彻底地搬开这块"绊脚石"。

喻杰因为老战友陈胜的事，曾经多次找过县革委会的人，他们其实早就对喻杰不满了。这一次，喻杰的所作所为，正好给了他们机会。于是，一些不怀好意的人，就将喻杰跟国民党兵黄天生来往，帮"反革命"陈胜平反等事，再加上这次"阻挠学大寨"，一起连夜组织成材料。

看到搜集的"证据"差不多了，革委会的人心里可高兴了，他们似乎看到了"胜利的曙光"，觉得喻杰马上就要被打倒了……

大家都替喻杰捏着一把汗，喻杰依然是满不在乎。每当有人劝他去跟革委会聊聊，以免真的被批斗时，他都坦然地说道："要为真理而斗争，这是《国际歌》里唱了的。再说，我是一名坚持正义的共产党员，我要是怕，就不出去闹革命了。"

是啊，喻杰要是怕，就不出去闹革命了，这是他说过多次的话。现在，他已经做好了斗争的准备，在真理的面前，他喻杰是决不会后退半步！

二 十

孙女的婚事

达老爷子的小孙女叫喻桂英，1974年高中毕业以后，打算到平江县城去上班。相关的招工领导在得知喻桂英是达老爷子的孙女后，拍着胸脯告诉喻桂英，她的事保证没有问题，但是，他们怕达老爷子批评，所以，需要她回家请示一下爷爷。

听招工的人这么说，喻桂英的心里可高兴了，心说爷爷最疼我了，那可是我的亲爷爷，别说请示一下他，就是让他给我找找人托托关系，那也没有问题啊。

当她高高兴兴地回到家里后，才发现，她实在是太高估了自己在爷爷心目中的分量。当她将想到县里去上班的事一五一十地跟爷爷说了以后，喻杰明确地告诉孙女："你凭本事考得上，去城里当职工可以，但是要让我说话，给你写条子走后门，你想都别想。"

喻桂英听爷爷把话讲完后，当时就傻了。她没有想到爷爷会这么绝情，眼泪在眼圈里直打转。她强忍着没有流下泪来，咬着牙跟爷爷说："好，爷爷，我就考给您看。我就不信我考不上。"

喻桂英也是挺争气的，经过努力，还真的考上了。当喻桂英拿着录取通知书，来给爷爷报喜的时候，喻杰叹了口气，说道："孙女啊，爷爷跟你商量个事，你看看行不行啊？"

喻桂英本来以为爷爷会夸奖她，凭自己本事考到县城里去当职工，却没有想到，等来的却是爷爷说要跟她商量事。喻桂英当时就感觉不妙，不过她还真不信爷爷会不让她去，爷爷最疼的人就是她了，就说道："爷爷，您说吧，您要跟我商量什么事？"

喻杰说道："桂英啊，你是爷爷的好孙女，从小就最听爷爷的话了。听爷爷的，这个去县城当工人没什么好的，咱不去了，好不好？"

"什么？我凭本事考上的，凭什么不去了啊？"喻桂英委屈地叫道。

喻杰叹了口气："桂英啊，你是凭本事考上的这个不假，可要是招工的人录取了你，人家肯定会说我给你走了后门，这样对你对我的名声都不好啊。所以，还是不去了，把名额留出来，让给更需要的人吧。"

喻桂英这一次没有忍住，眼泪"哗"的一下就流了下来。她哽咽着："爷爷，您这是在断我的后路啊！"

喻杰从桌上拿起一块毛巾来，递给喻桂英说道："来，我的乖孙女，擦把眼泪吧。听爷爷的话，爷爷是舍不得你离开我啊，你就留在家里陪着爷爷，跟爷爷在这里种地吧。"

听喻杰这么说，喻桂英接过毛巾，又放到桌子上。她没有用毛巾擦眼泪，而是用袖子擦了擦，说道："好吧，爷爷。反正我爸爸当初去西安找您，想留在西安干点活，被您撵回村里来种地了；如今我考上了，您又不让我去……好吧，我听您的，我不去就是了。"

听到孙女这么说，达老爷子长长地舒了一口气："这才是我的好孙女嘛。"

喻桂英本来想进城工作，然后在城里找个对象，却没有想到，这条路被爷爷给断了。后来，喻桂英喜欢上了邻近村的小伙子陈兴娱。可是，对方也是农村户口，如果嫁到陈兴娱家，这一辈子就算是彻底地留在农村了。

当喻桂英与陈兴娱谈恋爱的消息传来时，丽江大队就有人议论："高干子女找个山里的农民，门不当户不对的，确实不是一桩好姻缘啊。"这话很快传到了达老爷子的耳朵里，他鼓励孙女自由恋爱，觉得农村户口还是城市户口无所谓，重要的是这个小伙子的人品怎么样。于是，他准备对未来孙女婿家里情况做一次调查。

达老爷子拄着拐杖向山里走着。之前他听知情人说起过，陈兴娱的家庭条件很差。可是到底差到什么程度，他还真不知道，所以，他要看一下。其实对于家庭条件，他觉得倒无所谓，因为两个人未来的日子，是靠他们自己奋斗出来的，不是爹妈给准备好的，他唯一看重的是这家人的名声。他此次来就是要了解一下准孙女婿家里人在村里的口碑，他相信只要准孙女婿家里人的名声好，一切也都差不了。他更相信，只要嫁进名声好的家里去，小孙女喻桂英就不会受委屈。

达老爷子边往山里走，边思考着该怎么打听准孙女婿家的情况。突然，他听到有人喊他。回头一看，是大队书记刘富佑。原来，他看到达老爷子一个人走山路，又不是去巡山，不放心，就跟上来了。既然跟上来了，那就一起去吧。尽管达老爷子不想让刘富佑跟着自己，可是却拗不过他，只好与他一起，向着大山深处的准孙女婿家所在的村庄走去。

他们走了老半天，才到陈兴娱家所在的山村。两个人站在村前的山包上，看到这个村庄被群山环绕，也没有一条像样的路，更别说是通电了，条件比丽江村还不如。刘富佑看得是直摇头，他知道喻桂英是达老爷子的心头肉，就说道："达老爷子啊，您看这个村的条件，实在是太差劲了，我看比咱们村还不如。桂英如果真的嫁到这里，您不怕她受委屈吗？我看还是……"

刘富佑最终还是没有将"算了吧"三个字说出来，他看着达老爷子，等着达老爷子的回答。

达老爷子却不看刘富佑，他抬起头看了看远处的群山，笑呵呵地说道："我看这里山清水秀的，挺好的，种粮食应该收成不错。"

刘富佑以为自己的耳朵听错了，就继续问道："达老爷子啊，你看到没有，这里既没有通路，也没有通电。这要是桂英嫁到这里，肯定要吃不少的苦啊！"

达老爷子点了点头，说道："我还不知道这里苦吗？但是苦是可以改变的。通过勤劳的双手，不但可以将日子过好，还可以将这个古老落后的山村建设好啊！"

刘富佑叹了口气，说："达老爷子，请恕我直言，如果让桂英嫁到这里来，就太委屈她了。"

达老爷子说："没有什么委屈不委屈的，人这一辈子啊，怎么着都是过日子，穷一点不怕，怕的是陈兴娱的人品有问题。"

刘富佑也知道达老爷子说的在理，就说："达老爷子啊，我在这个村里有亲戚，可以跟亲戚替你打听一下。不过我话可说在前头，这个只是外人的看法。等桂英嫁过去，将来两个人的日子，还得他们两个人过，如果出了问题，我可不负责啊。"

达老爷子哈哈大笑道："你不用推脱这个责任，桂英也是你看着长大的，这要是真出了问题，我拿你是问。"

看到刘富佑一脸严肃的样子，达老爷子又接着说道："刘书记啊，跟你开玩笑的。我也知道，他们两个人结婚，这是他们的事情，跟我们没有关系，我之所以打听陈兴娱的名声，其实还是私心在作怪啊。好，你去跟你的亲戚打听吧，他们婚后如果出了问题，我不怪你就是了。"

听达老爷子这么说，刘富佑就带着达老爷子来到了亲戚家。从亲戚那里了解到，陈兴娱为人忠厚老实，勤劳孝顺，是个好后生。

等出了刘富佑亲戚家的门，达老爷子就告诉刘富佑："富佑啊，我看这门亲事差不多了，桂英的眼光不错，你就等着喝桂英的喜酒吧。"

刘富佑叹了口气道："达老爷子，就算陈兴娱人品再好，可是这里实在是太穷了，我担心桂英会吃不了这个苦啊。"

达老爷子说："人这一辈子，真的是没有吃不了的苦啊！我告诉你，别人不帮助这个村，就让我来帮助这个村吧。放心吧，肯定亏不了我孙女桂英。"

说完，达老爷子就转身离开了。刘富佑紧跟在达老爷子身后，依然劝说着："达老爷子，您是老部长，桂英又是您最疼爱的孙女，不如，您就替她找找您的老战友老同事，说不定他们的后一辈里，有适合桂英的对象。"

听刘富佑这么说，达老爷子停住了脚步，眼睛瞪着刘富佑："刘书记啊，你好歹也是一名共产党员，你既然还不明白，那我就再告诉你一遍，我同意桂英嫁到山里来，是想让桂英通过自己的聪明才智，改变山区落后的面貌啊！"

刘富佑也说道："达老爷子，您这个人好，这个不只我知道，咱们全村的人也都知道。今天，我就再跟您说一句，如果您让桂英嫁进山里，砚斌、桂英将来都会怪你的。"

达老爷子点了点头，说道："你说的没错，我儿子砚斌现在就对我有意见了。可是我也要告诉你，暂时他们会想不通，但是将来，等到这里的面貌发生翻天覆地的变化时，我相信，他们一定会感谢我的。"

说完，达老爷子便扔下呆立在原地的刘富佑，迈开大步向前方走去。

等达老爷子到了家，心疼女儿的喻砚斌赶紧上前，问道："爷老子，怎么样啊？那里条件跟我们村比如何？"

喻砚斌是喻桂英的父亲，他当然心疼自己的女儿，他也知道那个村的条件很差，他之所以这么问，是希望得到父亲的一句承诺，那就是帮助女儿和准女婿进县城去工作。他想，只要父亲一句话，别说是解决女儿与准女婿的工作，就是解决准女婿全家人的工作，那也不是问题。尽管他知道，父亲这样做的可能性很小，但还是怀着几丝侥幸，父亲很心疼自己的小女儿，说不定对她会不同呢。

喻砚斌眼巴巴地望着父亲，希望从父亲嘴里听到满意的回答，可是最终，他还是失望了。只听达老爷子淡淡地说道："我看那里挺好，我同意桂英嫁到那里。"

喻砚斌有些不甘心，继续劝："爷老子啊爷老子，你明知道那里的条件不如我们村，你还同意桂英嫁过去，你这不是把桂英往火坑里推吗？"

喻杰说："我哪里把桂英往火坑里推了？咱们党的政策是主张婚姻自由，桂英喜欢陈兴娱，陈兴娱也喜欢桂英，他们这叫自由恋爱。我们这些当长辈的，就不应该拦着，就应该为他们这段婚姻提供便利条件，而不是当拦路虎。"

喻砚斌说道："爷老子，既然你说替他们提供便利条件，那我也说个事，你要是真的替他们提供便利条件，你就应该利用你的关系，将桂英和陈兴娱都调到县城里上班去。"

喻杰听儿子这么说，断然地拒绝道："这绝对办不到，我喻杰是绝对不会替自己的儿孙们找关系走后门的。"

喻砚斌有些着急了："既然如此，你还说什么替他们提供便利条件，我看你这就是在祸害我闺女桂英！"

喻杰也有些急了，说："我的亲孙女，我不心疼谁心疼？我告诉你，砚斌，我同意她嫁进山里去，就是希望她能够通过自己勤劳的双手，将山区建设好。这才是对她最大的照顾，你明白吗？"

喻砚斌叹了口气，他知道自己永远也说服不了爷老子，就抛下一句话："反正，我说的话你好好考虑考虑吧，你也该为我们这个家，尽一尽你的责任了！"

说完，喻砚斌就转身离开了。看着儿子离开的背影，喻杰叹了口气，在心里默念：违反原则的事，我喻杰是绝对不会做的。

喻杰在家里说一不二，儿孙们尽管有意见，可也做不了他的主。所以，在喻杰的张罗下，没多长时间，他最疼爱的孙女喻桂英就嫁进了更贫穷、更闭塞的山里。婚礼当天，喻杰穿上一身中山装，将皮鞋擦得锃亮，当着两家长辈的面，为一对新人送上了祝福：希望你们两个年轻人，在结婚以后，能够发挥聪明才智，将日子过好，把山区建设好！

喻杰的二孙女成家了，整个喻家人是半喜半忧。喜的是喻桂英成了新娘，算是真正地成人了，忧的是她的大姐，已经是三十多岁的老姑娘了，还没有成家。

是她嫁不出去吗？当然不是，自古至今，就没有嫁不出去的女儿，何况还是喻杰的孙女，上门提亲的有的是。可是达老爷子都一概拒绝，理由是大孙女有脑膜炎后遗症，有些痴呆，不能嫁人。

如果喻桂英还在娘家当闺女，大概喻砚斌也不会这么着急，可是如今，二女儿已经成家了，如果大女儿再不找个婆家，那可实在是说不过去了。他也知道父亲不允许大女儿嫁出去，是怕贻误后代，可是，总是这么拖着，确实也不是个办法啊。

所以，喻砚斌就决定再跟老父亲好好地说一说这个事，最好能说动父亲，让他答应将大女儿嫁出去。等到喻砚斌将嫁大女儿的想法说出来后，喻杰叹了口气，说："砚斌啊，你的心情我能理解，可是你想过没有，不嫁的话只养她一个，如果嫁出去，贻误后代，可能就得养几个了。她的脑子有问题，你也不是不知道。"

喻砚斌彻底地急了，本来身体就不好的他，一阵猛烈的咳嗽后，指着父亲："爷老子，你只知道她嫁出去祸害后代，可是你想过没有，如果她不嫁，首先挠头的，就是我这个当爷老子的！你只是她爷爷，你还在其次。"

喻杰听到喻砚斌这么说，也生气了："不许嫁就是不许嫁，我不能允许她嫁出去祸害人家。她有病，只病她一个，如果有了不健康的后代，那就有可能是两个三个，这个责任你承担得起吗？"

喻砚斌火了，他加重语气，厉声道："你就不配当我的爷老子！你也不配当她的爷爷！"

喻杰也火了，高声地喊道："我告诉你，我配不配我知道，你说我什么都可以，我就是不能同意她嫁出去祸害别人！"

这时，喻杰的老母亲被孙媳妇吴菊英给搀了过来。吴菊英是故意将太奶奶给搀进来的，她就是要让太奶奶压一压喻杰，好让妹妹尽快嫁出去。

老母亲来了，喻杰不好再跟儿子吵了，他走上前，拉住老母亲的手问道："娘，你怎么来了？"

老母亲叹了口气，说："你们爷俩争吵的事，我都知道了。其实啊，你应该让你大孙女嫁出去啊，你不是说，儿孙自有儿孙福吗？只要她成了家，不也了了你的心事了吗？再说了，我都这么大岁数了，还能活几天？我最大的心愿，就是希望咱们喻家的后代，都能够有传承啊。"

听老母亲这么说，达老爷子的眼泪掉下来了。其实，他何尝不想让大孙女早些嫁出去，可是她有病，一旦嫁出去，生出来的后代不健康，那可是祸害两代人甚至三代人的事啊！不行，绝对不能让大孙女嫁出去。

可是，他又不想惹老母亲生气，就叹了口气说道："娘，实话跟你说吧，大孙女的婚事，其实我也发愁，这个事你就不用再管了。你放心，我是一定能够照顾好她的。"

老母亲转过头来，看着孙子喻砚斌："砚斌啊，你跟你父亲吵架的事，我知道是为什么，奶奶告诉你，在这件事上，我是支持你的。凡事啊，不能总是听爷老子的，你也这么大岁数的人了，也应该替你的孩子做主了，这是你的责任，也是你的权力啊。"

喻砚斌听到奶奶这么说，心里很感动，气就消了一半。父亲是一根筋、直肠子，对外人特别地好，可对自己家里人就太苛刻了。想到这里，喻砚斌对奶奶说："奶奶，你放心，大女儿结婚这个事，我不会听爷老子的。"

尽管喻砚斌说不听父亲的，可是，这是在奶奶的面前，有奶奶给他壮胆，顶嘴归顶嘴，那也是为了女儿着急，可要是真让他不听父亲的，他还真是没那个胆。

转眼之间，小儿子喻力光在芦头林场已经干了好几年了，也到了可以参军的年龄了。他想去当兵，又怕父亲不同意，就趁着回家的工夫，将想去参军的事，跟父亲又说了一遍。他本来以为，依着父亲的性格，有了参军的机会，也肯定会让别人家的孩子去。可是，令他没有想到的是，这一次，父亲不但没有阻拦，反而大力支持他参军报国的想法，连声夸他是一个有志气的好青年。

喻力光悬着的心总算是放下了，就壮着胆子问："爸，您看我也要去当兵了，您难道不想送我一件礼物作纪念？"

喻杰听喻力光这么说，先是一愣，然后呵呵笑着说道："好吧，你都快要成为一名光荣的解放军战士了，爸爸高兴。你说说，你想要什么？"

喻力光用手指了指父亲手腕上的表，说："爸，我去当兵，您就将您戴的这块手表，送给我做纪念吧。"

喻杰哈哈笑着，扬了扬手腕，看了看时间，说："好啊，你想要这块手表，我就给你打个八折吧，你给我两百块钱，我就把手表给你。"

喻力光也没有想到，父亲竟然会问他要钱，就觉得父亲大概是在开玩笑，说："哎哟，爸呀，我都快去当兵了，您怎么连一块表也舍不得？"

喻杰呵呵笑着，说："我告诉你啊，伢子，这是我当副部长的时候部里面发的，金贵得很哪。你要是想要啊，就给两百块钱。这已经是便宜你了，要是换成别人，他就是给我一千块钱，我也不舍得呢。"

喻力光这才知道父亲没有开玩笑，就有些为难地说："爸，您看我在芦头林场，一个月才挣二十多块钱，您一下子问我要两百块钱，这不是打劫吗？这还是送给儿子当兵的礼物吗？"

喻杰笑道："当然了，你现在又不是不赚钱，我当然要向你要钱了，你要是不给钱，我就不给你表。我告诉你，对于你和你大哥，还有你元龙侄子，我就是一个黑心的地主，只认钱不认人，因为你们现在都挣钱了。"

喻力光叹了口气，从兜里掏出十张大团结来，说："好好好，人家都说您对待乡亲们，是春天般的温暖，这个我早看到了；今天我更看到了，您对待自己的儿子，就像地主老财一样黑！"

喻杰也不恼，他哈哈笑着，说："黑，我这叫黑得有人情味，你看看，历史上的包公包青天，不就是黑脸吗？所以，黑是健康的颜色，说明我身体健康，还有正义感。"

说完，喻杰接过喻力光递过来的钱，将手表摘下来，递给喻力光说："好了，这块手表现在归你了。我告诉你，你要好好地戴着，这块手表可金贵哪，你元龙侄子想要，我还没有给他哪——哎，不是，怎么就十张啊？"

喻力光接过手表来戴上，这才笑着说道："爸，我就给您一百块钱，您给我打折，二百块钱卖给我，我再给您打一半的折，给您一半就算了。说句心里话，你做的这些事啊，说出去都让外人笑话。"

喻力光这么一说，喻杰反而笑了。他将钱放进兜里，说："这块表一直跟着我从北京回到家乡，你可要戴好了它，等到了部队，训练累的时候，你就看看它。看到它，就代表着你老子我在你的面前鼓励你。"

听到父亲这么说，即将踏入军营的喻力光，便从椅子上站起来，学着军人的样子，给喻杰敬了一个军礼，嘴里高声地喊道："是，保证完成任务！"

达老爷子摆了摆手，又示意喻力光坐下，嘱咐儿子到了部队，要听领导的话，有什么立功受奖的事，一定要冲在前面，不可落在后面。

喻力光问道："爸，我在林场的时候，您总是说评功受奖的机会，咱们不要冲在前，为什么您现在又让我好好表现，争取早日立功受奖哪？"

达老爷子一脸认真地说道："因为，我要在家里等你立功受奖的喜报，这样，我脸上也有光啊！"

听到达老爷子这么说，喻力光理解了，在父亲这位老红军心中，军功才是人生真正的荣誉。想到这里，他在心里暗暗地发誓：一定要让父亲早日收到他立功受奖的喜报！

二十一

家乡依旧贫穷，我不能回北京

　　转眼之间，喻杰从北京回到湖南老家已经快八年了。这些年里，喻杰带领乡亲们绿化荒山，使五千多亩的"和尚山""癞子山"，变成了绿油油的青山；带领乡亲们用短短两年多时间，建起了丽江第一座水电站——山口水电站，让全体丽江百姓都用上了电，千百年来丽江百姓用松油或煤油灯照明的历史，得到了彻底改变。他始终保持着一名共产党员的优良作风，勤俭节约，努力奉献。他自己种菜种地、喂猪养鸡，完全没有一点领导的架子。他用自己省吃俭用攒出来的钱，多次对乡亲们伸出援手，扶危济困，成了乡亲们眼中的"大善人""活菩萨"。

　　如今，党的十届三中全会召开了，恢复了邓小平同志的领导职务，中国的发展道路开始慢慢重新步入正轨。当喻杰从他那部老旧的收音机里，听到邓小平同志复出的消息后，激动地站了起来。他的眼里满含着泪水，向着北京的方向久久地凝望。他知道，这位当初他与陈胜护送过的邓小平同志，一定能够带领着整个中国，开创出一个亮丽辉煌的传奇。

　　一个快速发展的时代终于来到了，很多在"文革"时期受到不公正对待的老同志，纷纷恢复原职。于是，就有乡亲在聊天过程中，劝达老爷子托托关系跑跑路子，好尽快地回到北京当领导。对此，达老爷子总是呵呵一笑，并不表明自己的态度。

邓小平同志复出后，有些听说过喻杰经历的乡亲，就在背后议论："哎呀，现在邓小平重新掌了权，又到了咱们的达老爷子东山再起的时候了，因为他当年就护送过邓小平过赣江哪。"

还有的乡亲说："中央现在这些大领导，全都认识达老爷子，都是达老爷子的老上级或是老战友，他们还不把达老爷子给请回去？要是那样的话，我们这些乡亲们就都能跟着沾光了。"

也有的乡亲说："哎呀，你们别看达老爷子不吱声，其实他是等着升官哪。现在，他的老战友和老领导都升官了，那怎么着也得给他升升官，要不然，他才不会回北京哪。"

反正，在丽江大队说什么的都有，大家都觉得，达老爷子这回是肯定要回北京了。为了能在达老爷子回北京前给达老爷子留下个好印象，认识的和不认识的乡亲们，都有事没事地来找达老爷子聊天，跟达老爷子套近乎。在这些套近乎的人里，除了丽江大队的乡亲们，还有外队的乡亲们，当然，更少不了当地各级部门的领导。他们借着请示工作的理由，前来给达老爷子送礼，可是，他们看错了人，达老爷子不收礼不说，还批评他们作风不正。

当初那名要批斗喻杰的公社干部，在得知喻杰极有可能回北京的消息后，非常害怕。他提着礼物，专程来到丽江大队拜访喻杰，请求喻杰大人不计小人过，能够原谅他的过错。其实，还是他想多了，因为喻杰根本就不是一个记仇的人。喻杰知道，在那段特殊的岁月里，发生的很多荒唐的事情，根本不能归咎于某一个人，所以，他拍着胸脯向那名干部表示，过去的事情已经过去了，就不要再提了，希望他以后好好干，多做让人民群众受益的事情。听到喻杰这么说，那名公社干部感动得热泪盈眶。

所有乡亲们都等待着达老爷子回北京的那一天，甚至有人还学着古人的样子，准备了万民伞，只等着达老爷子正式启程赴京的时候用。

可是达老爷子根本就不想回北京。他常说的一句话就是："回北京做什么？人那么多，空气也不好。要说起来，我走了那么多的地方，还是感觉我们丽江最好，山清水秀的，养人哪。"

当达老爷子不想回北京的话传出来后，村里面就有人说达老爷子傻，好好的北京不回，在丽江村里能有什么混头？也有的人说，达老爷子当初受了些委屈，这次不把官升到位，他是肯定不会回北京的。甚至有人说，你别看达老爷子好像不想回北京似的，其实啊，他暗地里已经给北京的老战友写信了，他现在比谁都着急回北京哪……

反正，林子大子什么鸟都有，村子大了，说什么的都有吧。

达老爷子既没有去跑关系，也没有给北京的老战友写信，他像往常一样，该巡山巡山，该种地种地，看起来，与一般的农村老大爷也没有什么区别。

这个时候，达老爷子的亲友们坐不住了，他们纷纷组成了"劝说团"，强烈要求达老爷子回北京。

达老爷子的亲妹妹，借着探望一百多岁老母亲的由头，带着一只老母鸡就回了娘家。刚到娘家，她将老母鸡往院子里一放，也没有进屋去看望老母亲，就赶紧来到喻杰屋里，找自己的大哥聊天。她拉着大哥喻杰的手，劝道："大哥啊，你可是为革命立了功的，又是参加过长征的老革命，还曾经护送过邓小平过赣江。现在啊，你可不能再傻了，不要浪费机会，找找关系盘盘路子，争取早日回到北京去，你是我的亲大哥，你可要听我的劝啊！"

达老爷子听妹妹这么说，就呵呵一笑，说道："妹妹啊，大哥的事你就不要再操心了。我就闹不明白了，你们劝我回北京，到底是什么意思啊？北京那么多的人，也没有地种，空气也不好，我去了做什么啊？我是湖南人，为什么非要去北京呀？"

妹妹说道："哎呀，大哥，你可是咱们喻家最有出息的人，也是咱们喻家当官当得最大的人。我们都知道，'文革'的时候，你受了委屈，心里不痛快，你从北京回到家里来，我们都欢迎。可是现在好了，政策变了，你看看很多被打倒的大官都复出了，你一定要借着这个机会，赶紧找人活动活动，争取早日回北京。这样，咱们喻家的后代，才能沾你的光啊！"

听妹妹这么说，达老爷子拿起他那只用了十几年的搪瓷缸，喝了一口水，不耐烦地说："回北京、回北京，我真的闹不明白，你们为什么都要我回北京。反正我就是不想回去。要回去，你回去得了。"

妹妹听大哥这么说，有些不高兴："我回去？我回去还得有人要我啊？我又没有当过部长，我要是当过部长的话，我指定回去，而且还得坐着小轿车风风光光地回去。"

喻杰笑了笑，说："妹妹啊，大哥的事，你就别操心了。你看现在咱们国家在邓小平同志的带领下，各项事业也都是蒸蒸日上的，我就在家里种个地，也不给国家添麻烦，我觉得挺好的。"

妹妹一听，着急地叫道："哎呀，我的大哥啊，你可是咱们喻家自古以来出的最大的官啊，你要是不进京继续当官，咱们喻家的老祖宗都不会高兴的。"

达老爷子又是呵呵一笑："不见得吧？咱们喻家的祖上个个都是明理之人，像明朝时著名的廉吏喻茂坚，就曾经做过刑部尚书，他的官当得可比我大多了。"

妹妹问道："大哥，刑部尚书是什么官啊？我怎么没有听说过他哪？"

喻杰笑了笑，说道："反正你就记住，他的官很大就好了。我告诉你啊，妹妹，他曾经给我们这些后代写过这么一副对联，叫作'衍祖宗一脉真传，克忠克孝；教子孙两行正路，惟耕惟读'，这个我们可不能忘。他是在教育我们，对于国家要尽忠，在家里要尽孝。所以，我年轻的时候闹革命，就是为国尽忠；如今我已经年过古稀，又有老母亲在堂，我必须留在家里尽孝啊。"

妹妹说道："哎呀，我说大哥，你怎么是一个死脑筋啊，怎么好说歹说就是不听哪？我告诉你，你要是不回北京，那国家就会把你给忘了，毕竟，现在有很多的干部需要安排。人家都巴不得能进北京当大官，你可倒好，一点也不着急。我告诉你，你不着急也就算了，你总得替你的孩子们想想吧？"

喻杰叹了口气，说道："妹妹，有两个事我想说在前头：第一，我去不去北京你就不要再劝了；还有一点你要记住了，就是不管是我的孩子还是你的孩子，儿孙自有儿孙福，我们这些人管不了他们一辈子。所以，你也就不要再劝我了。"

喻杰当然知道，妹妹以及很多亲戚之所以劝他，就是想"一人得道，鸡犬升天"。他没说破妹妹的那点私心，只是用"儿孙自有儿孙福"这句话来告诉妹妹，他是不会为了孩子们以权谋私的。

妹妹讨了个没趣，也就不再劝了。当天，两兄妹一起吃的那顿饭，因为喻杰拒绝妹妹的劝说，吃得也是不愉快。吃过饭以后不多久，妹妹就要起身回家。

喻杰赶紧让孙媳妇吴菊英取来五十块钱给妹妹，算是鸡钱。妹妹说什么也不肯要，喻杰强塞给了她。

等到妹妹离开了家，孙媳妇吴菊英笑着问道："爷爷，姑婆婆好长时间也不回来一趟，您既然给她钱，为什么不多给一些啊？"

喻杰笑了笑，说道："她又不缺钱，我给她那么多钱干什么啊？再说了，我虽然挣的比她多一些，可是，咱们村里用钱的地方还多着呢。我得省着点花，要不然，我又得跟北京的老战友们借钱了。"

吴菊英听喻杰这么说，有些哭笑不得地说道："爷爷啊，您的这句话，我是不是可以这么理解，全中国的穷苦人太多了，要用钱的地方也太多了，您得省着点，留出钱来给他们花啊？"

喻杰一听，也知道孙媳妇在揶揄自己，就笑着说道："对，可以这么理解。我告诉你，不管是谁需要帮助，只要是找到我喻杰，只要是我能做得到，我就一定管到底。"

吴菊英听爷爷这么说，不以为然地："别说是全中国了，就是加义公社还有咱们丽江大队，都有很多的穷人，您一个人管得过来吗？"

喻杰依然淡淡地说道："管不过来是肯定的，但是能管一个就管一个吧，我就是这么想的，也是这么做的。"

吴菊英说道："爷爷，我也需要钱，我需要钱给元龙买块手表，还需要钱买一辆自行车。我本来想着攒钱给元龙买块手表，后来也被你给借走了。所以，我最尊敬的爷爷，您就把捐出去的钱，分一些给我吧，我真的等着钱急用。"

喻杰笑了笑，说道："对不起，孙媳妇，你要钱我还真没有。"

吴菊英顺着爷爷的话茬，回道："爷爷，您刚才还说咱们村里用钱的地方多，难道我不是咱们村里的人？"

喻杰笑了笑，说道："当然是，不过，你更是咱们家里的人，是我们喻家的人，当然要跟我一样，有钱得省着点花啊！"

吴菊英彻底地没了脾气，刚要说话，喻杰又说道："哎呀，我说孙媳妇啊，你就不要挑爷爷的毛病了，爷爷也没有缺了你们的钱花啊。再说了，我的钱不是都由你来取吗？其实，也就相当于你是我的大管家了。我是老部长，你是部长的管家，你这么一想，是不是就觉得舒服多了呀？"

吴菊英这才呵呵地笑了起来，觉得自己的这个爷爷，除了抠门以外，其实还是挺可爱的，就说道："部长管家，确实挺大的，我要是真的有别的部长管家那么大的权力，还真的挺光荣的。不过啊，给您当管家，我可真是憋屈得很啊！"

正在这时，有一个叫王秋生的修表匠，气喘吁吁地跑到了喻杰家。一进到屋里见到喻杰，张嘴就找他借钱。喻杰问原因，他说他老婆得了重病，急需要钱抢救。喻杰曾经找他修过表，知道他的家庭条件不好，于是就让孙媳妇吴菊英赶紧取钱给他。吴菊英不太愿意，可是又不想让爷爷太没有面子，就借了三百块钱给王秋生。等王秋生走后，吴菊英又将达老爷子一顿数落。达老爷子没有生气，他反复地跟吴菊英说："孙媳妇啊，你要记住，人要心地善良，他老婆急需要钱抢救，如果不帮的话，那跟旧社会的黑心地主有什么区别？"

吴菊英听达老爷子这么说，也不好再说什么，因为达老爷子就是这么一个人。这么多年了，她改变不了，他们全家都改变不了他这个只愿意帮助别人的"坏毛病"。

达老爷子不想回北京，他觉得自己都已经七十多岁的人了，还去北京给国家添麻烦做什么。回到丽江老家一晃也八年多了，他在家里种地喂猪，与儿孙们生活在一起，日子倒也过得很舒心。

喻杰不回北京，北京的老战友们却没有忘记喻杰，大家都希望喻杰能够尽快回来，继续发挥他"长江鱼"的巨大作用。说起"长江鱼"这个名号，还是1945年在延安时，党中央众多领导对喻杰的亲切称呼。喻杰当时在西北贸易公司任经理，有一位任副经理的叫余建新，两个人都非常地精明能干，姓的谐音都是"鱼"。因为余建新是北方人，大家就称他"黄河鱼"，而喻杰是湖南人，平江县又靠近长江，所以就称他"长江鱼"。在党中央的许多领导看来，这条"长江鱼"已经离开"水"太久了，是应该将他调回京，继续让他发挥才干，过"如鱼得水"的日子了。

1978年2月，财政部派出专人专车从北京赶赴湖南，来到了喻杰生活的丽江村，请他回财政部任顾问；并明确告诉喻杰，已经在木樨地林荫大道南侧22号部长楼，给他分配了一套高级住房，等他到了北京，有什么具体的要求，还可以再向中央领导提。

对于中央领导对他的关心和照顾，喻杰的心里当然是非常地感动，这说明党中央的领导一直记着他们这些老革命。他当面向财政部派来的同志表达了感谢，但是，对于回北京当顾问，他的心里是犹豫的。因为已经回到故乡这么多年，他早已经适应了故乡的生活，如果再次回到北京，对于他这个快八十岁的老人来说，还真是有些适应不了。但是，贸然拒绝也有些不合适，这毕竟是中央领导对自己的重视，所以，他答应财政部派来的同志，给他十天的考虑时间，他会在十天后给出明确的答复。

财政部来人接喻杰回北京的消息，一下子轰动了整个丽江村。大家都觉得达老爷子离开丽江是板上钉钉了，他们早就备好的万民伞，也终于快要派上用场了。

于是，就有一些乡亲专门置办了酒席，来请达老爷子赴宴。对于这些，达老爷子是一概拒绝，他对那些请他赴宴的人说："咱们老百姓不要有事没事地就摆筵席，要注意节俭，不要铺张浪费。你们回去吧，我是不会赴宴的，而且我告诉你们，不管你们将来的生活多好，都要把节俭放到第一位，你们要是不听的话，我就给领导说，让领导来收筵席税。"

前来请他的人讨了个没趣，觉得达老爷子这个人实在是太不通人情了。怎么能够拒绝乡亲们的一番好意哪？别说是回北京当大官了，就是谁家的孩子考上个学，或者是谁家生了个孩子，不也得找亲戚们一起吃个饭，好好地庆祝一下吗？这个达老爷子可好，不去不说，还说要收筵席税，他这个人实在是太死板了。

乡亲们都盼着达老爷子能够回北京，重新当上大官，那样随随便便一句话，就能给整个丽江村带来实实在在的好处。面对好处，谁又不想要哪？乡亲们可都是穷怕了啊。

话又说回来，即使达老爷子这个人两袖清风，不为村里着想，也不为儿孙们着想，就凭着他一辈子立的赫赫军功，就凭着他为国家作出的贡献，就凭着他回乡这八年多来所受的苦，他也应该回到北京好好地享几天清福了。

于是，碰了钉子的乡亲们，也就不请达老爷子吃饭了。但是，亲戚朋友、左邻右舍，甚至是不相干的路人，都来劝达老爷子进北京享福。又一番的"劝说潮"，开始轰炸喻杰了。

达老爷子面对着这些乡亲，撵也不是，不撵也不是，往往这个劝说完了刚走，另外一个不认识的劝说者又来了。达老爷子实在是不胜其扰，没有办法的他，只好拿起一根拐棍走出家，躲到了孙女喻桂英那里。正是在喻桂英家所在的大山里，他感受到了故乡平江县仍是那么地贫穷与落后。虽然说丽江村的路已经修好了，电也通上了，可是没有通路通电的乡村依然那么多。平江县需要他，他必须留在这里！想到这里，他正式地作出了决定：不再回北京，就留在丽江村，继续和乡亲们一起，为改变家乡的落后面貌，作最后的贡献。

乡亲们找不到达老爷子，就找他的儿子喻砚斌与喻力光，找他的孙子喻元龙，甚至找达老爷子的两个曾孙喻群益和喻从勤，试图通过他们，说服达老爷子尽快回北京当大官。看着这些前来劝说的乡亲，喻砚斌无奈地告诉大家："乡亲们，我求你们了，你们就别再说这个事了，其实我跟你们一样，也希望我父亲早日回北京，我们比你们还着急。可是，我们说服不了他，你们再劝也没有用。我想，这次财政部专门来人，说不定我父亲能够答应回北京。"

听喻砚斌这么说，前来劝说的人也觉得有道理，不如就让达老爷子自己静下来好好想想，说不定能够改变主意。

喻砚斌也是特别希望父亲能够回到北京，当不当官的先不说，只要能将在北京木樨地的高级住房要下来，也算是达老爷子留给他们喻家的一份财产，那可是天子脚下，寸土寸金啊！想到这里，喻砚斌就觉得，必须尽快将自己的想法告诉父亲。可是，父亲现在在哪里呢？

那个时候没有手机，要想找个人确实很费劲。经过一番辛苦的寻找，喻砚斌终于在女儿喻桂英的婆家找到了父亲喻杰。一见面，喻砚斌就直接将自己的想法提了出来："爷老子，您在北京因为挨批斗，回到丽江村里来，我是支持的，毕竟我这个当儿子的不愿意看到您在北京受罪。可是现在，财政部已经来人请您回北京当顾问了，我看，人家请得也很真诚，您还是不要辜负了中央领导的好意，收拾一下东西，还是尽快回去吧。"

喻杰叹了口气，说道："砚斌，我不止一次地跟你讲过，我们中国自古就是'文官告老还乡，武官解甲归田'，可没有听说过当完了官，还赖在京城不走的啊。在古代，你要是不离开京城，那皇帝可是要发火的啊。"

喻砚斌说道："爷老子啊，您说的那是旧社会，我们这是新社会，领导派人来请您，说明中央领导器重您啊。再说了，您这哪里是'赖'呀！您工作能力强，人家请您出山，是去工作的，不是去耍赖的。"

喻杰笑了笑："砚斌，这么跟你说吧，其实，不只是中国古代有'告老还乡'的习俗，就是资本主义的美国，总统当完了也要回家。也不只是美国的总统，全世界大多数国家的领导干部，他们在卸任以后，也都是要回家的。我是共产党的干部，难道连美国鬼子的干部都不如吗？"

听到爷爷和父亲在探讨去不去北京的问题，喻桂英插嘴道："爷爷，您看看财政部那么需要您，还给您分了房子，依我看哪，您还是回去吧。别人都是动用关系也未必能够回到北京，您可倒好，别人请您，您怎么还不去哪？您这不是傻吗？"

喻杰听孙女喻桂英也劝他去北京，就叹了口气，说："你们啊，是只知其一，不知其二啊！我告诉你们吧，我之所以不回北京，就是因为，如果我回了北京，要给国家增加不少的负担，人力、物力、财力什么的，为了我一个糟老头子，不值得啊。"

喻砚斌叹了口气道："爷老子，您是老红军、老革命、老首长，您为革命出生入死，可以说是九死一生。您的贡献那么大，国家就应该照顾您，让您好好地享享清福！"

喻杰听完儿子的话，一脸严肃："什么应该不应该？革命先烈们抛头颅洒热血，有的一家牺牲了好几口人，他们又享到什么福了？别人咱们先不说，就说毛主席吧，他有多少家人为革命献出了生命？相对于那些死去的英雄，我活着就已经是享福了！"

喻桂英的婆婆听他们在谈论回北京的事，也想劝喻杰回北京。喻杰回了北京，那他们家也能跟着沾光。于是她也劝道："达老爷子，您是一个好人。这些年在丽江村，为乡亲们做了不少好事，这个我们四邻八村的全都知道。依我看来，您去北京更好，因为您这么能干，又一心一意为老百姓着想，如果到了北京，手上有了更大的权力，就可以给我们老百姓做更多的事情哪！"

喻杰叹了口气，说道："江山代有才人出，各领风骚数百年。我已经快八十岁的人了，也不想那么多了，该给年轻人腾地方了。我相信年轻一代的人，会比我们这些没有上过学的老家伙干得更好。"

喻砚斌听完父亲的话，知道已经很难说动父亲了，过了许久，又不甘心地说："爷老子，您不去北京，我们也不能勉强您，我的意思是，既然您不去北京，那您就把那套高级住房接下来。喻力光和喻元龙的户口您也给弄回来了，那就给我们在北京留套住房吧，这样我们去北京，至少也有个住的地方。"

喻杰听儿子这么说，一下子站了起来，愤怒道："胡说八道！真是岂有此理！我人都不去北京，我要住房做什么？我现在越想越觉得，当初不把你留在西安是做对了，照你现在的想法，你要是当了官，岂不是比刘青山、张子善还贪？我怎么生了你这么个儿子！"

父亲的话一出口，喻砚斌吓了一跳，将他一个农民比作刘青山、张子善，他是绝对不能同意的，尽管那是自己的父亲，那也绝对不能同意。于是，喻砚斌就说："您不去北京，我们也勉强不了，您不要住房，我们也改变不了您的决定，可是，您不能把我比作贪官。我不是官，我是一个堂堂正正的老百姓。"

财政部请喻杰回北京当顾问的消息，在整个湖南政界也传开了，于是，省里、市里、县里的领导也来到丽江村，借着向喻杰请示工作的机会，劝喻杰回北京当顾问，但都被喻杰给好言回绝了。看到喻杰就是不肯回北京，有的领导就跟喻杰说："老部长啊，您要是不回北京当顾问也可以，那您就住到省城或者县里，只要您提出来想住在哪里，这个都好办，毕竟医疗条件要好些。您在农村受了这么多年的苦，也该好好享享福了。再说了，您住到城里去，我们请示工作也方便些，就委屈您给我们当顾问吧！"

听领导这么说，喻杰笑道："这么说吧，我是各级各部门的顾问都当，你们不请，我也要当，有了意见我就要提。只是我不想住到城里去，在乡下住着，山清水秀的，没有什么不好，空气新鲜不说，还能多看到点实际情况。"

十天以后，喻杰正式给财政部去信，婉言谢绝了要他回北京当顾问的邀请，而分配给他的高级住房，他也没要。

丽江村的乡亲们对他不回北京当大官，不要国家分给他的高级住房，感到不可理解，都觉得他傻。可达老爷子是一个特别认死理的人，只要他认准了的事情，八匹马也拉不回来。对于乡亲们的议论，他也懒得搭理。他像往常一样，该种地种地，该巡山巡山，见了乡亲们依然热情地打招呼，好像财政部派人来请他回北京的事，从来没有发生过一样。

他还是那个可爱的达老爷子。他真的不傻，他选择留在丽江村，全是因为他对故乡有着质朴的爱，有着浓郁的情。

他自己种菜种地、喂猪养鸡，对于农田里的活，他是一个好把式。他栽下的禾苗，刚开始看起来跟别人家的没有什么区别，可是过了一段时间，区别就出来了。他家的禾苗长势特别好，颜色青翠发亮，茎秆更粗壮，充满生机。

乡亲们搞不明白，为什么同样都是种地，他种的庄稼要比别人家的更绿更壮呢？对于这个问题，达老爷子哈哈笑着说，这是因为他是在用爱心用知识种地。达老爷子常说的一句话就是，每一棵禾苗都是一个活生生的生命，你好好待它，它就长势旺盛，用一句老祖宗的话来说，就是"人不哄地，地不欺人"。他经常自己扛着锄头在田里锄草，将圈里的猪粪鸡粪，还有肥水什么的，都仔细地掺上草灰搅拌均匀，然后认真地撒到田里，让土壤保持营养。禾苗吸足了营养，自然长得好。这一些种地的知识，有些是先辈的经验，也有些是从科学报刊上学来的。

于是，便有很多乡亲向他请教，他也总是开心地把自己的经验倾囊相授。每每看到别人家的禾苗也长势良好时，他的心里比谁都高兴。

一天，达老爷子正在田里锄草，村里的一个伢子牵着一头水牛走了过来。突然，不知道哪里传来一声巨响，吓到了水牛，水牛向达老爷子冲了过去。达老爷连忙打了几个滚，滚到旁边几尺深的沟里，才躲开了那头受惊的水牛。

看到达老爷子掉进了沟里，那个伢子吓坏了，呆立在原地，哇哇直哭。

达老爷子摔得不轻，身上都出血了，可是看到那个伢子吓得哭了，赶紧忍着疼痛，从沟里爬起来，顾不上拍一下身上的泥水，迈步来到伢子身旁，好心地安慰他："你别哭了，我真的不要紧，我又没伤着。只是你以后要注意，可千万别再让牛受惊了，要是下次再惊牛，伤了人可就不好了。"

看到达老爷子安慰自己，这个伢子停止了哭泣，说道："达公公，您放心吧，我下次一定把牛拴紧了，不会再让它跑了。"

达老爷子点了点头，说："好了，咱不说这个事了，咱们现在的主要任务是把牛给追回来，走，我跟你一起去。"

说完，达老爷子忍着伤痛，和这个伢子一起将牛给追了回来，直到帮他将牛缰绳给拴结实，达老爷子才回家。

此时的达老爷子，身上的泥水早已经干了，看起来就是一个泥人。

达老爷子确实就是个"泥人"，他始终把自己当成一个地地道道的庄稼人，而不是一个高高在上的国家干部。他对故乡，怀抱着一种特别质朴的深情。

达老爷子年轻的时候，为了穷人能够翻身得解放，为了穷苦人家不再受地主老财的欺负，毅然离开了深爱的家乡，踏上了革命的道路。多少次的生死考验，多少次的血雨腥风，他都挺过来了。每当夜深人静的时候，他总是在问自己一个问题，那就是他心中最放不下的是什么。对于这个问题，他也曾经回答过自己，放不下的有家里的老母亲和自己可爱的孩子，可这些都不是最让他放不下的。他心中最放不下的，其实就是生他养他的那一方热土。在革命的征途中，他渴望着回到故乡，张开双臂，在故乡的田野里自由地呼吸。这片土地，是生他养他的故乡，也是他魂牵梦绕的地方，更是他心中最美的乐园。他要回来，回到祖先们世代传承的地方，并把它建设成梦里渴望的模样。

这，就是他一个退休老部长的心声！

几十年后，中共中央总书记习近平深情地说道："脚下沾有多少泥土，心中就沉淀多少真情。"其实，习总书记所说的，也是这个道理。

二十二

实行农业现代化

达老爷子为人和善，乐于助人，在全丽江村乃至整个平江县，享有极高的威望，村里人家里有什么矛盾，都愿意来找他调和，他成了村里人心中最有分量的"调解员"。其实，不只是丽江大队的乡亲们有事找他，丽江大队的知青们，也把他当作自己的忘年交，喜欢找他聊天。达老爷子在乡亲们的眼中，就像邻家大爷一样和蔼可亲。

可是他的和蔼可亲并不代表着没有原则，更不代表着他跟你熟就可以帮你做任何事。只要是违反原则的事情，他喻杰不帮忙不说，还会立即拉下脸来。

比如，有一名知青，平时就和达老爷子聊得来，两个人的关系用现在的话来说，那可是无话不谈的"老铁"。"文化大革命"结束后，很多知青都回到了城里，但是这个知青却不知道什么原因，始终没有拿到回城的指标。看着伙伴们都高高兴兴地离开丽江大队，返回城里工作了，他的心里就觉得不平衡，就一肚子委屈。也是，谁碰上这种事，心里肯定都不舒服。可是，家里人的能力也有限，使不上什么劲。思来想去，他就想到了达老爷子。他觉得达老爷子对他不错，是他现在最大的靠山，只要达老爷子肯出面，他回城是小菜一碟，说不定还能在城里找一份好工作。想到这里，他就满怀期待地提着两斤红薯，来找达老爷子诉苦了。

达老爷子在听完他的诉苦后，心平气和地告诉他："照我来说，还是你的思想有问题，还需要继续接受贫下中农的改造。"

这名知青听达老爷子这么说，有些委屈地说道："达公公啊，我思想怎么有问题了？我就在丽江大队插队，就在您的身边，我的情况您也比较了解，您给评评理，他们都回城了，凭什么我留下来改造啊？"

达老爷子笑了笑，又用手指了指那两斤红薯，说："伢子啊，咱们爷俩关系一直很好，我就实话跟你说吧，你给我送红薯，就证明你的思想需要改造。"

这名知青一听，有点着急了："达公公，您要是这么说，我可不高兴了！这要是不来求您，我就不能带点红薯过来看看您了？那好，既然您这么说，我这就将红薯提回去，以后再也不来看您了。"

达老爷子嘿嘿笑着："别提回去了，我让元龙给你杀只鸡，你就在我这里将就着吃一顿红薯鸡肉饭。我知道你干农活很辛苦，又是长身体的时候，你可得好好补补身子。"

这名知青冲着达老爷子做了个鬼脸，说："哎哟，达公公，您就别拿我寻开心啦！我告诉您吧，我现在是什么也吃不下，就想着马上回城。"

达老爷子叹了口气，说："你的心情我能理解。可是，你想过没有，知青回城这是国家政策，你就放心吧，大队干部是不可能把你永远留在农村的。到时啊，你就是想留在丽江大队，也留不下，我们丽江大队可没有指标给你。"

听达老爷子这么说，这名知青有些不相信地问道："达公公，您说的可是真的？您没有骗我吧？"

达老爷子呵呵笑着说："我骗你个毛孩子做什么啊？我告诉你，毛主席和邓小平同志我全见过，你不用求我，也不用求任何人，你就回去等着吧。我想用不了多久，你就能接到回城的调令了。"

达老爷子的一席话，可算是解开了这名知青心里的疙瘩，他拉着达老爷子的手，说道："达公公，实在是太感谢您了！您的鸡我也不吃了，我这就回去了。"

达老爷子的脸上依然带着笑，说："年纪轻轻的不要着急，你要记住，毛主席的知青下乡号召那是有道理的，用不了多少年，你再看吧，你就是想来，也不一定来得了。所以，你也不用找我，你即使找我，我也不给你办，但是你们知青的生活不容易，我杀只鸡给你补身子，还是应该的。"

听达老爷子这么说，这名知青也笑了，再仔细想想，好像达老爷子说的也有道理。听达老爷子说要杀鸡给他补身子，他就感到不好意思了，忙推辞："达公公，您杀鸡给我吃，那多不好意思啊，我看还是您留着自己吃吧，我年纪轻轻的，不需要补身子。"

达老爷子将眼睛一瞪，一脸认真地说："你送我红薯吃，我杀鸡给你吃，这叫两不相欠。你要是不留下来吃鸡，我也不要你的红薯。"

达老爷子的这句话，把这名知青给说乐了，他也笑着说道："是是是，一切都听达公公的，我一定留在您的身边好好改造，等回城再做一番大事业。"

达老爷子哈哈大笑："这就对了嘛！"

果然，没多久，这名知青就拿到了回城的指标，回到了城市。

确实如达老爷子所说，几十年以后，对于生活在城市里的他，回到农村种地，已经变成一种奢望了。

达老爷子的远见卓识，还表现在他有一颗"科技兴农"的心。

中国有句古话：一亩土地两头牛，老婆孩子热炕头。这是温馨的农耕生活写照。达老爷子刚回到丽江大队的时候，就捐出四千块钱来，让丽江大队买了耕牛。而丽江大队的乡亲们，自从有了达老爷子给买的耕牛，过上了用牛耕地的田园生活，对生活都多了一分满足感。但达老爷子并不满足于此，他是村里真正见过大世面的人，他想，乡亲们虽然有了耕牛，可还是靠体力劳作，收了稻谷以后，还需要人工脱粒，劳动强度非常大，必须让大家从繁重的体力劳动中解放出来。

达老爷子虽然从北京回到了丽江农村，可是，关心国家大事的他，依然保留着订报纸的习惯。他自费订了很多报纸，每天都有邮递员往他家里送《人民日报》《湖南日报》《岳阳日报》等报纸。他也是从这些报纸上读到了国家的大政方针，看到了外国的科技进步。当他在报纸上看到美国农场一个农民就能够种几百亩地的报道时，深感震惊。比起美国，我们太落后了！落后的生产力，正制约着中国农业的发展……怎么办？

达老爷子当然有他的办法，他的工资舍不得花，省出钱来，给丽江村买了电动打米机。这也是十里八村的第一台电动打米机。这个机器特别好，不用人力，只要插上电，将稻子倒进去，就能出来白花花的大米。有了这台电动打米机以后，丽江村的村民们，打米自然就省事多了。

手工打米不仅费时费力，还会搞得尘土飞扬。别的村的人听说丽江村有了电动打米机，起初还不相信，可是当他们亲眼看到丽江村的电动打米机，真的不用人力就打出了白花花的大米以后，就都纷纷来丽江村打米。外村人来丽江打米，村里有些人就不高兴了，从开始的冷言冷语，到最后直接不让他们使用。

达老爷子了解到这个情况以后，赶紧吩咐大队书记刘富佑，不管谁来借用，一律准许使用，要尽可能地让更多的乡亲用上这先进的电动打米机，解放他们的双手。不管他们是不是丽江村的人，只要他们有打米需要，只要来到丽江村，就无条件地让他们使用。

达老爷子同时也认识到，要想让农村真正实现现代化，只靠耕牛是不行的。他的预感是，在不久的将来，养牛会变成一门赚钱的副业，而传统上耕牛的作用，完全可以用拖拉机来代替。所以，他又省吃俭用地攒下钱，为丽江大队买了一台拖拉机。在那个生产力很不发达的年代，村里有一台拖拉机，比现在有一辆宝马车还令人羡慕。有了这台拖拉机以后，村里再种地可就省事多了，十里八村的乡亲们，纷纷夸奖达老爷子是一个了不起的人，是一个有科技眼光的人。

二十三

"我要你们的日子都过得红红火火"

丽江村大多数乡亲都勤劳、朴实，可还是会有少数人只顾个人私利，不注意邻里关系。有一个小青年，因为争灌溉水源，与他人发生争执，争着争着两个人就动了手。这个小青年被打伤，他不依不饶告到政府，政府也觉得他受了委屈，就责令对方赔了他八十块钱。本来以为这件事就这么过去了，可是，等到收公粮的时候，他却借口自己家庭困难，自己又挨了打，失去了劳动能力，坚决不交公粮。政府工作人员每次来找他，他都扯皮耍赖。

有句话叫"恶人先告状"，这话用到他的身上一点也不过分。因为工作人员又来找他交公粮时，他不交不说，还特意选在过小年这天，来达老爷子家里告刁状，反复哭诉自己的身体伤得很严重，家庭条件特别困难，就是不肯交，还叫达老爷子帮他说句"公道话"，替他教训那些前来催交公粮的工作人员，为他出一口恶气。

起初，达老爷子不知道怎么回事，就好言相劝，并拿出五十块钱来，让他买点营养品补一下身体。这个小青年可好，连声谢谢也不说，就把达老爷子给的钱揣到了兜里。可是，当达老爷子让他交公粮时，他嘴上说得好听，就是不交。

于是，达老爷子就派李丙希去了解情况。当达老爷子得知事情真相后，气得是一佛出世、二佛升天，拿起拐杖来就要上门去打那个小青年，嘴里还嚷嚷着："他连我也敢骗，真是岂有此理！"看到达老爷子气成这样，李丙希劝他消消气，不要跟那个小青年一般见识，气出个好歹来就不划算了。

可达老爷子怎么能容许一个小混混在他面前胡来。李丙希走后，他抄起拐杖就去找那个小青年算账。那个小青年看到达老爷子举着拐杖来和他算账，也是真的害怕了，连声跟达老爷子道歉，还一个劲地说好话。达老爷子这才稍微消了些气，说道："咱们的政府既然解决了问题，你还在这里纠缠，就是思想不正确。我也不惯着你，你要是继续胡闹下去，别人不管你，我管你！我不把你送到公安局，我就不姓喻！"

这句话可把这个小青年给吓坏了，他知道达老爷子是从北京回来的干部，在县里的公检法那都说得上话，他自己又不占理，要想收拾他，还真是小菜一碟。所以，他当即拍着胸脯向达老爷子保证，他再也不敢胡闹了，请达老爷子饶了他这一回，并且还拿出那五十块钱，要还给达老爷子。

达老爷子没有接这送出去的五十块钱，他语重心长地嘱咐道："年轻人啊，学坏容易学好难啊，这个钱我也不收，我就只一句话，希望你说到做到吧！"说完，达老爷子就拄着拐杖转身离开了。

为了考察这个小青年的改正态度，达老爷子隔三岔五地来看这个小青年，还从乡亲们的口中打听他的情况。当了解到这个小青年真的改了不少，达老爷子趁热打铁，用革命故事来继续教育这个小青年，告诉他，现在的好日子来之不易，是用无数革命先烈的鲜血换来的，必须加倍珍惜，要好好地劳动，好好地生活，才对得起那些逝去的革命先烈。

这个小青年看到达老爷子对自己这么关心，深受感动，打心眼里敬佩和感激达老爷子。他对达老爷子说："达老爷子，您对我这么好，我也没有什么可说的，您需要我做什么，就尽管吩咐吧！"

　　达老爷子想到他是为争灌溉水源被别人打伤才引出了这么多的事情，就想听听他对引水灌溉这个事的看法，还问他该如何做才能留住水源，不再因为灌溉的问题发生争执。因为在农村，到了需要灌溉的季节，确实会产生很多矛盾。

　　这个小青年认真思考一阵之后，告诉达老爷子，现在的泥坝不够坚固，被水一浸泡就软塌了，根本就留不住水，所以，要想解决灌溉争水的问题，就必须先解决怎么留住水的问题。

　　要留住水，必须用坚固的东西拦住水，可是田里面到处都是不经水泡的泥，该怎么办呢？

　　在那些日子里，达老爷子是茶不思饭不想，一心一意地思考这个问题。他不只与这个小青年探讨，还经常与身边人商议。经过一段时间的思考后，达老爷子终于找到了解决问题的办法，那就是用水泥做堤拦水，这样就不会跑水了。于是，达老爷子就自己掏钱买来了水泥，将田边的泥巴圳做成了水泥圳。这样一来，水留住了，乡亲们灌溉争水的问题也解决了。

　　这个小青年为达老爷子竖起了大拇指，觉得达老爷子不愧是当过部长的人，不管什么事情，只要是他经手的，都能迎刃而解。等到第二年，这个小青年早早地就交上了公粮，没有拖后腿不说，还起到了表率作用，因此也受到了达老爷子的表扬。

　　达老爷子在村里就是一个不断解决问题的人。当他解决了灌溉争水的问题后，又有一个问题让他头疼了：夏天发洪水，经常冲破堤坝倒灌稻田，可是到了春播的时候，却又为没有水发愁。

达老爷子知道，要想彻底地解决这个问题，就必须建一个更大的水电站，因为山口水电站实在是太小了，根本存不了那么多的水。而且，建一个更大的水电站，同时还能解决山口水电站发电量不够用的问题。山口水电站只能满足丽江一个村的用电需求，而附近的很多村庄都没有用上电，距离火电厂又远，也没有那么多的电线扯进山来。

这可怎么办呢？达老爷子深深地吸了一口气，望着郁郁葱葱的连云山，陷入了沉思。

1930年，他刚参加红军时，是在与浏阳交界的高坪村闹革命，当时，他与战友们住在一个叫方艾梅的妇女家里。没有想到，国民党把方艾梅家的四间房子给烧了，她也被国民党抓走了。在审问她的时候，她为了保护红军战士，死活不肯交代，结果，"白狗子"们恼羞成怒，打了她一枪。方艾梅被抓，意味着高坪村的革命活动暴露，为了躲避国民党的追击，喻杰就向着井冈山出发了。

一晃快半个世纪过去了，想到当初高坪村老乡对革命所作的贡献，再想到高坪村到现在还没有通上电，达老爷子的心里就着急。他回来就是要报答高坪村的乡亲们的，他们当初支持革命，为革命立了那么大的功。不管有多困难，都要解决他们的用电问题，达老爷子心想，必须尽快建一个更大的水电站，让高坪村的乡亲们早日用上电。

这不仅是一个共产党员的想法，也是一个共产党员应尽的义务，更是一个负责任的国家、政府应该对人民做出的回应。战争年代，人民军队从胜利走向胜利，彰显的是军民团结的伟大力量。历史证明，谁把人民放在心上，人民就把谁放在心上。"最后的一碗米用来做军粮，最后的一尺布用来做军装，最后的老棉被盖在担架上，最后的亲骨肉送去上战场。"这不仅是战争年代广为传唱的民谣，更是那个年代军民团结如一家的生动体现。

当初从北京回来的时候，其实达老爷子是想住到高坪村去的，只是因为很多原因，最终还是回到了故乡丽江村。闲来无事的时候，达老爷子也曾经去过高坪村。当他看到乡亲们的房子依然那么破旧，生活依然那么贫苦时，就下决心一定要帮助这里的人民，让他们的生活得到改善。

达老爷子觉得，既然建水电站要等，那不如先改善一下他们的居住条件。于是，达老爷子就帮助高坪村的乡亲们从林场申请一些木材，让他们盖房子。

高坪村的乡亲们都是些质朴的山里人，他们没有尺，不知道该砍多少木材，就按照土办法来砍。结果，他们因为砍多了木材，违反了国家相关规定，被森林公安抓走了。

消息传到喻杰的耳朵里，他震惊了。他没有想到，自己一番好心竟然办了坏事。越想越觉得对不起高坪村的乡亲们，于是，仗义的达老爷子决定利用自己的"关系"，来替当年的革命恩人们"摆平"这件事。

您不是说不搞特殊化吗？

您怎么能标准不一样？

为什么您不帮我们，非要去帮跟您一点关系也没有的人？

当达老爷子准备去替多砍了林木被抓起来的高坪村乡亲们说情时，遭到了全家人的一致反对。"勤俭节约讲奉献，坚决不搞特殊化"，这是达老爷子给儿孙们定的家规，却没有想到，儿子、孙子乃至妻子和老母亲，都拿着他定的这条家规，来反对他去说情。真是反对得理直气壮啊！

达老爷子当然知道，家人们这是为了他好。达老爷子更知道，如果按照国家规定，这些多砍伐树木的高坪村的乡亲们，确实应该被判刑罚款。如果达老爷子随便几句话，就能够把他们给救出来，那还要这些管理条例做什么？何况达老爷子本身就是一个特别遵守法律法规的人，他最不能容忍的就是有人触犯法律法规。所以，家人们的劝说，还真让达老爷子哑口无言。因为他如果反驳，那就是自食其言，自己定下来的规矩都不遵守，还怎么要求儿孙们遵守？

面对着家人们的劝说，达老爷子不吱声了，但是这并不代表他就不去了。此时此刻的他，想到了当年高坪村的乡亲们为了掩护红军所付出的巨大牺牲。如今，当年被他们掩护过的很多红军战士，都已经牺牲，他这个为数不多的活着回来的老红军之一，就应该报高坪村乡亲们的恩。如果有恩不报，他也就不是喻杰了。

当天，趁着家人们不注意，他就拄着拐杖，独自走出了家门。怕家里人把他拦回去，他走小路去的林业局。

林业局的工作人员了解了喻杰的来意后，明确告诉他：按照砍伐林木的申请批示，他们只能砍二十方，但是这些高坪村的乡亲们，却一口气砍了一百方，足足多出了四倍；如果不抓起来判刑罚款，以儆效尤，那以后谁还会把《森林保护条例》当回事？

达老爷子当然知道随意砍伐林木是犯法的，也知道随意砍伐林木的后果，因为他自己就是丽江大队的义务护林员，他把山上的一草一木看得比自己的生命还重，甚至还把那些亲手种下的树，当成是一起战斗过的战友。都说是战友情最深，如果有人乱砍滥伐，他也会发火的，甚至会冲上前去跟砍树的人拼命，所以，他理解林业局的工作人员。

　　可是他是来替高坪村的乡亲们说情的，所以，尽管难为情，他依然硬着头皮说道："同志，高坪村的乡亲们比较穷，需要我们帮扶他们，如果你把他们给抓了，高坪村失去了劳动力，恐怕会更穷。还有就是高坪村是革命老区，他们的先辈支持革命有功，为革命付出很多，咱们不能抓他们，不能寒了老区人民的心啊！"

　　听达老爷子这么说，工作人员还是不为所动，坚持说道："这个事根本就不是能说情的事，《森林保护条例》是咱们国家的法律，如果谁都可以随意地砍伐山林，那还要这个条例做什么？"

　　达老爷子被工作人员说得有些理屈词穷，他想了一下，央求道："同志，就请你网开一面吧。你看他们也没有文化，现场没有人看着，他们也不知道砍了多少方，一不小心就砍多了……"

　　听喻杰一个劲地替高坪村的乡亲们说好话，林业局的工作人员叹了口气，说道："老部长，不是我们不给您面子，这个事它还真就不能网开一面。您想，如果一个人犯了罪，就因为他不知道这是犯罪，就因为他以前表现好，警察就不抓他了吗？"

　　喻杰也知道林业局的人说得对，可是，一想到高坪村的乡亲们对革命做出的牺牲，他就……突然他灵机一动，"倒打一耙"地说道："他们砍树时，你们就应该去告诉他们、现场指导他们砍多少，你不去告诉他们，他们哪里知道啊？都是些没有文化的农民！所以，照我说，这个事还是你们失职，你们没有到现场去查看，没有尽到你们的告知义务，才造成了他们的乱砍滥伐。"

林业局的人就说："好吧，老部长，既然您说我们失职，那我们就失职吧，到时领导怎么处分我们都不为过。可是，这也无法抵消他们乱砍滥伐的罪过吧？"

喻杰有些着急："哎呀，你这个同志，你就不能通融一下吗？我向你保证他们再也不会乱砍滥伐了！如果你放了他们，他们还乱砍滥伐，到时，不用你们出面，我带着人去抓他们，好不好啊？"

林业局的人依然不松口："这个事吧，老部长，我们真的是无能为力，您要是还想替他们求情，那您就找我们的领导，逐级反映这个事吧。我想，任何一个坚持原则的领导，都不会对您破这个例的。"

喻杰一看，人家比他还坚持原则，根本就说不动，心里越发着急，因为高坪村的乡亲们都眼巴巴地盼着他将人带回去哪，如果不把人救出来，怎么对得起高坪村的乡亲们对革命的贡献？想到这里，喻杰又央求道："好好好，我这个当过部长的人，脸也不要了，这样吧，这多出来的八十方的钱，我出好不好？"

林业局的人依然不为所动："老部长，我还是那句话，这根本就不是钱的事，归根结底，是森林被盗伐得太严重了，必须得抓一批人，以儆效尤啊！"

喻杰说道："好，你坚持你的原则，我无话可说，我就问你一句话，我到哪里去说情，才能放出他们来，你就直接告诉我吧，我去找他们。"

林业局的人冷淡地："谁有权力放他们，我也不知道，您觉得谁能放了他们，您就去找谁，反正我没有权力放人。好了，您可以走了，别在这里打扰我的工作。"

喻杰被怼得是一点脾气都没有，这还是他回到丽江村以后，对方在明知道他身份的情况下，第一次一点面子也不给他。喻杰其实打心眼里认可他的工作态度，因为他能这么不畏权势地直顶自己，说明他是一个责任心极强的人，是一个忠于职守的人，应该表扬。可是，自己来这里的目的……想着再说下去也没有意义了，喻杰只好拄着拐杖，摇着头、叹着气，离开了林业局。

喻杰没有从林业局将高坪村被抓的乡亲给弄回来，心里愧疚啊，想到当年高坪村的乡亲们为了红军的无悔付出，再想到高坪村落后的面貌，他就觉得对不起他们。于是，喻杰从林业局离开后，没有直接回丽江村的家中，而是到老战友家里去走动，到平江县领导的家里去说情。最终，在喻杰的努力下，林业局的领导答应，只要交清多砍的木材钱，可以对高坪村的这些村民网开一面……

当天，喻杰就将八十方的木材钱交到了林业局，将高坪村被抓起来的乡亲带回到村里。

达老爷子把人给带回来后，整个高坪村的乡亲都被感动了，大家纷纷拿出自己家里的好吃的，想送给达老爷子品尝。可是，达老爷子什么也不要。

有人就问他："达老爷子，您到底想要什么？只要您说出来，我们一定满足您。"

看着这些可爱的乡亲们，达老爷子陷入了沉思：四十多年前，就是这里的乡亲，在革命最低谷的时候，向他们这些革命者伸出了援手；如今，他们依然纯朴，却也依然穷苦。达老爷子高声地说："好，既然你们这么热情，那我就告诉你们我要什么！"

达老爷子终于开始"要东西"了，高坪村的乡亲们不约而同地问道："达老爷子，您要什么啊？"

达老爷子高声地喊道："乡亲们，四十多年前，是你们保护了我，保护了处于困境中的红军战士。如今，你们问我这个老红军要什么，我就告诉你们：我要你们这里通上电！我要你们的日子都过得红红火火！"

高坪村的乡亲们沉默了。他们这里是山区中的山区，通电那是想都不敢想。而且到现在为止，这里也没有一条正儿八经的路通向外面，人们外出的时候，只能依靠落后的牛车、马车或者走路。到现在，除了高坪村大队外，村民们竟然没有一个人有自行车。要想改变高坪村的落后面貌，实在是太难了；要想达到达老爷子的要求，那更是难上加难。

乡亲们默不作声，整个现场一片寂静。达老爷子咳嗽了一下，清了清嗓子，继续高声说道："好，乡亲们，我答应你们，尽我最大的可能，让咱们高坪村，早、日、用、上、电！"

现场的鼓掌声与欢呼声响成一片，他们等这一句承诺，等得实在是太久了……

看着落后的革命老区高坪村，达老爷子实在是等不下去了，他决定立即给北京的老战友们写信，让他们想办法，帮助筹集修建加义大型水电站的资金。

二 十 四

女儿的湖南之行

　　就在达老爷子为了建加义水电站不停奔走的时候，远在济南的女儿喻向勤来信了，大意是说，"文化大革命"结束了，母亲陈希也给平反了，她希望跑一趟北京，让母亲原单位补发一下母亲的工资。

　　看到女儿的来信，达老爷子马上给女儿回信，在信里告诉女儿，既然已经平反了，这个事也就过去了，就不要再要求补发工资了，现在咱们国家正在加大马力搞"四化"建设，还是省出资金来，给四个现代化的建设添砖加瓦吧。

　　写完了，达老爷子又觉得很对不起女儿喻向勤。他自从参加革命以后，一直没有回老家，与家乡音讯全无，也不知道老家的情况，就在延安，由贺龙、王震等人介绍，娶了河南姑娘陈希。他与陈希结婚之后，尽管两人感情很好，互敬互爱，可是一直未能生个一男半女，所以，就领养了一女一儿，女儿就是喻向勤。1960年，喻杰因被打成"右派"，下放到山东省财政厅任副厅长。他将女儿也带到了济南。二十出头的喻向勤在济南一家纺织厂工作，后来和一名理发师相爱并结婚。一年后，喻杰被调回北京，女儿仍旧留在济南。

　　多年未见了，这次，因为母亲平反的事，女儿特地给父亲来信说明情况，可是，得到的却是父亲不支持的回信，她的心里有些不甘。

为了说服父亲，喻向勤特意带上家人，专程从济南来到丽江农村。当看到多年未见的女儿、女婿和外孙时，喻杰激动坏了。他用自己独特的方式来表示对他们的爱，那就是带他们巡山，把他们带到山上，看一看生他养他的故乡，看一看他亲手种下的树木。可是，当喻向勤向他提出，要单独跑一趟北京，让母亲的原单位补发工资时，喻杰还是不同意。他还是那句话，人都已经没有了，只要平反了就行了，给国家省出资金来，可以做更多的事情。

喻向勤的这一趟湖南之行，并不是很开心，可是，当她得知父亲也是这么对待大哥和小弟时，也就想开了。

父亲本来就是一个大公无私的人，不管什么事，他都是宁肯苦着自己和家里人，也绝不肯为了一己私利伸手向国家要钱。难道是他不爱自己吗？当然不是。1960年，正处于三年困难时期，那时，父亲所在的山东省财政厅，可以说是全省最好的单位了，却也是吃不上饭。为了应对饥荒，单位给每个人发了点黄豆，父亲作为副厅长，也跟大家一样。就是这一点点黄豆，他都舍不得吃，专门省出来给自己吃。

喻向勤清楚地记得，在那段困难的年月，父亲因为饥饿得了浮肿病，腿一按一个坑。喻向勤问父亲，为什么他的腿上按了会起"窟窿"，父亲笑着告诉她："这是闲出来的毛病，得多为老百姓做事，腿才不会起'窟窿'。"

正是在跟随父亲来到济南之后，喻向勤才体会到父亲对自己的爱，是那么地深沉，那么地厚重。

喻向勤在湖南住了不到三天，达老爷子就开始撵她走了。喻向勤本来想多待几天，好好陪陪父亲，却没有想到，父亲并不想让她多留。于是，请了十几天假的喻向勤，不得不提前结束探亲之旅返回济南。

等到喻向勤走了，孙媳妇吴菊英开始数落爷爷了："姑姑与您这么多年不见了，您怎么就不让她多在家里住几天？您这么撵人家，人家能高兴吗？"

达老爷子叹了口气说道："其实，我比你还想让她多留几天，可是，她和丈夫都是有工作的人，如果多在丽江村里待一天，就多耽误一天的工作。我一个老头子，都快入土的人了，也没有什么可看的，倒不如让他们早些回去上班，这样也可以多为'四化'作贡献。"

吴菊英又说："爷爷，姑姑那里无所谓，是您亲女儿嘛，可是，您这么撵她，姑父能乐意吗？"

达老爷子笑了笑，说："我管他乐意不乐意呢。反正不管他乐意不乐意，我都是他岳父，这一点，他就是再不乐意，他也否认不了。"

喻杰撵女儿女婿回去，其实还有别的考量。如果女儿留在身边，就会耽误他做事情。他要做什么事呢？其实就是一件事——修建加义水电站。

达老爷子知道，要建成加义水电站，没有三百万是不可能的，而他手头上根本没有钱，所以，他需要各方面的帮助。达老爷子开始"想念"权力的"好处"了，不当领导，没有说话的地方，想做件事情，真的是好难啊！

那段日子里，达老爷子为了争取各方面的帮助，明显地增加了参加各种会议的次数，利用各种机会，跟各级领导谈修建加义水电站需要克服的困难。

在纪念红军长征胜利四十周年的报告会上，县委书记想请喻杰讲讲红军长征时的经历。喻杰也不客气，当着满满一礼堂的人，简单讲了下爬雪山过草地的一些事后，话锋一转，说现在很多干部，已经忘了长征精神，忘了共产党的优良作风，有的干部不管是婚事还是丧事，一办酒席就是几十桌，公款吃喝，有的单位的招待费一年几千元，严重铺张浪费。他还批评县领导不搞调研，不从平江县的实际工作出发，比如，挖掉茶树种橘树，把平江的茶、麻、油、纸四大特色产业都搞丢了……

达老爷子在会上语重心长地说道："同志们，我们为什么要纪念长征胜利？为什么要学习长征精神？因为长征精神是我们共产党得天下的根本，那是我党永葆青春的根源啊！……"

本来大家以为，像达老爷子这样退休了的老部长，肯定只会讲一些场面上的话，让大家听了高兴，却没有想到，他痛斥歪风，针砭时弊，句句戳到某些人的要害。

达老爷子还没有回到丽江，他在会上骂人的消息就传回了家。这可把家里人给吓坏了，他们就想尽快把他从县里接回来。

可是，他已经把该讲的全讲了，你就是派直升机把他接回来，也没有用。怎么办？还能怎么办，由着他去吧，因为他一向都是个讲真话敢担当的人。别说是当着一众县领导，就是当着毛主席、周总理，他该说的也是照样说，谁也改变不了他的直脾气。

家里人担心归担心，县里领导对达老爷子的意见却很重视，号召全县人民学习长征精神，并正式发文，推动开展正风气等活动。

达老爷子借着去县里开会的机会，跟县领导说了修建加义水电站面临的困难。县领导高度重视，并立即安排专人展开修建水电站的调研工作。

可是，在那个并不富裕的年代，一下子拿出三百万来修建一座水电站，对于一个县来说，也是一项大工程，难度很大。这一点，喻杰当然是清楚的。眼看着县里给的支持有限，他又给北京和长沙的老战友写信，重点反映建设加义水电站所面临的困难。

达老爷子就想，如果写信解决不了问题，就动身前往北京和长沙，向他的老战友当面求援。

达老爷子还没有动身，北京来信请他了。

二 十 五

筹资兴修加义水电站

北京来信，推荐喻杰当全国政协委员，并邀请他参加全国政协会议。

达老爷子收到信后，非常激动。为什么呢？因为已经离开北京快十年了，他也想回去看看老战友与老同事。同时，他深深地感受到，作为一名老干部，不能只将目光放在故乡丽江村，还应该放眼全国，趁着自己还能动弹，就要多为国家的四化建设出力。

达老爷子将要去北京参加全国政协会议的消息告诉家里人后，

全家人也都很高兴，大家都觉得喻杰终于开窍了，不再那么固执了。在家人的眼中，待在北京就是比待在丽江村里强，哪有一个退了休的老部长，回到家种地的呢？这个事别说在平江县，恐怕放在全国也少有。见达老爷子终于动了回北京的念想，全家人非常开心，欢声笑语也明显多了许多。

达老爷子将去参加全国政协会议这件事，一时在整个平江县引起了轰动，就在人们议论纷纷，说达老爷子还要像上次一样继续推辞的时候，达老爷子却出乎乡亲们意料，开开心心地应了下来。

这实在是太让大家意外了，大家都觉得这不符合达老爷子的脾气，有人就跑来问喻杰："达老爷子，让您到财政部去当顾问，还给您分配高级住房，您不去，为什么这次让您到北京去当政协委员、参加全国政协会议，您就乐呵呵地答应了呢？"

达老爷子呵呵笑着说道："我告诉你们，到财政部去当顾问，那我要常住在北京，不能种地不说，国家肯定得安排一帮子人来照顾我，我看是浪费粮食，而让我去当政协委员、参加全国政协会议，也就是几天时间，我可以有个说话的地方，说完了就可以回家了，不用住在北京。"

其实，乡亲们不知道，喻杰答应去北京当政协委员，说到底，还是为乡亲们考虑。他想向中央提修建加义水电站的建议，争取中央财政的支持。

达老爷子平时生活简朴，粗茶淡饭，穿得也不怎么好，经常一双旧布鞋，一身打着补丁的衣服。当家里人劝他要注意形象时，他却笑着说："我又不搞对象，注意什么形象啊！"

他这句话一出口，可把孙媳妇吴菊英给逗乐了。吴菊英笑着说："我们都巴不得您穿得好一些，再谈一个对象回来，我们也好跟着沾光，吃您的喜糖哪！"

达老爷子也不恼，依然是笑呵呵地说道："你说说你，作为一个晚辈，一点正形也没有，我都要八十了，你还跟我开玩笑，真是不成体统啊！"

达老爷子其实也不是不注意形象，他只是觉得，在乡亲们面前装扮得太体面，那是脱离群众的表现。所以，达老爷子的着装很朴素，看起来像是一个种了几十年地的老农民，如果没有人说，肯定不会有人想到，他是从北京退下来的老部长。

可是，这一次去北京，达老爷子重视起形象来了。他特地让家里人为他买了一双新皮鞋，还置办了一身崭新的黑色中山装。这一打扮，那老部长的气派可就出来了。

在去往北京的火车上，县里陪同的人问他："达老爷子，为什么在村里时，你不注意形象，到北京开会，就注意起形象来了？"

他笑着说道："我在家里要种地巡山，穿什么都行啊，没听说穿着西服打着领带种地的。而现在，我要到北京去开会，往小了说是代表湖南省代表平江县，这往大了说，那就厉害了，我可是代表着国家的形象，因为开会时会有很多国外记者，不能让他们笑话我们中国人。"

简简单单的一件穿衣戴帽的事，在达老爷子的眼里，却是轻重分明。

在家里不注意形象可以，到了外面，一定要注意形象，这是达老爷子经常说的一句话。有一次，他与平江县老干局的一位干部去北京开会，当时，那个人只穿了一双解放鞋，达老爷子看到了就跟他说，到了北京不能穿解放鞋，要买一双皮鞋穿。于是刚到北京火车站，达老爷子就带着这位干部直奔商店，他自己掏钱，给这位干部买了一双款式新颖的皮鞋。这位干部非常感动，同时觉得跟着达老爷子出来，还长了不少见识。

为了能够让加义水电站尽快开工，达老爷子真的是付出了很多。从北京开会回来以后，他又没日没夜地忙了起来。白天，他就跟县水利局、电力局的相关同志沿着丽江河走访勘察地形，到了晚上，他还要给相关的领导写信，反映水电站的筹备情况。

看着他比原来当部长的时候还要累，家里人就劝他注意休息，可他只是嘴上答应下来，实际上该怎么干还是怎么干。他的心里一直挂着一件事儿，就是要让全湖南的偏远山区，都用上电。可一个人的能力是有限的，他就是能力再大，也不可能建起加义水电站来。

此时，夜已经深了，达老爷子依然没有休息，他坐在桌前，手里拿着毛笔，望着桌上的一方砚台，陷入了沉思。这一方砚台，是他有次去给时任广东省委书记的习仲勋汇报工作，习书记送给他的。习仲勋与喻杰这条"长江鱼"，在延安时一起共事过，是多年的老战友。

习书记将砚台送给喻杰时，叮嘱他一定要保重身体，同时赞扬了他退休不退志，为改变家乡面貌所做的一切，并希望他将红军长征的精神传递下去，继续为乡亲们作出更多更大的奉献。喻杰特别珍惜这方砚台，经常跟家人说：家里没什么值钱的东西，但这方砚台，你们一定得帮我收藏好咯！

此时，看着这方贵重的砚台，达老爷子的眼泪流了下来。回想往事，他的心里万分感慨，觉得只有将乡亲们的事做好，才对得起老战友习仲勋对他的鼓励与期盼。

其实，水电站不管大小，筹备工作基本都差不多，因为修建了山口、丽江等几座水电站，达老爷子积累了丰富的修建水电站经验，可以算得上是半个水电站专家了。尽管如此，达老爷子依然不敢大意，因为他觉得，修建更大型的加义水电站，与前面修小水电站还是不一样，虽然都是水电站，却不是简单的重复。比如，同样是修山口水电站，如果现在拿出同样的钱，根本建不起来，因为随着物价的上涨，即使修一个一模一样的水电站，预算也要多出很多，何况，即将兴建的加义水电站，无论是规模还是装机发电量，都是山口和丽江水电站所不能比拟的，那将是一个超级工程。

为了建成加义水电站，达老爷子多次奔赴北京、长沙等地，积极地想办法，争取各方的支持。

达老爷子已经快八十岁了，做了一辈子革命工作的他，最后想要的不是享清福，而是为乡亲们多做几件实事。他的这种精神感动了所有的乡亲，大家都倾尽全力。最终，达老爷子从各方共筹来了三百五十多万元修建加义水电站。三百五十多万，在当时那个年代，几乎是一个天文数字了。

在这三百五十多万元资金里，有中央财政拨款的两百万元，自筹资金一百多万元，还有他的个人捐资两万多元。当他将这两万多元拿给施工负责人时，施工负责人没接，笑着说："达老爷子啊，这是您养老的钱，您都拿出来了，您的生活怎么办呢？"

达老爷子说道："这个你不要管，我们家里种着地养着猪，我还有一份国家给的工资，放心吧，饿不着我。"

负责人依然没有接这厚厚的一沓钱，而是继续劝道："达老爷子，您是老部长，论岁数，我得喊您一声伯伯。您这个人实在是太无私了，您是我见过的最无私的共产党员。作为一名党员，我支持您，可是作为一个晚辈，我还是劝您把钱收回去吧，国家都为这个电站拨款了，根本也不差你这两万多元钱。"

达老爷子听完，叹了口气说："这根本就不是差不差钱的事，这是我的一份心意，我捐出来，至少可以买点好吃的，改善一下施工人员的生活，给他们打打牙祭啊。"

负责人被达老爷子的一番肺腑之言彻底感动了，他握住达老爷子的手："达老爷子，现在，我正式代表所有的施工人员和乡亲，向您表示诚挚的感谢！您是加义镇所有老百姓的大恩人哪！"

达老爷子说："不，您别这么说，真正要说感谢的是我。当初我们闹革命，要不是高坪村乃至加义镇的乡亲们支持我们，我们别说走到陕北了，就是加义镇也走不出去。要说有恩，真正的恩人是全镇的百姓，我出去这么多年，欠了乡亲们很多的债，我从北京回到丽江村来，其实就是来还债的。"

负责人叹了一口气，说："达老爷子，您口口声声说这是还债，可是您捐出的钱实在是太多了，拿出来的东西也实在太多了，这个债也该还完了吧？"

达老爷子说："不，只要我还有一口气在，这个债就永远也还不完。"

1982年的春天，加义水电站正式开工建设了。

当天，省里、市里与县里来了不少领导，现场推土机、挖掘机与拖拉机排列整齐，县广播站也派人来进行采访报道。达老爷子在现场发表了热情洋溢的讲话。随着省里领导的一声令下，所有的施工人员立即投入到了建设当中。

达老爷子已经是八十岁的人了，虽然不能像当初修建山口水电站和丽江水电站时那样，抡起铁锹上阵，但是，他每天都会挂着拐杖来到施工现场，查看施工的进度，向工程负责人了解出现的问题，并且告诉施工负责人，如果出现问题，要及时跟他讲，他来统筹解决。

　　因为前期达老爷子做了大量的工作，所以，加义水电站的建设进行得有条不紊。达老爷子看了心里非常高兴。他还特地拿出两千块钱来，嘱咐修建水电站的工程负责人，要给施工的工人们加点肉菜，施工很辛苦，不能苦了建水电站的工人们。

二 十 六

狂犬病风波

　　就在加义水电站施工期间，加义镇上发生了一件不算太大却让人头疼的事，那就是镇上发现了狂犬病。一听说有狂犬病，就有很多人开始打狗。

　　那时，在芦头村有一对上了年纪的老夫妻，儿子参加革命牺牲后，没人陪伴的他们就养了几条狗。这对夫妻像对待孩子一样地对待这几条狗。可是，因为怕狂犬病，它们被修建水电站的工人给盯上了，有一天，几个工人悄悄地将狗给引出去，打死了。

这一下，这一对老夫妻不干了，找到修水电站的负责人要狗。负责人一听工人打了狗，当时就急了，拍着胸脯向这对夫妻表示，一定要给他们一个说法。

当天，他召集全体工人开会，可是根本没有人承认打狗的事，这一下，这位负责人也没有办法了。眼看没有人承认打狗，这对夫妻气不过，就来找达老爷子。达老爷子当场就发火了："随意打别人家的狗，这还有没有王法，简直是土匪嘛！"

达老爷子越想越生气，当天就找到工地上。工人们看到达老爷子发火，都很害怕，可越是害怕，就越是没有人敢承认。

达老爷子冲着工程负责人发了一通火，气也消了一些，又觉得胡乱发火也不起作用，就召集所有工人开会，对他们说："你们怕狂犬病，可以理解，但是，你们在不能确定狗是否有狂犬病毒情况下，干出这种伤害老百姓利益的事，那是绝对不行！我今天把话放在这里，以后要是再让我听到你们随意打老百姓家的狗，没人承认没有关系，你们全都给我卷铺盖走人，我这里不缺人！"

达老爷子是一个言出必行的人，工人们也都知道，谁也不愿意丢了工作，所以，从那以后，加义水电站工地附近的村子里，再也没有发生过丢狗的事情。

这对老夫妻看到达老爷子替他们出气了，自然这个事也就算了。可是，达老爷子还是觉得过意不去，他又叫人从家里拿出三百块钱来，让这对夫妻收下。这对夫妻说什么也不收。

达老爷子看到他们不收钱，就诚恳地说："你们的儿子为革命牺牲了，你们不得已才养了几条狗，却没有想到，被人给打了，我也感到不好意思。尽管这几条狗不是我杀的，可是，这些人却是我招来干活的，跟我打狗也没有什么区别。你们就收下这个钱吧，也算是我的一份心意。"

这对老夫妻怎么都不要，还一个劲地跟达老爷子说："达老爷子，您可真是一个好人啊，这个钱我们不能收啊！您舍不得吃舍不得喝，却捐钱给村里建水电站，我们老百姓的心里很感动啊！您也不富裕，这个钱，您还是留下来买点营养品补补身子吧！"

达老爷子笑了笑，说道："我补什么啊，我也不瞒你，我这里啥也不缺，你们就把钱收下吧。你们要是不收，我会不高兴的，你们要是再有什么事，我可就不管了。"

听达老爷子这么说，他们就不敢不收了，达老爷子可是他们的主心骨，有个什么事还得指望达老爷子。于是，他们就不好意思地收下了达老爷子送上的三百块钱。

从那以后，狗虽然再也没有丢过，可是，也没有人敢养狗了。以前，随便走进一个村子都能听到狗叫声，可是现在，因为狂犬病，很少听到了。

达老爷子觉得，鸡犬相闻正体现了中国传统农村的生活气息，如果没有了狗，那还叫农村吗？

在狂犬病风波过去以后，为了鼓励乡亲们养狗，达老爷子亲自示范，养了两条小狗在家里。只要有空，他就带着这两条小狗去巡山，还带着这两条小狗去工地。养了狗以后，达老爷子脸上的笑容明显多了许多，他觉得养狗可以增添很多生活的乐趣。可是，随着这两条狗渐渐长大，又一件让达老爷子恼火的事，传到了他的耳朵里。

这是一个谣言，可是令达老爷子非常生气。

什么谣言呢？大体意思就是说，达老爷子现在成为全国政协常委了（中国人民政治协商会议第五届全国委员会第一次会议，喻杰当选为第五届全国政协常委），重新当上大领导的他，开始摆架子了，不想乡亲们再麻烦他了。都是乡里乡亲的，他又不能直接说不让人家麻烦他，所以，就在门口养了两条狗。有狗守着家门，还有谁敢往他家里进哪！

一开始的时候，喻杰没听到这些议论，只是感觉来找他的人越来越少了。他这个人喜欢乡亲们来串门，喜欢听乡亲们跟他反映问题，更愿意帮助乡亲们解决实际问题。他本可以住在北京的部长楼里，他之所以不回北京，就是因为喜欢跟乡亲们在一起。

自从这两条狗长成大狗以后，家里明显清静了很多，来的人也少了很多。达老爷子就觉得奇怪，为什么人少了？他搞不明白出了什么情况。其实，家里人倒是知道这件事，但是他们不想跟达老爷子说。家里人也觉得，有看门狗守在家里，至少能够安全些，不会有人来家里偷东西，同时，这两条狗养在家里，也可以给达老爷子增添不少生活的乐趣。

日子一久，达老爷子就发现问题了。好吧，你们不来，我就出去找你们。于是，达老爷子就在巡山的时候，特地停下脚步，跟乡亲们拉拉家常，听一听乡亲们的想法，并打听乡亲们不来家里的原因。一开始，乡亲们不太好意思说，因为如果真的是达老爷子不想让人进门，都是乡里乡亲的，脸上也就挂不住了。看到乡亲们不说，达老爷子就有些着急，非得要打听明白。他问得多了，终于有人将实情告诉了他：乡亲们不来家里，问题就出在两条看门狗上，有狗守着家门，乡亲们不敢进哪。

原来是这样。达老爷子想，这两条狗不能留了。但他又不忍亲手杀掉自己养的狗，就将狗送给一位乡亲。可是狗很通人性，过了没多久，这两条狗又自己跑了回来。最后，达老爷子只得托人把狗送到外地，两条狗才再没回来。

二 十 七

处处替别人想，就是不替家人想

达老爷子就是这样一个处处替别人着想的人。有一次，高坪村一位他曾经帮助过的烈士家属，提着笋干和老母鸡来看他。达老爷子非常地高兴，连忙将曾孙喻群益叫过来，让他喊太爷爷。喻群益喊了，却喊得有些不情愿，因为这个人实在是太脏了，全身散发着一股子说不出来的难闻味道。喻群益虽然很听太爷爷的话，却也不愿意多跟来人说话。他想太爷爷可能跟他聊会儿天，这个有气味的客人就该走了，却没有想到，这一聊起来就没有头了，达老爷子竟然还让家里人给他做饭吃。

等到吃饭的时候，喻群益说什么也不上桌，因为来人实在是太脏了，他不想跟他一个桌吃饭。可是达老爷子依然是谈笑风生，对客人嘘寒问暖的，问客人高坪村的发展，并向他征询发展高坪村的建议，两个人聊得是不亦乐乎。等到客人走的时候，达老爷子还拿出六十块钱来，非得让来人收下。来人也不是见钱眼开的人，推辞着说什么也不要。达老爷子硬往对方手里塞，对方只好先收着，却在转身离开的时候，趁达老爷子不注意将钱扔到桌上，迈开大步就往外跑。

达老爷子赶紧让腿脚快的喻群益拿着钱去追。喻群益就有些不太高兴："太爷爷，您的六十块钱，能买好多老母鸡，您给他钱，他不要就不要呗，还追着给他做什么？"

听群益这么说，达老爷子就不高兴了，叹了口气说："你这个群伢子，不能这么说话的。我告诉你，你不知道，他原来也有儿子的，只是因为闹革命牺牲了，他才成了这个样子。你赶紧拿着钱去给他，要是给晚了，小心我拿拐杖打你！"

太爷爷发话了，喻群益自然是没有办法，只好接过太爷爷手里的钱，跑着追了出去。等到追上了对方，人家还是死活不要。喻群益是真的急了，说："你要是不要的话，我也不要！因为我要是拿回去，我是要挨揍的，你也不是不知道我太爷爷的脾气。"

客人只好把钱收下，连声感叹道："达老爷子真是一个难得的好人啊！"

与对外人的慷慨形成鲜明对比的是，达老爷子对自己的家人却特别地"抠门"，平时就是粗茶淡饭，也不怎么吃肉，大家花钱还得向他请示。他常说的一句话就是："与那些牺牲了的革命烈士相比，我们已经够幸福了，所以，不能因为日子好了，就铺张浪费，要养成勤俭节约的好习惯，能省的钱就省下来，用来做点正事。"

在他的带动下，全家人都形成了节俭的好习惯。

他的小儿子喻力光当兵到了吉林通化，写信回来，想让父亲给寄些钱，改善一下生活。可是，达老爷子在看完信后，将信扔到一边，连回信也不写。喻砚斌走过来看见了，就说："爷老子，弟弟当兵到那么远的地方，他来信要钱，肯定是有需要，您怎么不给他寄啊？"

喻杰说道："我告诉你，砚斌，我们长征的时候，没有吃没有穿，忍饥挨饿地从湖南走到陕北。当时，不仅没有钱，还差点丢了命。我们不是也干革命吗？怎么现在日子好了，他还要钱了呢？难道不给他寄钱，他就不当兵了？"

喻砚斌叹了口气，说："爷老子啊，您不要总是拿你们那个时代来说这个时代的事，根本是两个时代嘛！"

喻杰一拍桌子："不管哪个时代，当兵都是管吃管住的，他不缺吃不缺穿，他要钱做什么？这个头不能开，钱我是一分也不寄，他要是再要钱，我就给他们的领导写信，让他们把他给开除了！"

听父亲这么说，喻砚斌也有些没好气地说："爷老子，不管谁家有事，您动不动就是几十上百地给，您自己的儿子写信问你要钱，您就不给寄了。依我说，您也太不讲公平了。"

喻杰说道："公平？什么叫公平？对于那些牺牲在革命路上的战友来说，白白地死了，公平吗？你少在我面前谈公平，这个世界上就没有绝对的公平，你要是再跟我提给喻力光寄钱的事，小心我打断你的腿！"

听父亲这么说，喻砚斌不吱声了。他觉得自己的父亲对别人实在是太好了，而对自己的家人又实在是太过严苛了，根本就是双重标准。可是，喻杰就是这么一个人，谁也改变不了他。

1980年，喻杰一百零五岁的老母亲病重，喻杰紧急将母亲送到了平江县医院。在医院的病床前，老母亲拉着喻杰的手，张着嘴，似乎是要说什么，却说不出话来。其实，喻杰知道老母亲想说什么，这一大家子人，她最放心不下的，其实是她的大曾孙女，因为脑膜炎后遗症，一直没有出嫁，这是老母亲最大的心病。喻杰知道，老母亲的临终遗言是让喻杰答应将她嫁出去。看着老母亲已经到了生命的最后关头，想说却又说不出来，喻杰禁不住老泪纵横，他紧紧地握住老母亲的手说："娘，您放心吧，您的心事，我都记在心上啦！"

喻杰说完这句话，老母亲就永远地闭上了眼睛。

此时，病房里全家人已经哭成了一片。喻杰流着泪，在心里一遍遍地说："娘，对不起了，我真的不能答应您的要求啊，我其实也希望她嫁出去，可是，她有脑膜炎后遗症，如果嫁出去，会害了别人家啊！您就放心吧，我会安排好大孙女的生活的。"

一百多岁的老人逝世，按照村里的习俗，是要大操大办的，至少要请个和尚或者道士做做法事。当喻砚斌哭着请老父亲答应给奶奶做法事，村支书刘富佑也劝达老爷子给母亲做法事时，达老爷子却断然拒绝。最后，村委会与家里人都没有办法，只好在村委会的院里设了一个灵堂，简简单单地开了一个追悼会，送别了老人家。

有句话说：父母在，人生尚有来路；父母去，人生只剩归途。送走了老母亲，喻杰的心里悲痛万分。如果说以前觉得自己岁数大了，还有位老母亲在；如今老母亲走了，达老爷子感到快八十的自己，已是来日无多。可是，他不愿意去考虑那些自己决定不了的事，他能做到的，就是哪怕只活一天，也要为乡亲们作一天的贡献。

二十八

"爱林如子"的老英雄

1979年，对越自卫反击战打响了，中国人民解放军取得完全胜利后立即撤回国内。在那段日子里，达老爷子几乎每天都收听广播。

有人问他："达老爷子，为什么我们不占领越南呢？"

达老爷子瞪着眼说道："这就是中央军委的英明之处，当下的国际形势是和平与发展，战争是人类最愚蠢的行为，正处在改革开放初始的中国，需要更好的国际环境。"

接着，达老爷子又叹了一口气说："国际形势复杂多变，昨天还是同志加兄弟，今天就变成了敌人。当年毛主席在的时候，给了他们不少的援助，他们却反过来打我们，太气人了！真想上战场揍他们……"

孙子喻元龙在旁听了，笑道："哎呀，爷爷，您就不用去了，再说了，咱们国家什么时候轮到您上战场，那可真就危险了。您就放心吧，有我叔叔力光当兵，也算是您在保卫祖国了。"

达老爷子摇着头说："他是他我是我，他不能代替我。现在我是不服老也不行了啊，人老了，枪也拿不动了。"

喻元龙一本正经地："爷爷，您不老，您在我的心里，永远都是最年轻的。"

听喻元龙这么说，达老爷子就哈哈大笑起来。

达老爷子也知道，自己已经是快八十的老人了，已经到了风烛残年，能够为国家做的事情越来越少了，所以，他才不愿意住在北京，以免给国家添麻烦。可是，对于身边的乡亲们，他又是尽自己最大的努力去帮助他们解决问题。在他的心里，替身边的乡亲们解决问题，实际上就是在替国家分忧。

他经常带上一只军用水壶，拄着一根拐杖，不顾自己老迈身躯，在附近的山区调研，倾听乡亲们诉说生活中的困难。尽管他的岁数已经很大了，可是他依然倔强地向前走着……

在回到故乡的这些年，他几乎走遍了家乡的每一片土地。当在黄金洞地区看到几万棵被砍倒的只有手腕粗的杉木时，他气得直打哆嗦，当即就让人去把乡政府的负责人给叫了过来，当头就是一顿臭骂："你们是干什么的？这么小的杉树就给砍掉，你们可真是下得了狠心哪！我要向县委报告这件事，要让相关部门狠狠地处罚你们！"

乡政府的负责人看到达老爷子生气了，也感到了问题的严重性，怯怯地说道："老首长，对不起，我们失了职，您就狠狠地批评我们吧！"

喻杰抬起头来，看了看山上的林木，长长地叹了口气："你们呀，岂止是失了职，你们这种乱砍滥伐的行为，简直就是在犯罪啊！"

乡政府的负责人低着头，像个做错了事的孩子似的："老首长，我错了，您就狠狠地批评我吧！实在是不解气，您就打我一顿，我是诚心地接受您的批评，也甘愿领受您的责罚。"

喻杰继续说道："你们为了眼前的一点蝇头小利，就把这么小的杉树给砍了。你可知道，过几年，这些杉树就能长成参天大树。你们今天砍了几万棵小树，其实就是砍了几万棵栋梁啊！你们给国家造成的损失实在是太大了，这是几千个立方米木材的损失啊！"

乡政府的负责人一直低着头，也不敢多说话，只是乞求达老爷子能够网开一面，并拿出他放过高坪村乱砍树木的乡亲一事来说，希望达老爷子能够放他一马。

达老爷子摇了摇头："你们想让我包庇你们犯罪的行为，这是不可能的。高坪村的乡亲们是为了建房子，他们是因为无知才犯下错误，而你们不是，你们砍了这几万棵的树是为了赚钱！你们的性质不一样，所以，我也绝不可能包庇你们，我会向县领导反映这个问题的，你们做好接受处罚的准备吧。"

乡政府的负责人也知道达老爷子的脾气，就抱着再试一次的心理，说道："达老爷子，这个事您就不能再考虑考虑吗？您要是举报我们，我们可就都完了啊。"

达老爷子冷冷地："不是我不通融，而是这个事的性质非常恶劣。我再说一遍，这个事没商量，你们就等着接受处罚吧。"

说完，达老爷子就拄着拐杖，迈步向前走去。乡政府的负责人赶紧过来搀扶，却被达老爷子一把给推开了。

等达老爷子回到家，将这件令人气愤的事讲给家里人听时，家里人都劝达老爷子不要举报，不要轻易得罪人。虽然他们做错了，可大家毕竟都是低头不见抬头见的乡亲，而且也怕以后会引来报复。

对于家人的担忧，达老爷子淡然一笑，说："我喻杰要是害怕这些，就不出去闹革命了。我告诉你们，不管他们是来文的还是来武的，我奉陪就是了。"

第二天，达老爷子就坐上车，来到了县委县政府，向相关领导反映了黄金洞地区乱砍滥伐的事情，并提出，必须马上派出干部进驻黄金洞，向村民们宣传《森林保护条例》，并且要尽快在入山口的显眼处立一块"保护森林"的牌子；同时，对于这些乱砍滥伐的人，该抓的要抓，该罚的要罚，该判的要判，必须让乱砍滥伐的人吃到苦头，才能有效地制止乱砍滥伐的现象，起到保护森林的作用。

达老爷子反映的问题，引起了整个平江县领导层的高度重视，当天，县里就指派了工作组进驻黄金洞地区，宣传《森林保护条例》，并对失职干部做出了不同程度的处罚。同时，为了更好地保护山林，县委还将达老爷子的建议形成文件，下发全平江县进行学习，以从根源上杜绝乱砍滥伐行为的发生。

对于达老爷子向县委反映黄金洞地区乱砍滥伐的事情，有些人就说达老爷子是狗拿耗子多管闲事。当这些闲话传到达老爷子耳朵里时，达老爷子很坦然："我就是个爱管闲事的人，不管你是群众还是干部，也不管你级别多高，只要让我知道你乱砍伐山林，那这个闲事我就管，而且是一管到底。"

达老爷子毫无畏惧，不怕任何人找他的麻烦。他把山上的林木当成亲人、当成战友来看待，谁敢乱砍伐山林，他就要跟谁斗争到底。

相关责任人被抓起来几天后，喻杰家里也确实遇到了一些意外的情况，有人晚上往喻杰家里扔石头。这件事把家里人给吓坏了，可是达老爷子却满不在乎。虽然他早就过了血气方刚闹革命的年纪，可是作为一名曾经的红军战士，发起威来依然是很有震慑力。一天晚上，他听到动静后就拄着拐杖来到院外，想与扔石头的人"过过招"，可是找了一圈，院外什么也没有。

等到第二天早晨，喻杰就放出话来，要打要骂都奉陪，可是，对于乱砍滥伐的行为，他是绝对要管，而且是要一管到底！

当乡亲们知道达老爷子受到威胁后，有很多受过他恩惠的人主动跑来找达老爷子，要免费当他的卫兵。对此，达老爷子一概拒绝。达老爷子说："我不用你们给我当卫兵，因为我没有什么好怕的，我就相信一句话：'邪不压正！'你们要想当卫兵，我也举双手同意，就让我们一起当好守护山林的卫兵吧。"

大家在评价一位将军爱护自己的士兵时，经常说的一句话就是"爱兵如子"。达老爷子当年带兵的光辉形象乡亲们都没见过，可是要说起达老爷子爱护山林的样子，加义镇的很多乡亲都见过，他们都说达老爷子是一位"爱林如子"的老英雄。

其实，他们只是感受到了达老爷子对山林的爱，他们不知道的是，达老爷子是把这些连云山上的树，当成了离他远去的革命战友。每当他思念那些可爱的战友时，就独自拄着拐杖来到山上，对着那些树说话。那些树在他的眼里，不仅仅是普通的树，而是有生命有灵魂的个体。他甚至给很多树取了名字，那一个个闪光的名字，就是当年与他一起并肩作战的战友的名字。

抚今追昔，距离当初参加红军，已经半个世纪，当初那位将他带入革命队伍的人——喻庚，也已经牺牲快半个世纪了。达老爷子一直都记得很清楚，喻庚是1931年牺牲的。当时没有条件，达老爷子就将喻庚的遗体草草地掩埋了，连块墓碑也没有。革命胜利以后，达老爷子回到平江县，将喻庚的坟迁到了加义烈士陵园。为了纪念这位为革命献身的英雄，达老爷子在坟的旁边种了一棵桂花树。改革开放以后，有人来到陵园，看到桂花树枝繁叶茂，每到秋季，芬芳馥郁，就想买走这棵树。陵园负责人做不了主，让这个人找达老爷子。想买树的人是个商人，跟达老爷子谈条件，愿意出二三十万将这棵桂花树买走。这在当时已经是很高的价格了，可是，达老爷子连谈都不谈，直接就将那个商人给轰出了家门。

达老爷子觉得，他欠了那些牺牲了的战友的情；他更觉得，自己作为一名红军战士，就应该牺牲在硝烟弥漫的战场。可是，老天却让他活了下来。那他就要将那些牺牲战友的故事，告诉乡亲们，并带领乡亲们把日子过好，因为，这是他与所有革命战士的初心！

半个世纪的光阴走过，达老爷子每天都会问自己：今天我有没有为乡亲们做事？我有没有在和平的年代里，忘了当初参加革命的初衷？

革命路，革命路，革命的路上坎坷无数，随时都会有英雄，勇敢地倒下去。半个世纪过去了，达老爷子没忘，他也永远都忘不了。

他清晰地记得，红十六师的师长高咏生，就是倒在了一次突围的战斗中，连一块尸骨都没有留下。达老爷子想用一种特殊的方式，来纪念这位逝去的英雄。思来想去，他觉得，应该像辽县改成左权县、保安县改成志丹县一样，用一个地名来纪念高咏生师长，只有这样，才能让后来的人永远地记住这位英雄。

于是，达老爷子就多次去县里找相关领导商量，提议单独以高咏生同志的名字命名一个乡。县里的领导很为难，因为他们根本做不了主。可是，达老爷子是一个认死理的倔老头，县里做不了主，他就找岳阳市的领导，一直找到湖南省领导。经过多番努力，最终，县里将加义镇的一部分划出来，另外又从附近镇划出一块地方，成立了以高咏生师长名字命名的咏生乡。

二十九

"老有所为"的时代楷模

转眼之间，从北京回到丽江村已经十多年了。在这十多年里，达老爷子自己种粮种菜，自己养猪养鸡，将自己乃至全家人的生活标准降到了最低。达老爷子喜欢吃红薯，更喜欢吃红薯饭，他在门前种了一片红薯，没事的时候，就在地里拔草锄地，希望能够多收些红薯，好分给乡亲们。

1982年的一天，喻杰正在红薯地里拔草，突然，一个熟悉的声音传了过来："老喻，我来看你了。"

达老爷子回过头来一看，激动得眼泪一下子就流了下来，来人正是多年未见的老战友王震。喻杰想上前握手，可是手上全是泥。正在喻杰往身上擦泥的时候，王震的手已经伸了过来，一把握住了喻杰的手。喻杰有些不好意思了，说道："你这个王胡子啊，你来就来呗，也不跟我说一声，你看我这一手的泥！"

王震哈哈大笑着说："老喻啊，你这条'长江鱼'，在这里过得倒舒心。你不回北京，也不想我们，你的心可真狠啊！我告诉你，你不想我们，我们可想你了，这不，小平、先念、耀邦他们，让我来看你了。"

喻杰紧紧拉着王震的手，说道："谢谢各位领导想着我这个老头子！王胡子啊，来来来，快到屋里坐，我们今天一定要好好喝几杯。"

王震使劲地握着喻杰的手："好，你不让我到屋里坐，我也要到屋里去坐坐。我想吃你种的菜，你种出来的菜，肯定比北京的好吃。要不，你怎么不回北京哪！"

喻杰哈哈大笑："好，我就让你尝尝，不过，别人尝免费，你尝可得要钱哪。"

王震眼一瞪，问道："凭什么我吃就要钱啊？"

喻杰又笑："王胡子，因为你比我有钱啊，你不交钱谁交钱？"

王震哈哈大笑道："你这条'长江鱼'，就知道耍贫嘴，我告诉你，今天我还真就吃霸王餐了，就是不给你钱，我知道这是在你的地盘上，有本事你就让警察来抓我啊！"

喻杰哈哈大笑道："开玩笑开玩笑，快快快，屋里坐，屋里坐！"

王震与喻杰这两位好长时间没见的老战友，手拉着手，就进了喻杰并不宽敞的屋子里。一进到屋里，王震看到只有一张床、一张桌子、一条凳子的简单陈设，又心疼又埋怨地说："老喻，你怎么住得这么简单？为革命干了一辈子，到老了可不能这么委屈自己啊。"

喻杰在凳子上坐下，说："简单好，简单好，人活着啊，千万不能太复杂了，我现在种地养猪，也没有什么需求，要那么复杂干什么啊！"

王震点了点头："我在《人民日报》上看到了对你的报道，说你带着人在家乡修建水电站，你还在山上种树，说句心里话，我是很佩服你啊！你对革命有功，却从不居功自傲，你退下来就回乡这个事，小平同志、先念同志也都非常赞赏啊，说你为老同志们带了一个好头啊！所以，要我想办法把你带回去，让你到北京种地去。"

喻杰笑着说："北京可没有地种，你别蒙我。我告诉你，王胡子，现在国家走上了正轨，我这把老骨头也不想再去北京了，省得国家还得腾出人手来照顾我。我留在丽江就很好，自己种地也够吃了，还能及时了解百姓们的生活，及时向你们反映真实的情况啊。"

在王震与喻杰二人说话的工夫，喻群益将茶水送了过来。王震一边喝着茶水，一边问喻杰："老喻，湖南是我们曾经干过革命的地方，也是咱们的老家，你觉得，目前来看，湖南农村的发展最需要解决什么问题？"

喻杰点了点头，说道："从目前来看，农村要想发展，主要得解决三个问题：一个问题是怎么样让山区百姓用上电的问题；一个就是农村的机械化程度很低，得想办法让农民们用上现代化机械；三是绿化的问题。这几个问题我在加义镇也在想办法解决，但是其他地方做得怎么样，我就不知道了。"

王震一边听喻杰说，一边在本子上记着，说："老喻，你就放心吧，你反映的问题，我肯定会跟小平、先念他们反映，我相信，他们一定会想办法解决的。"

那一顿饭，王震与喻杰边吃边聊。两人是多年的老战友，自然是无话不谈，但两人谈得更多的，还是湖南乃至整个中国的农村发展问题，因为中国是个农业大国，发展好了农业，才可能发展好全国……

同时，喻杰还将农村里的封建迷信残留、铺张浪费以及修建水电站资金不够等问题，一一向王震作了汇报。王震边听边点头，连声夸喻杰带领大家修建水电站等事情，应该是在全国争了个第一。他动情地说道："老喻啊，孔夫子说'老有所终'，我主张'老有所为'，我觉得老喻你啊，就是这'老有所为'的时代楷模，我们都得向你学习啊！"

王震从丽江村回到北京后，将喻杰艰苦朴素的生活作风，以及为家乡植树造林、兴修水利等贡献，都向中央作了汇报。财政部得知情况以后，觉得不能让达老爷子太苦了，于是，就拨款二十余万元，特别指示平江县老干局，一定要给喻杰配一辆小汽车。

当老干局的领导带着财政部的来函向喻杰请示，应该买一辆什么样的车时，喻杰一口回绝："买什么车？根本就不需要买什么车，我也不怎么出门。你们要是觉得钱多的话，就把这个钱用到水电站工地上去，那里正需要钱哪。"

确实，因为缺少运输车辆，因为人力、物力及财力都不足，加义水电站的建设进展比预想得要缓慢得多。为了加快进度，让高坪村等偏远山区的乡亲们早日用上电，达老爷子就给县里相关部门写信，联系县水利局、交通局、电力局等部门，请他们调配车辆，全力保障工程的施工，又请电力部门的同志及时协调电力设备，确保水电站建成就能发电。

财政部给达老爷子买车的拨款到位了，达老爷子未经请示，直接让老干局截留了这笔拨款。他让老干局将钱转给电力局，让他们立即购买电线，先给山区的乡亲们将电线给拉好。这样，等到水电站建起来的时候，就能够第一时间通上电。达老爷子的无私奉献精神，感动了平江县各有关部门，电力局更是在收到达老爷子信的当天，就召开全局会议，研究给偏远山区老百姓拉电线的问题。

拉电线虽然比不上修建水电站的工程难度大，可是因为在山区，也不是一件容易的事。达老爷子没事的时候，就拄着拐杖，来看电力局的电工们接电线。他一边嘱咐电工们注意安全，一边帮着做一些力所能及的事情。受到达老爷子的鼓励，电工们也是格外卖力，拉电线的工作进展得很顺利。

喻杰看着立起来的一根根电线杆，非常激动，觉得自己这么多年的苦没有白受，也觉得自己的付出是值得的。他望着那被电线杆撑起的电线连在空中，仿佛看到了夜晚的连云山区，灯火通明，就如浩瀚夜空，闪烁的璀璨繁星。

三十

为抢险，要拆房！

达老爷子已经八十高龄，每天依然为了乡亲们的事忙碌着。虽然他已经抡不动铁锹，不能像当初修建山口与丽江水电站一样，忙碌在施工的现场，但他每天有事没事都会去加义水电站的工地转转。在已经完工的黑咕隆咚的隧道里，他一手拄着拐杖，一手打着手电筒，检查施工的质量，看有没有空隙和裂缝。同样在进行检查的工程负责人见他那么大年纪，依然在为水电站忙碌，很是感动，就劝道："达老爷子，您要多注意身体啊，工程的质量有我们把关，您老就放心吧。"

达老爷子点点头说："没事，你们检查你们的，我检查我的。咱们多一层把关，质量就多了一层保证，省得最后出了问题，再补救又要费很大的精力。"

在临山的渠道边，喻杰小心翼翼地往前走着。他一边走一边看，还时不时地弯下腰来用手摸一摸、敲一敲，检查工程是不是有什么问题。当走到一条小道前时，工人们拦住了他，不让他再往前走了，因为那条小道是从峭壁上凿出来的，不到一尺宽，再往前走，稍有不慎，就会掉下悬崖。

一名工人苦苦地劝道："达老爷子，前面就是一条窄道，您这么大岁数了，还是别往前走了吧！"

达老爷子一听，不服输的劲头又上来了，说："你们不让我走，是不是有什么猫腻啊？"

听达老爷子这么说，大家也只能由着他了，但是为了安全起见，两个工人还是一前一后地护住达老爷子，生怕他出什么问题。达老爷子一手扶着山壁，一手拄着拐杖，愣是走到了不到一尺的小道上。当他看到安放好的渡槽后，对着两名工人说："我当年在长征路上，过的山路比这还要凶险哪，如果老天爷想让我出事，现在也就没有我了。我已经是八十岁的人了，更无所谓了。咱们慢慢检查，等检查完了，咱们再回去。"

看着达老爷子一点也不恐高，站在那么高那么窄的地方，依然从容淡定地说着往事，两名工人不由得为达老爷子竖起了大拇指。

是达老爷子天生就胆大吗？也不是，当他参加北伐，第一次打仗时，心里其实挺害怕的。是有人告诉他，只要你勇敢地往前冲，心里不想害怕的事，也就没有什么可害怕的了。后来，喻庚和喻集希两位带他进入红军队伍的英雄牺牲了，他也曾经想过，自己有一天也会倒在冲锋的路上，可是没有，他好好地活了下来。

长征中他的脚被冻伤时，如果不是那位年轻的战友用自己的怀抱温暖他，他即使不死，双脚也可能废掉。赴重庆谈判，如果不是因公被周总理紧急叫回了延安，而是按原计划登上叶挺、王若飞他们乘坐的飞机，那么，他早已经在"四八空难"中魂飞蓝天……

他活了下来，他觉得自己是幸运的。可这种幸运，更让他觉得自己欠了战友们太多的债。他只有努力地实现战友们的心愿，让百姓过上好日子，才能够还上这些债。

湖南多雨，每每到了夏天，就会暴发山洪，那个时候，喻杰便格外担心水电站工地。一个夏天的夜晚，暴雨倾盆，喻杰在屋里看着外面的大雨，很不放心，就让孙子喻元龙赶紧去工地，嘱咐大家将机械设备搬运到安全的地方。

虽然喻元龙去了，但他还是不放心，就自己打着雨伞，拄着拐杖，往水电站工地赶。等到了水电站，他的身上已经湿透了。工人们都劝达老爷子到屋里避避雨，可是，他不顾自己年迈，又冒大雨指挥两百多名工人，将七台抽水机从洪水中捞出来，直至送到安全的地方。

看着爷爷被大雨淋透，孙子喻元龙心疼得不行，工程负责人和工人们也都担心他，怕他被雨淋出病来。可是达老爷子的心里只有水电站，让高坪村乃至整个加义镇的乡亲们都能早日用上电，是他心中最大的事情。滂沱大雨中的他，看到移至安全地带的机器，放心了，说："好了，我们大家也可以睡个好觉了。"

一场暴雨刚过，山洪又接着来了，平时温顺的丽江河，也开始咆哮起来。达老爷子急得不得了，为了抢险，他让儿孙们将自己家里仅有的几根杉木搬到了工地上。可洪水滔滔，这几根杉木只是杯水车薪，根本不够。

怎么办？达老爷子急了，甚至想拆掉自己的房子，用房梁来做抢险的木材。当他将想法跟儿孙们说出来后，全家炸了锅，儿孙们彻底跟他急了。

儿子喻砚斌体弱多病，经常咳嗽，这么多年也知道父亲的脾气，不想多生气的他，根本不愿意跟达老爷子说话。当教师的孙子喻元龙脾气一直很好，可是听爷爷说要拆房子，忍不住了："您把房子拆了，我们住到哪里？"

达老爷子没有正面回答这个问题，说："放心吧，肯定不会让你们住到露天地里去，村里不会不管我们的，我们先解决抢险木材的问题。"

喻元龙真的是气急了，没好气地说："爷爷，您要是真的想拆这个家，您就自己动手，先把自己住的屋子给拆了，别拆我们的屋子就行。"

达老爷子一拍桌子，用手指着喻元龙："你怎么跟我说话哪？你有种再给我重复一遍！我告诉你，今天我还真就拆房子了，你能怎么着我吧？"

喻元龙也不想真惹爷爷生气，可是拆房子这件事实在是太不像话了，自古以来，就从来没有听说过谁家为了抢险，把自家房子拆掉的。喻元龙长叹一声，心想，如果继续跟爷爷顶嘴，惹毛了他，他还真是什么事都能做出来。想到这里，喻元龙只好不再吱声。可是达老爷子还在气头上，非要将房梁拆了当抢险木材。

窝了一肚子气的喻元龙，跑到村干部家里，将达老爷子要拆房子的事说了一遍。村干部一听，也急了，再怎么着也不能拆房子啊！于是，村干部就通过村广播，向全村的村民们发出了捐献木头抢险的号召，并且特地将达老爷子为了支援抢险准备拆自家房子的事也说了出来。

这一下，乡亲们再也坐不住了，达老爷子是为了乡亲们才组织大家建水电站的，平时达老爷子已经为村里付出得太多了，如果因为抢险的事，拆了他的房子，这哪行？乡亲们是真的看不过去了，他们不用任何人做思想工作，每个人都将家里多余的木头扛到了工地上。

抢险木材的问题解决了，水电站也保住了。看着水电站工地上堆得满满的木材，达老爷子站在大堤上开心地笑了。达老爷子觉得，这次抗洪抢险胜利的意义，不亚于打赢一场战争；不亚于当年他同战友们经过二万五千里长征，胜利到达延安。

夏天过了，达老爷子又开始为工人们过冬的事操心了。他对工程负责人说："尽管还没到冬季，但是过冬的木炭必须开始准备了，村里林场应该支援一些，芦头林场也应该出一些力……"

他几乎每天都会到水电站的施工现场听取工人们的意见。他知道，要想温暖过冬，必须准备充足的稻草。可是很多村民家的稻草是用来喂牲畜的，能够支援水电站的并不多。这可怎么办呢？

为了解决水电站过冬稻草不足的问题，达老爷子不止一次地与工程负责人商议，却始终没有一个很好的主意。一次他到山上巡山，看到满山的荒草时，突然灵机一动：这满山的荒草，不就是最好的过冬柴草吗？

于是，达老爷子就带着儿孙们上山割草。起初，儿孙们都不愿意去，尤其是小曾孙喻从勤，觉得达老爷子这是多管闲事。暴脾气的达老爷子当场就跟小曾孙发了飙，大骂喻从勤是不孝子孙……喻从勤不敢惹太爷爷，只好极不情愿地跟着太爷爷上山割草。

达老爷子都行动了，村民们自然也是不甘落后。经过全村的紧急行动，水电站过冬稻草不足的问题终于解决了。

加义水电站在日夜不停地修建着。水电站的水泥用量太大，达老爷子发现，如果水泥从岳阳经县物资局中转到工地，装卸水泥麻烦不说，还得花装卸费，而且，这一装一卸还需要花费很多时间。

达老爷子是一个善于发现问题，同时又爱动脑筋、想办法的人。当初他在部队上负责后勤的时候，发现有人做假账，为了防止别人仿冒他的字迹造假，只要是他签的名，"喻"字上面都加了一个点：这是他与周总理之间的私人约定。结果这个点加得久了，再签名的时候，达老爷子还是习惯性地在喻字上加一点。回到家乡以后，当老师的喻元龙就指出他的错误，说他写错别字。于是，他把这个故事讲给喻元龙听，并告诉他，无论做什么事情，都要用心去思考，仔细去研究，只有这样，人生才能少走弯路。

这一次，他的善于发现和积极想办法解决问题的优点再一次起了作用。当他发现水泥等物资中转既浪费时间又浪费钱之后，立即给相关部门写信，请他们协调厂家，将物资直接从仓库运到工地上来。只这一封信，就为水电站节约了两千多块钱！两千多块钱，在那个并不富裕的年代，足以在丽江村建一座宽敞的房屋了。

乡亲们看到达老爷子动动笔，就能解决别人发现不了的问题，纷纷称赞达老爷子有本事。还有的人说，怪不得达老爷子当大官哪，不算他为革命立的功，就凭着他这股子聪明劲，他不当领导谁当？

三十一

白发人送黑发人

就在达老爷子没日没夜地为水电站忙碌的时候，他的大儿子喻砚斌得了重病送到医院抢救。但无奈病情严重，医生说恐怕……想到心爱的儿子就要离自己而去，达老爷子的心里很不是滋味，越想越觉得对不起大儿子喻砚斌。

由于一直在外边闹革命，他没有尽到父亲的责任，好好地照顾他。等到快七十岁的时候，他从北京回到老家，才真正地与儿子生活到一起。他是亏欠儿子的。当初，喻砚斌两次去西安找他，希望留在他身边工作，都被他给轰回老家种地了。回到丽江村以后，他又对喻砚斌管得那么严，可以说，他的好处儿子是一点也没有沾上。如今，看着儿子奄奄一息的样子，喻杰的心里痛啊，他流着泪说道："砚斌啊，你不要怪爷老子不照顾你，我其实心里也是愧疚的，可是请你谅解我，我真的不能那样做啊，因为我是回村里还债来的！"

喻砚斌握住父亲的手，有气无力地说道："爷老子，我知道，我快不行了……我……求……你一件……"

喻杰也流着泪："儿啊，有什么事你就告诉爷老子吧，爷老子一定帮你办到。"

喻砚斌听到父亲答应了，眼里含着泪，脸上却挂着笑，说："爷老子，把……把大女儿嫁……嫁……出去吧……"

是啊，哪一个当父亲的，不牵挂自己的儿女？虽然大女儿患有脑膜炎后遗症，有些智力障碍，可是毕竟有手有脚，是个活生生的人啊。这是一个父亲的遗愿。他觉得在自己即将离开这个世界的时候提出来，爷老子是一定会答应的。

可是，让他没有想到的是，喻杰长叹一声，擦了一把眼泪说："这个，这个事吧，你就别管了。"

一句"别管了"，其实就是告诉他，这个事根本就不可能。喻砚斌拼尽最后一点力气说："你……我……求、你、了！"

说完，喻砚斌就永远地闭上了眼睛。看着儿子在自己的眼前离去，达老爷子的眼里含着泪，却并没有放声大哭。他始终没有答应喻砚斌最后的请求。虽然也有媒人来提亲，可是，他宁愿养起大孙女来，也不愿意让她嫁人后生下不健康的后代。

有人说他固执，有人说他自私，在这件事上，他不想争论。因为，他不能做出祸害两代人的事来，这是他内心的坚守。

喻砚斌去世以后，孙子喻元龙也希望按照传统的习俗安葬父亲，请几个道士或和尚来做做法事，因为千百年来，丽江村的传统就是如此。可是，达老爷子再一次做了固执的大家长，像母亲去世时一样，他并没有按照村里的习俗来办儿子的丧事，只在村里简单地设了一个灵堂，举办了一个简单的追悼会，然后，就将儿子送到了山上安葬。

有的人说喻杰无情，有的人说喻杰的心太硬，对于这些议论，喻杰都无所谓。他把自己的一切，都献给了党，献给了乡亲们。他就是这样回到丽江村还债的，他想，只要自己不死，就要继续为乡亲们作贡献，就要继续把"债"给还下去。

白发人送黑发人，达老爷子的内心震动很大，连自己的儿子都走了，他觉得自己真的是来日无多了。可是，他并不愿意跟别人说这些，没事的时候，他就经常带着曾孙上山巡山。

三十二

筹建水电股份有限公司

达老爷子经常在想一个问题，那就是他筹资修建的几座水电站，怎样才能并入国家电网，将用不了的电输送给国家。他想，连云山区的水利资源比较丰富，应该利用优越的自然条件，再建几座大型的水电站。可是经费从哪里来呢？

他想到当初在陕甘宁边区任西北土产公司经理时，在业务并不好的情况下，他在朱德、陈云等领导同志的大力支持下，争取到了业务自主权，并最终将土产公司扭亏为盈的事。他想，等加义水电站建好后，就由国家、集体与个人合资开办一家水电股份公司，将建起来的这几座水电站整合到一起，这样不仅可以解决资金短缺问题，还可以解决乡亲们的就业问题。想到这里，达老爷子就很兴奋，当天晚上，他就激动地拿起了笔，给北京的老战友和领导们写信，告诉他们他的想法。

1984年5月30日，《人民日报》第二版发表了题为《老干部喻杰带头集资办小水电站》的报道，迅速在全国引起轰动，很多媒体纷纷跟进报道，来自全国各地的记者，不远万里赶到湖南，将镜头对准了丽江村。

出乎大家意料的是，达老爷子并不愿意接受记者的采访。他是一个善良的人，虽然说不愿意接受采访，可也不忍心拒绝千里迢迢跑来丽江村的记者们。他跟记者们说："你们不要写我，我真的没有做什么，你们要拿起笔，多写写丽江村，多写写加义镇的故事，要把镜头对准连云山，对准丽江河，对准还在受苦的乡亲们。"

对此，乡亲们和很多记者都不理解。喻元龙也说："爷爷，让您回北京当大官，您不回；记者采访您，您也不接受。这有些说不过去了吧？"

达老爷子笑了笑，说："人活七十古来稀，我都已经八十多岁了，已经到了风烛残年，到了生命最后的时光，我还要这些名利做什么呢？我想，还是把这些名利，让给乡亲们吧。"

多么质朴的人，多么纯洁的共产党员啊！一个人做一件好事并不难，难的是做一辈子好事。而达老爷子就是一个一辈子做好事的人，他就是丽江村、加义镇乃至整个平江县的"活雷锋"。

达老爷子关于筹建水电股份有限公司的信寄到北京以后，受到了中央领导的充分肯定。大家对喻杰的来信进行了热烈的讨论，并指示由王震同志写回信。1984年7月17日，王震代表中央领导给喻杰回了信。他在信中说："我国社会主义现代化建设正在蓬勃发展，但由于国家的财力、物力仍有限，所以我赞成你提出的国家、集体、个人投资办水电股份公司的方针。就是个体集资合股办，我们也大力支持。办水电是这样，办其它事情也是这样。"

经过几个月的紧张施工，一座长73米、高27米的大坝，矗立在连云山下的丽江河上。由于通往高坪村等村庄的电线已经提前拉好，所以，年发电量400万千瓦的水电站一投入发电，辜家洞、高坪村、灶门洞等偏远的山村，便立即通上了电。同时，由于水电站的蓄水作用，当地的农田也得到了灌溉，粮食增产，人民生活水平也因此得到了提高。

告别了昏暗的煤油灯时代，大家开心极了，纷纷拿出自家种的庄稼、养的鸡鸭来到丽江村，想送给达老爷子表达内心的感激。可是，达老爷子怎么也不收。大家问他想要什么，达老爷子淡淡地说道："现在乡亲们的日子过得还不够好，我只要乡亲们的日子越过越好。"

他为乡亲们办的都是实事，而且，富余的电并入到国家电网，输送到了祖国的四面八方，对祖国现代化建设作出了贡献。

对于水电站产生的效益，达老爷子请水电站的负责人按股份分给乡亲们，而属于他的那一份，他却分文不收。

三十三

"死板"的太爷爷

加义水电站大坝刚建成，机组还没有开始发电的时候，电站需要招工。因为水电站可以享受国企待遇，所以，报名的人挤破了头，喻杰的曾孙喻群益也报了名。可是，那么多人都想进水电站工作，僧多粥少，怎么办呢？于是，水电站的负责人就想通过考试来选拔。喻群益自小学习就好，自然是考得不差，可是，发榜的时候，却没有他的名字。当时喻群益就感到不对头，信心也受到了打击。

他失落地回到家里，还没有进门，站在院里的他就听到屋里有人在跟他太爷爷商量："你们家群益考上了，您不让他去，合适吗？"

喻杰说道："他再怎么着，家里还有几亩地种，你们不用管他。这个事是我将他拿下来的，他要是知道了，就让他找我好了，因为比起我们家群益来，别人更需要这份工作。"

负责人劝他："达老爷子，您总是说坚决不搞特殊化，您这用自己的权力，将自己的曾孙喻群益给拿下来，是不是也是另一种特殊化呢？"

喻杰说："'勤俭节约讲奉献，坚决不搞特殊化'，这是我讲的没有错，可是我也说过，这只是对外边的人，对于我们家里人，就应该搞点'特殊化'。好了，这个事你就不要管了，群伢子要是有想法想不通，就让他来找我好了。"

喻群益的脑袋"嗡"的一声就炸了，他真的是接受不了，这可是铁饭碗啊！自己也很争气，确实是考上了，可是却进不了电站，就因为沾了太爷爷喻杰的"光"！

思来想去，喻群益决定不去找太爷爷，他知道找了也没用，因为这样的事，他的太爷爷干了也不是一件两件。想来，做喻杰的子孙后代，还真是"吃亏"啊！

喻群益实在是太想进水电站工作了。终于，在一年多以后如愿以偿。原因就是达老爷子牵头修建的六座水电站搞整合，成立加义镇水电股份公司时，极需要人手。所以，达老爷子就将喻群益给"安排"了进去。那为什么第一次达老爷子不让曾孙喻群益去，这一次却让去了呢？难道是脑袋"开窍"了？

其实是因为，当时村里的很多壮劳力已经外出到长沙、广州等大城市打工去了，一时半会儿实在凑不齐人手，水电站的工作人员就想到了在老家务农的喻群益。起初，水电站的工作人员跟达老爷子说起这个事，达老爷子还是不同意，在得知是水电站缺人后，才点头。

1985年，随着国家经济政策的调整，已经有农民开始进城打工了。本来，按照喻群益自己的想法，也是要到城里去打工。可是，当他将打工的想法向太爷爷喻杰提出来后，却被拦了下来。在喻杰心里，不能为了挣钱就将农村的家给扔了，如果出去打工，即使挣得多些，也跟旧社会的背井离乡差不多。

考上了却最终没能进水电站，喻群益的心里本就憋屈得很，此次，进城里去打工的事又被太爷爷给断了，喻群益实在是忍不住了。他就问达老爷子："太爷爷啊，您看看人家那些高官，哪一个不是把后代安排得很好，您不让我去水电站，我就不去；可是我去城市打工，又没有找您托关系，您总不能拦着吧？我凭力气吃饭，又没有搞特殊化。"

达老爷子也知道曾孙喻群益不服，就叹了口气，说道："群伢子，我不让你去城里打工，也是为了你好。你说说你到了城里，谁认识你啊？再说你走了，家里老的老小的小，谁管啊？"

喻群益不服气："太爷爷，您看看进城打工的那些人，有的都已经买上彩电了！我还想着到城里打工，去给您买个彩电哪，也省得您整天听收音机了。"

达老爷子说道："群伢子，我不要你给我买彩电，我也不要你到城里去打工，我就要让你留在家里，至少咱们一家人在一起，彼此还有个照应。你是家里的顶梁柱，你这一进城，咱们家怎么办？"

喻群益依然试图说服喻杰："您说进城谁也不认识我，这个我承认，可是您在参加北伐军以前，进城当卖货郎，不也是谁都不认识吗？再说了，留在家里有什么出息？我爷爷就是因为您不让他留在城里，才当了一辈子的农民，到最后种了一辈子的地，也没有什么出息。"

当达老爷子听到曾孙喻群益这么说时，心里也有些难受。是啊，人转眼就是一辈子，母亲和大儿子都已经离自己而去，自己也是八十多岁的人了，来日无多，总不能拦儿孙们一辈子吧？他想，已经离开人世的儿子喻砚斌并不笨，也很勤劳，如果当初将他留在西安，说不定他的人生会是另一番光景。可是，即使他的心里再有触动，也不愿意喻群益进城打工，因为在他的心里，农民的主要任务永远都是种地，这就是"锄头立得稳，种田是根本"，即使外面的世界再精彩，农民也得安于本分，也就是种地，而不能去打工。

看着曾孙喻群益祈求的目光，良久，达老爷子才慢慢地说道："进城这个事，以后再说吧。我现在想的是，咱们应该把丽江村建设得漂亮些，让那些没有土地的城里人，到咱们农村来打工，就像当初知青下乡一样。"

喻群益知道说服不了曾祖父，只好不甘心地留在了农村，可是，看着别人家里因为打工买了彩电买了自行车，他的心里非常地羡慕。但是话又说回来，羡慕归羡慕，太爷爷不同意，他是再怎么着，也不敢任意行事。

在他的心里，太爷爷是一个太传统的人，传统得简直有些死板。就拿买电饭锅来说吧，有人到城市里打工，手头宽裕了，就给家里买上了电饭锅。喻群益也想着买一个电饭锅，他想，不就是买一个电饭锅吗？电饭锅既能煮出香喷喷的米饭，还特别地省事，自己都这么大了，买个电饭锅回来孝敬太爷爷，他老人家肯定会同意的。所以，喻群益也没有跟达老爷子商量，就趁着去加义镇赶集的机会，将电饭锅给买了回来。这确实只是一件小事，却没有想到，达老爷子竟然发飙了！他直接将电饭锅给扔了出去，还指着喻群益的鼻子大骂道："你这个群伢子，怎么就不学好呢？这满山的干柴火你不用，却要用电饭锅！你这是在浪费电啊！我告诉你，群伢子，我要是知道你再买电饭锅，小心我打断你的腿！"

太爷爷发火了，电饭锅也被扔了出去，喻群益的心里很难受。好在，这一次水电站缺人，太爷爷没有拦着自己进水电站。这是水电站缺人啊，不是因为别的！要是像头一年招人，大概也轮不到他喻群益，因为，他的那个当过部长的太爷爷，就是他最大的"拦路虎"。

本来以为，进到水电站以后，工资能高一些。可是，当喻群益正式到水电站上班以后，才发现这里的工资并不高，每月只有可怜的24块钱。这一点钱能干什么啊！人家那些进城打工的，每个月都能挣到四五十块钱，快是他的两倍了呀！想到这里，他的心里就不平衡。因为工资实在是太低，同事们也觉得不公平。

于是，就有同事跟喻群益说："哎，这个事还得去你家，找你太爷爷说说，这个工资也太低了点吧？我们过去找找他，让他给说句话，涨点工资。"

喻群益想了想，觉得也有道理，因为如果他回家提，肯定会被驳回来，想到太爷爷为了乡亲们跑前跑后的热乎劲，他觉得这个事有戏。于是，他就带了七八个同事回到了家。

达老爷子看到有人来了，非常地高兴。他这个人喜欢人多，喜欢热闹，每逢有人到家里做客，他都热情得不得了。他掏出烟来，发给喻群益的每一个同事，一圈下来，除了喻群益，每个人都接到了达老爷子分出的烟卷。

看到达老爷子独独不给曾孙喻群益分烟，同事们不高兴了，就有人替喻群益叫屈："达老爷子，您分了这一圈的烟，怎么没有您曾孙喻群益的呢？"

达老爷子抽了一口烟，哈哈大笑道："他还不到二十岁，抽什么烟嘛，小孩，不能抽烟的，抽烟对身体不好 。"

同事们又说："达老爷子，要说抽烟对身体不好，我们觉得您就别抽了，要注意身体啊！至于群益，他都已经参加工作了，您不能事事都管着他吧。"

达老爷子喜欢跟年轻人聊天，听曾孙的同事这么说，就又笑着说道："我无所谓啊，你看毛主席就抽烟，邓小平同志也抽烟，我告诉你们啊，我抽烟这个习惯，还是跟着毛主席学的哪！"

同事们很惊讶："达老爷子，您是跟着毛主席学的抽烟啊？"

达老爷子说："是啊，我是毛主席的战士嘛，当然是跟着他老人家学的抽烟了。好了，咱们不说这些事了，你们就告诉我，来找我做什么吧。"

同事们这才七嘴八舌地说道："哎呀，达老爷子，您看，这水电站的工资也实在是太低了吧，这养家糊口的，实在是不够啊。"

达老爷子看到曾孙子的同事们来家里，就猜到他们可能是想说工资的事，因为以前也有人找他反映过这个问题。

听到大家说钱太少了，达老爷子就觉得风气不对。在他的心里，干工作那得讲奉献，是不能提钱的。于是，他就给大家讲长征时期的故事，给大家上思想政治课，说他们年轻的时候闹革命，脑袋都别在裤腰带上，就是有再多的钱，也是有命挣没命花。丽江村一同跟他出去参加革命的，就只剩下他一个人回来了。所以，人活着不能只讲钱，讲钱的那是资本主义，讲奉献的才是社会主义。

听他这么说，大家就说道："达老爷子啊，现在这个年代，跟你们那个年代不一样了，你们那个年代，没有钱也照样活人，现在这个年代，挣钱少了难以养家不说，还被别人瞧不起啊！"

"是啊，达老爷子，你看看人家那些出去打工的，自行车也买上了，彩色电视也看上了，我们这一个月就挣24块钱，根本不行啊！连吃饭都困难啊！"

听大家继续埋怨钱少，达老爷子就又发了一圈烟，对大家说："咱们哪，真的不能只看钱，咱们大家应该讲奉献。你们也都是家里有地种的人，根本不缺吃也不缺穿的，要那么多钱做什么啊？你们得好好地干，只有你们干好了，咱们的丽江、咱们的加义变得更加漂亮了，那才能比城里人挣得多啊！所以，挣得少不是问题，问题是奉献得还不够，要坚持奉献下去，才有更好的发展，才能挣更多的钱。"

喻群益的同事们本来想，只要找到达老爷子，让他给水电站的领导们说说，就可以给加点工资，却没有想到，让达老爷子给上了一堂思想政治课。大家知道，再说下去也没有用了，因为达老爷子就是一个只讲奉献的人，你跟他讲钱，他永远也不会听。

三 十 四

"不必为我提高待遇"

达老爷子是真正做到了淡泊名利。1985年10月4日，财政部发出（85）财人字第101号文件《关于喻杰同志参加革命工作时间和按部长级待遇的函》："根据中央有关文件精神，经我部请示中央组织部，现业经中央组织部批复，同意喻杰同志参加革命工作时间从1926年夏算起，并经中央批准喻杰同志按部长级待遇。"该函主送中共湖南省委、湖南省人民政府，抄送中共湖南省平江县委。

这是国家以正式发文的形式，肯定了喻杰为革命所作出的贡献，对喻杰的待遇做出了安排。函件一到平江县委，平江县老干局的人便驱车来到丽江村，将这个天大的好消息，以及财政部给他补助1500元盖房的政策向喻杰汇报。老干局的人以为，中央下文肯定达老爷子的部长待遇，发放盖房补助，这些实实在在的关心，达老爷子知道后，肯定会非常高兴。可是，令他们没有想到的是，达老爷子听过以后，只是点了点头，很平淡地说："感谢组织上的关心，但大可不必为我提高待遇，现在，老百姓的日子还不富裕，我种地养猪，还有一份工资领着，根本不缺钱花。照我看来，还是把给我的钱留给国家照顾更多的老百姓吧。"

老干局的同志听了就劝道："达老爷子，这可是组织上对您的关心啊，您要是不要的话，我们不好向上边交代啊！"

达老爷子叹了口气，说："没有什么不好交代的，组织上还让我去北京哪，我不是也没有去吗？你们尽管向上报，把我的话向上头直说，就说补助我1500元盖房子的钱，我不要了，你们留下来，补助给其他困难的群众吧。"

老干局的同志满怀感动离开了丽江村，像这样的拒绝，之前他们已经面对过太多太多次。比如，平江县老干局按照政策，给达老爷子买了一台彩色电视机，可当彩电送上门，达老爷子却不要，老干局的同志不听达老爷子的，直接将电视机搬到桌上就走了。可是，当天下午，达老爷子的孙子喻元龙就将彩电送回了老干局。老干局的同志不知道怎么处理，又给送回来，达老爷子就有些生气："我一个老头子，听个广播就好了，彩电我是不要的，根本用不着。"

老干局的同志很为难："达老爷子，这是组织上的规定，是给您的。您不要，又让我们送到哪里去呢？"

达老爷子想了一下，说："你们要是非要给我，那我就收下了，不过，还得辛苦你们一趟，帮我送到平江县的敬老院去吧。这些敬老院里老人的孩子，有很多是因为革命牺牲了的，把给我的彩电给他们，我觉得这个事就很好。"

就这样，本来给达老爷子的彩电，送给了平江县敬老院。在达老爷子看来，这台送进敬老院的彩电，也算是"走"上了为人民服务的岗位了吧。

出于对达老爷子的关心，组织上一直想为达老爷子配一辆车，方便他出行，可是达老爷子总是拒绝。有几次，达老爷子的身体不舒服，还是村里人开着拖拉机将他送到了县医院。老干局的同志了解到相关情况后，也没有再征求他的意见，直接将一辆上海牌小轿车开到了丽江村。看到老干局的同志这么热心，达老爷子也不好再拒绝。

老干局的同志们以为达老爷子收下了，却不知道他另有想法。当时正处于加义水电站建设的攻坚时期，达老爷子就将这辆车交给了水电站的施工人员使用，以方便水电站建设。县老干局的同志知道后，特地来到喻杰的家里，劝道："达老爷子，您也是八十多岁的人了，要是有个急病需要去医院怎么办？照我们说，还是专车专用比较好。"

达老爷子听了满不在乎："汽车交给水电站使用，正好是物有所值嘛，至于我，那就无所谓了，即使真的有急病，也没有什么关系，老百姓也没有专车，不是照样活得很好吗？这个事你们就不要再管了。"

听达老爷子这么说，老干局的同志们也就不好再坚持了。等到水电站的工程结束后，老干局的同志又将这辆小轿车开到了达老爷子的家门口，并劝他不要再转手给别人了，没有想到，达老爷子却趁机提出，汽车由老干局保管，让全县的老干部共同使用。

老干局的同志们劝道："达老爷子，这车是给您专用的，您让全县的老干部共同使用，这不是乱了规矩吗？"

达老爷子却呵呵笑："没事，规矩是人定的，再说了，让全县的老干部共同使用，才能体现出这辆车的价值嘛！"

老干局的同志们继续劝他："达老爷子，您看看现在，普通老百姓家里都有了彩电，而组织上给您的彩电您不要，给您的汽车，您让大家共同使用，这一点也体现不出国家对您的关心和照顾嘛！您让别人怎么看我们这些老干局的人？"

达老爷子叹了口气，说道："这个跟你们没有关系，如果有人责怪你们，你们就让他来找我，我肯定会说你们把我照顾得很好。至于这些彩电、汽车啊，我看还是算了。咱们中国有句古话叫'玩物丧志'，我虽然八十多了，还想利用有限的时间，为老百姓们多做点实事，还没到'玩物丧志'的时候，这也是王震同志跟我说的，叫作'老有所为'。"

听达老爷子这么说，老干局的同志们不再吱声了，心里都非常感动。达老爷子虽然是老首长，却没有一点架子，凡事总是替别人着想，从不替自己考虑，不像有的退休干部，不是提这个要求就是那个要求，有些要求甚至超出规定。老干局的同志们都觉得，达老爷子才是一个真正的共产党人！

　　达老爷子不在北京当大官，心甘情愿回到家乡种地、绿化荒山以及兴修水电站等事迹，经《人民日报》报道后，在整个社会引起了强烈的反响，中央领导高度重视，全国各地写来了很多热情洋溢的信件。

　　在那段日子里，平江大街上最忙碌的人，大概就是邮递员了。达老爷子实在是太出名了，他的信件特别多，邮局的工作人员为了方便收信，就单独为达老爷子设了一个信箱，对达老爷子提供专送业务。那个时候，只要是有邮递员来丽江村，不用问，他多半是去达老爷子家。

　　新疆生产建设兵团副司令员林海清和曾继富，兵团副政委贺劲南和史骥等老干部，不但给喻杰写来了信件，还联名给《人民日报》编辑部去信，畅谈学习老干部喻杰的先进事迹后的感受，并决心向喻杰老首长学习，将喻杰扎根乡村服务乡亲的精神，在新疆生产建设兵团传承下去，让在北京的老司令王震安心，让在湖南老家务农的老干部喻杰开心，并且倡议全国的老干部，向喻杰同志学习，发扬光荣传统，在改革开放中与人民群众同舟共济，为壮丽的社会主义现代化建设贡献余生……

　　他们向喻杰学习的倡议信在《人民日报》刊登后，在全国的退休老干部当中产生了强烈的反响，他们纷纷从四面八方给喻杰写来信件，表示要学习他"老为所为"的精神，为"四化"建设作出更大的贡献。

达老爷子是一个非常热情的人，对于全国的来信，一开始他是有信必回，不管是认识的还是不认识的，他都写去了极其真诚的回信。后来，他的信件实在是太多了，喻元龙考虑到爷爷已经八十多岁了，如果坚持每信必回，身体肯定吃不消，就提议由他来代笔替爷爷回信。一开始达老爷子觉得那样有些失礼，后来实在是回不过来了，也就没有再坚持，但是特意嘱咐，有重要的来信，一定要拿给他，由他亲自回。有了爷爷的允许，喻元龙就代替爷爷回信。一开始他还能应付，可是来信越来越多，喻元龙只好采取一个折中的办法，那就是一天回复五封信，简简单单地写上几句话；在不影响工作的情况下，尽量多看一些来信，并挑重要的信件跟达老爷子汇报。

三十五

国家、人民利益至上

达老爷子对自己要求特别严格，总是把国家、人民利益放在首位。1978年夏季的一天，达老爷子家的两头猪出栏了，家里人的初步意见是杀一头，因为当时正值"双抢"，村民们对猪肉需求量较大，如果在这个时候卖，可以多卖一些钱。当家里人将这个想法告诉达老爷子后，达老爷子立即否定了，并坚持让家里人把猪送到加义公社食品站去。家里人就觉得不可思议，送到哪里不都一样，最后不都是让乡亲们给买了吃了？达老爷子坚定地说："这不一样，如果自己卖了，没有经过国家的手，就等于是偷漏了国家的税，所以，必须送到公社食品站宰杀。这样再卖给乡亲们，就等于交了税。"

面对这么一个倔老头，家里人也没办法，只好按照达老爷子的意思，将猪送到加义公社食品站。

可是，等到将猪抓起来往手扶拖拉机上装时，在屋里休息的达老爷子听到猪的号叫声，就拄着拐杖走了出来。管过经济的他，立即发现有猫腻，那就是猪的肚子鼓鼓的。当时，达老爷子的脸色就变了，对着孙媳妇吴菊英质问道："你是不是给猪加潲了？"

吴菊英看着一脸严肃的达老爷子，满不在乎地："是啊，怎么了？加了潲重一些，能够多换一些钱，这不很正常吗？乡亲们都这么做。"

达老爷子一听就急了，拿拐杖指着孙媳妇："你知道你这是什么行为吗？你这是挖社会主义的墙脚，薅社会主义的羊毛！"

吴菊英跟达老爷子争吵也不是一回两回了，这一次，她也没有退让，直接回怼道："我怎么挖社会主义的墙脚了？我怎么薅社会主义的羊毛了？现在人家都不愿意把猪送给公社食品站了，他们压秤，你非得让我送，我不加点潲，你让我们家赔死啊？"

达老爷子一听，当时就火了，吼道："怎么赔了？我说不能加潲就是不能加潲！人家怎么做那是人家的事，我不管，我也管不着。反正在咱们家，就是不能干这样的事！"

吴菊英也不服气："爷爷，平时你怎么说我都行，可是这一次就是不行。俗话说，人上断头台还得吃顿饱饭哪，这猪就不是一条生命了？它马上要被宰了，就不能给它吃一顿饱饭了？"

达老爷子万万没有想到，孙媳妇竟然拿这句话来堵他，他顿了一下说："这人跟猪是两码事嘛，我告诉你，今天这猪我不卖了。"

吴菊英也不服输："你爱卖不卖，反正猪已经抬到拖拉机上了，你要是不卖，你就去把猪给抬下来。"

达老爷子已经这么大岁数了，他怎么抬得动猪！大家都认为，这一下，达老爷子应该没辙了。达老爷子看了看拖拉机上的猪，也确实没办法，因为凭他一个人，还真把猪搬不下来。要是他让别人帮忙，大家好不容易才抬上车去的，肯定也不乐意。

就在大家以为达老爷子只得作罢的时候，达老爷子却让拖拉机手等等他。他摘了些黄荆杈子回来，小心翼翼地上了拖拉机，放到了猪身上，还笑着对大家说："这天也太热了，我找些黄荆杈子给猪遮阴，这样猪会舒服些。"

看着他拿树叶子给猪遮阴，孙媳妇吴菊英与其他在场的人，也都哈哈大笑起来，心想这个老头也实在是太可爱了。

拖拉机发动了，达老爷子依然没有下来，孙媳妇吴菊英一个劲地喊他下车，他也不动，还冲着孙媳妇直摆手，说："你们给猪加了潲，我得跑一趟公社食品站，跟他们说明情况。"

孙媳妇一看也急了，连声嚷道："您快下来，坐着拖拉机去公社，太不安全了！"

坐在拖拉机上的达老爷子呵呵笑着："我就不下来！你惹我生了气，我就要到公社食品站说明情况！"

看着拖拉机载着达老爷子越行越远，吴菊英长叹一声，心说，他想去就去吧，反正也管不了他。

达老爷子来访，这可是一件轰动食品站的大事。收购员不敢怠慢，不但没有扣溅，还给达老爷子多算了一些。他以为这是给老部长照顾了，却没有想到，他的多此一举，反而惹怒了达老爷子。达老爷子当场就将多出来的钱退还给收购员，并且找到食品站的领导，说这个收购员办事不公，要加强教育，一定要查查他有没有为亲朋好友们办同样的事，如果有，一定要惩处！食品站的领导赶紧打圆场，并向他保证，食品站从来都是秉公办事，这次是因为达老爷子来站检查工作，大家都太激动了，才算错了账⋯⋯

村里人听说达老爷子去了食品站，平日里经常被食品站乱扣溅水的乡亲们都觉得，这一下，可算是找到替他们撑腰的人了。其实，以前就有人想来找喻杰替他们出头，只是因为达老爷子又是当巡山员，又是忙水电站的事，还得忙着种地，所以，大家都不忍心打扰他。这一次，达老爷子自己去了公社食品站，那一定得借着这个机会，将食品站短斤少两、胡乱扣溅水等事情，全部跟达老爷子反映反映，让达老爷子给主持公道。

所以，等达老爷子坐着拖拉机回到村里时，老远就看到乡亲们等在他家门口。大家将公社食品站胡乱扣溅水、缺斤少两的事，跟达老爷子如实地作了汇报，并跟达老爷子说道："达老爷子，平时您忙，我们都不敢打扰您，想让您多休息。这一次，您自己也去了食品站，我们就想借着这个机会，将食品站缺斤少两，以至于我们都不愿意将猪卖给国家的事，全部告诉您，请您给我们做个主。"

"是啊，达老爷子，他们太欺负人了，扣溅水扣得也太厉害了，可是我们都是老百姓，拿他们没有办法啊！"

"达老爷子，您可得替我们出出这口恶气啊！"

......

　　乡亲们七嘴八舌地将公社食品站胡乱扣湔水和缺斤少两的事，跟达老爷子说了个痛快，直把达老爷子给气得是青筋暴起。他生气地说："他们对老百姓缺斤少两，这跟旧社会的地主老财有什么区别？你们放心吧，这个事我管定了，我要是治不了他们，我就不姓喻！"

　　达老爷子在村里威望非常高，他一言九鼎，说出来的话，那是一个唾沫一个钉。但是达老爷子这么大岁数了，已经去了一趟公社食品站，再要是赶回去，他的身体还真是有些吃不消。所以，他决定不亲自跑了，写封信给公社领导反映情况。于是，当天他就给加义公社的领导袁智慧写信，将大家反映的食品站的情况一五一十地全部写到了信上。

　　加义公社的领导在接到信以后，立即派人调查，果然发现有问题，食品站的人在磅秤上动了手脚，加了一块磁铁。加义镇的领导在摸清了相关情况后，立即采取了处罚措施，并对以前受到损失的农户进行了赔偿……

　　拿到赔偿款的乡亲们，提着礼物来向达老爷子道谢，达老爷子乐呵呵地跟大家说："乡亲们，其实，林子大了什么鸟都有，这些人就是蛀虫，我们将问题搞明白了、处理了，也就挽回了国家的信誉。你们不用感谢我，应该感谢国家。"

　　乡亲们听达老爷子这么说，都很感动："达老爷子，您就是我们身边的包青天啊，要不是您，我们这个赔偿款大概永远也拿不到。"

　　达老爷子叹了口气，说道："什么'包青天'，我就是一个退下来的老头，你们也不要谢我，还是那句话，要感谢党感谢国家。你们以后要记着，再有猪要卖，就往食品站送，那是国家开的，肯定亏不了你们。"

从那以后，丽江大队的社员们便不再自己宰杀猪了，而是送到食品站去。大家都觉得，即使食品站再出现以前那样的蛀虫，也不用怕了。他们相信达老爷子的话，咱们国家会有相关的措施来惩治这些蛀虫。

达老爷子常说，共产党办事就要着眼于人民，要为老百姓办实事。所以，当他了解到平江没有汤匙等小商品卖时，就坐不住了，立刻乘火车前往江西，去找他的老战友、同乡，时任江西省委第一书记的江渭清。他与江渭清也是很多年不见了，握在一起的手好久都没有松开。

江渭清问："喻老，您有什么事需要我帮着办吗？如果有您尽管说，我肯定想办法替您办。"

喻杰也不客气，直言道："有啊，江西是咱们国家有名的瓷器之乡，你快安排一些，多生产一些汤匙吧。"

江渭清本来也是客气一下，他觉得喻老肯定没什么事要他帮忙，一个退了休的老部长，能有什么事？却没有想到，达老爷子竟然真的有事来找他，就一脸认真地问："您就专门为这事来找我？这件事也太小了，您就放心吧，我办就是了。"

喻杰笑着说："你别大意啊，那可是笔亏本的生意，我到岳阳市和平江县的瓷厂去了，人家说这是赔本的买卖，不愿意干。"

江渭清说："话不能这么说，老百姓的必需品，就是赔本也得干啊。"

喻杰一听江渭清这么说，赶紧抱拳："既然如此，那我这个糟老头子就替老百姓谢谢你了。"

说罢，他拒绝了江书记的挽留，当天就返回平江县了。等到了平江县，考虑到从江西往湖南调运汤匙路程比较远，他就直接来到了县电瓷厂，想着再动员他们一下，说不定厂领导会跟进生产。

当他来到电瓷厂，将来意跟厂长说明后，厂长说："达老爷子，生产这种小商品，是要亏本的。现在是市场经济了，生产小汤匙真的划不来啊。"

达老爷子一听就急了，没好气道："过去资本家也生产汤匙，你身为共产党任命的电瓷厂厂长，却说出这样的话来，你知不知道老百姓都是端着盆喝汤啊？"

厂长听达老爷子这么说，就有些理亏，红着脸道："达老爷子，您说的对，我们是共产党的干部，就得替人民着想，不能总想着赔本，我知道错了。您放心吧，我们这就安排生产。"

达老爷子还不放心，当天就给商业部写信反映了情况，建议国家重视汤匙等小商品的生产和供销工作。老部长来信，相关部门很重视。没多久，老百姓就能买到又便宜质量又好的汤匙了。

1981年的一个下午，一位衣衫褴褛的老婆婆来到喻杰家里。此时，喻杰正在吃饭，一看来了人，就热情地招呼她过来一起吃。老婆婆也是饿急了，倒也没有太客气，一边坐着吃饭，一边将自己的来意说给喻杰听。

原来，老婆婆姓兰，公公解放前被国民党杀害了，家里的山林也被烧了一大片。解放后，她与丈夫辛苦地种树看山。1958年，上面来了人，用手一指，他们家的林场便划归了国营林场。现在他们家只剩她一个人，孤苦无依，告状无门。实在是没有办法了，就来求在中央当过大官的喻杰给她想想办法。

听着兰婆婆鼻涕一把泪一把的哭诉，达老爷子一拍桌子，气愤地说道："兰婆婆，你就放心吧，你的事我管定了！"

兰婆婆听达老爷子这么说，急忙跪在地上给达老爷子磕头，一边磕头一边说："达老爷子，您真是我的大救星啊！"

达老爷子赶紧扶起兰婆婆，说："你不可以这样，我承受不起啊！这是党的政策失误，你不用谢我的，我不是大救星，真正的大救星是咱们的党啊！"

送走了兰婆婆，达老爷子当即动身前往芦头林场，找林场和丽江村委的干部了解情况，又找林业部门调查事情的来龙去脉。

问题搞清楚了，确实是林场侵占了兰婆婆家的山林，但是当时侵占的也不止她一家的，而且已经过去了这么多年，如果要再退回去，确实不太好办。林业部门工作人员也是振振有词："达老爷子，您也知道，山林是国家的，总不能再转给个人吧？"

喻杰也知道这是国家的政策，可是，看到老百姓的利益受到侵害，他又不甘心，就据理力争道："我们党的政策就百分百正确吗？像这种侵害老百姓利益的事，是党的政策也得改正。"

工作人员一听，没好气地说："这个事我们做不了主，你也不要来找我们，我们也说了不算，你该找谁找谁去。"

当年，就是彭老总的话，喻杰如果认为不对，也会生顶回去。如今，一个林场的工作人员竟然用这种语气和他说话，喻杰实在是生气了。可是再一想，这个事也怨不得他，尽管他说话的语气很轻蔑，可是也不是没道理。

想到这里，喻杰强压着怒火，叹了口气道："好，我就找给你看。"

说完，喻杰就拄着拐杖走了。望着他的背影，工作人员撇了撇嘴，在心里说，这个事你就是天王老子，也告不下来！

达老爷子不顾自己年近八十老迈多病，为了兰婆婆家被侵占的山林，四处奔走着。

尽管家里人没有沾到他任何的好处，可是也不愿意他这样辛苦，他的身体本来就不好，如果再出点什么问题，可怎么办呢？所以，家里人就苦苦地劝他，能写信就写信，能打电话就打电话，不能再这样跑上跑下了。可是，达老爷子根本不听，说："要是写信能解决这个问题，我早就写了，这个事关系老百姓的根本利益，不是那么好解决的，所以，我必须亲自跑。"

"哎哟，您老也知道不好解决啊？别说是您已经退下来了，就是您还在位子上，这个事您也管不了！全国这样的事多了去了，您怎么管？"孙媳妇吴菊英揶揄道。

达老爷子坚定地说："正是因为它难办，所以，我就更应该管更应该问。我相信事在人为，多跑一个部门，这个事就多一分转机。这个事确实是林场的人做错了，不能让老百姓戳我们共产党的脊梁骨啊！"

孙媳妇一听，叹了口气，说："爷爷啊，您也不看看您什么岁数了，假如您现在还年轻，这个事我不拦着。您都要八十岁了啊，身体也不好，您要是再这么跑下去，出了点意外，您让我们怎么办？"

喻元龙也说："是啊，爷爷，您就听我们一句劝吧，因为这个事，不是我打击您，您根本管不了啊。"

达老爷子叹了口气："这个事确实是挺难办的，因为它不只是某一家的事，而是牵涉到很多的历史问题。"

喻元龙听爷爷这么说，就笑道："所以，我劝您还是别管了。"

达老爷子看着孙子，正色道："正因为它难，大家都不管，我才更要管。我也把话放在这里，假如我不把它给解决了，不给老百姓一个交代，我就不姓喻。"

达老爷子先是给林业部门打了报告，然后，又在芦头、丽江、九岭等村委与国营林场间不停地奔波。尽管屡遭白眼，尽管也碰到有人对他出言不逊，但是，他从未想到过退缩。路走得多了，脚上都起了血泡，他就坐在路边，随手找根尖头木棍将血泡挑破，继续忍着疼痛，咬着牙往前走。

这位快八十的退休老领导，心中存着一个坚定的信念，那就是一定要把这个事给解决了！

功夫不负有心人，经过他连续多日奔走呼号，遗留多年的老大难问题终于得到了圆满解决：国营林场根据最新的林业政策，退还给老百姓部分林场，未退还的部分，也按照市场价折成现金付给大家。直到这个时候，达老爷子的脸上才露出了满意的笑容。

拿到补偿款的兰婆婆，再一次登门了。不过这一次，她是穿着一身新衣服来的。一见达老爷子，她又一次跪在了地上，口里喊着："达老爷子，您就是我们老百姓的'青天大老爷'啊！我给您磕头了！"

达老爷子一看，这可如何使得。赶紧上前搀扶起兰婆婆来，一脸严肃地说道："兰婆婆啊，不可以这样！我跟你说，我不是包青天，我就是一个老共产党员、一个老红军战士。你也不用谢我，我还是那句话，要谢你就感谢共产党吧。"

兰婆婆万分激动，她含着泪从包袱里掏出一包茶叶，双手递给达老爷子："达老爷子啊，既然您不让我拜，我就不拜了。这一包新茶是我家地里产的，您可一定要收下啊！"

看到兰婆婆那恳求的目光，达老爷子实在不忍心拒绝，便说："兰婆婆啊，谢谢您送我这么好的茶叶，咱们平江有麻、油、茶、纸四大特产，您这茶叶啊，肯定差不了！"

看到达老爷子将茶叶收下了，兰婆婆高兴地笑了。达老爷子知道兰婆婆孤苦无依，还特意问她有没有享受到五保户政策。当听到兰婆婆说村委把她照顾得很好时，达老爷子这才放心地笑了。

兰婆婆临走的时候，达老爷子特地让孙媳妇吴菊英将一瓶治风湿病的药酒还有五十块钱，悄悄地放到了兰婆婆的包袱里。

三十六

专车待遇，人畜共享

1985年，财政部为了方便喻杰的生活，给他批了一辆皇冠小轿车，他却让县老干局的干部们一起使用，而他自己用车的时候，也是尽可能地为老百姓行方便，只要是在路上看到村里的乡亲们，就一定要捎他们一程。司机一开始不好意思说什么，日子久了，有一天，就半开玩笑地说道："老部长，这是给您用的专车，您怎么能让别人坐哪？"

达老爷子也知道司机可能不愿意随意拉人，就掏出一根烟来递给司机，说："你就是一脚油门的事，也不耽误什么，与人方便自己方便嘛。"

司机接过烟来，再想想达老爷子的热情，也就不好意思多说什么了。

有一次，司机开着车，载着达老爷子行驶在回丽江村的路上。达老爷子坐在靠窗的位子，看到路边有一个村民挑着小猪，正往丽江村的方向走。他赶紧示意司机停车，打开车门，招呼道："来，老乡，快上车来，我送你回去。"

司机看了看挑着两头小猪的村民，觉得不可思议。平时捎带个人，倒也没有什么大不了，可是让猪也上车，司机就有些不高兴了，埋怨道："老部长，人可以上来，这猪也坐到车上来，不太合适吧？再说了，这要是传出去，人家会笑话您的啊！"

达老爷子一听，哈哈大笑："猪也可以享受坐专车的待遇嘛，再说了，这猪坐了退休部长的车，等到卖的时候，说不定能卖个好价钱。"

司机没好气地："老部长，您怎么一点也不讲究哪？您可是从北京回来的老领导啊。"

达老爷子依然笑呵呵地："没事，我和那个老乡，将小猪抱在怀里，你放心，绝对不会将车子弄脏的。"

听达老爷子这么说，司机无奈地笑了。是啊，达老爷子是不讲究，但他为人随和，从来不摆老首长的架子，也从来不打官腔、耍官威。如果换成一个爱打官腔、耍官威的干部，是没有这么多的琐事，可也会多很多规矩，会让人更难受。想到这里，司机的心里也就平和了，赶紧下了车，与达老爷子一起，向路旁的老乡走去。

老乡也是个懂事理的人，要说平时搭个便车，确实没有什么问题，可挑着两头小猪，他就有些不好意思了。看到达老爷子和司机来到面前，准备接他肩头的担子，他赶紧说道："达老爷子，不行，真的不行啊，这些小猪很脏的，您的车那么金贵，可别弄脏了车。"

达老爷子呵呵笑着，一边接担子，一边说道："没事，咱们两人一人抱一头，让猪也享受享受高级汽车的待遇。"

听达老爷子这么说，司机和老乡都笑了。

达老爷子就是这么乐于助人。一次，有一位乡亲的家里着了火，达老爷子看到冒起的浓烟后，立即带着两个曾孙，拿起水桶就冲出了家门。达老爷子都行动了，村里人也纷纷争先恐后地赶来灭火。很快，大火就被扑灭了。

着火的主家看到大火被扑灭，赶紧向前来救火的达老爷子和乡亲们千恩万谢，可是，面对着被烧毁的房屋，又开始犯愁。达老爷子也知道着了火的人家肯定会很困难，于是，他让曾孙喻群益回家拿了六十块钱，给着火的人家，并立即联系村党支部，请他们安排地方让这家人先住下，同时研究帮助他家盖房子的事情。起一栋房子，不是一件小事，需要不少钱。达老爷子拿出了一千块钱，并号召乡亲们发扬互助精神，捐款帮助这家人盖房子。

很快，一栋漂亮的新房便建好了。这家人特别高兴，准备搞一场宴会庆祝新居落成，却被达老爷子给阻止了。确实，盖了新房子要宴请亲朋，这是老一辈就流传下来的规矩，可是，达老爷子告诉这家人："咱们盖起新房子就好了，千万不要搞宴会，那是铺张浪费。我已经跟中央和县委都提了，以后再摆筵席，要收筵席税。"

听达老爷子这么说，这家人也就没有坚持摆筵席了。为了表示感谢，他们家煮了很多鸡蛋，送到了捐款的每一户人家。当他们将鸡蛋送到达老爷子手里时，达老爷子没有拒绝。他拿起一个鸡蛋，笑着说道："你送我一个可不够啊，我们家这么多口人，都想吃你的鸡蛋，这一个怎么分啊？"达老爷子风趣的话语，惹得大家哈哈大笑。

外村有一对夫妻家庭不和，妻子闹着要离婚。当时的农村还很传统，觉得离婚不好，丈夫更是不愿意跟妻子离婚。当女方来找达老爷子反映问题时，达老爷子先是苦劝了一番，听到女方坚决要求离婚，他就跑到男方家里做调查，还到夫妻双方的村里做了调查。了解到夫妻双方的感情确实已经破裂，这才给县民政局写了证明信，解决了这个棘手的问题。

凡事做调查，没有调查就没有发言权，这是达老爷子始终坚持的原则。乡亲们有事，他在帮忙之前也会调研。他已经八十多岁了，像他这么大岁数的人，大都在家里抱孙子、曾孙子。他当然也很喜欢跟孩子们在一起，但是，他更喜欢跟乡亲们在一起，听他们说家长里短，为他们排忧解难。他不知疲倦地为改变家乡的贫困面貌、提升父老乡亲的生活水平奔波着，当有人劝他要注意身体、多休息时，他说，为人民服务，这是另一种形式的长征，只要生命不止，就决不停息！

三十七

"无情"的爷老子

"勤俭节约讲奉献，坚决不搞特殊化"，这是达老爷子立的家训。他是这样教育子孙的，自己也是这样做的。达老爷子常说，中国有句古话叫"上梁不正下梁歪"，所以，欲正人先正己。

"勤俭节约讲奉献"，达老爷子真的做到了。组织上给他1500块钱的建房补贴，他不要；组织上给他配的彩色电视机，他也不要；组织上给他配的专车，他要了，但是先给修建水电站的工人们使用，等到水电站修好后，他又将车转给了平江县老干局，让所有的退休老干部们一起使用。

"坚决不搞特殊化"，他做到了，却也没有做到。有些事，他还真就搞了特殊化，不过这种特殊化，是对自己与家人的严格要求，是不同于一般群众的更高的标准。这种要求与标准，有时看起来就有些"无情"了。

一转眼的工夫，儿子喻力光已经在吉林通化当兵好几年了。之前他写信回家问父亲要钱，达老爷子连信都不回，更别说给钱了。后来，因为工作调动的原因，喻力光来到了陕西。陕西是达老爷子的老根据地，他从1936年到达延安后，除了跟随周总理赴重庆工作过一段时间，从新中国成立前土产公司经理到陕甘宁边区工商厅厅长，再到新中国成立后的西北贸易部部长、西北财经委员会副主任，他在赴北京当粮食部副部长之前，全部工作经历都在陕西。可以说陕西是他的第二故乡。

喻力光到陕西后给父亲写了一封信，除了汇报自己的工作、生活情况外，也希望父亲能用他在陕西的关系帮自己解决一些难题。他也知道父亲的脾气，但还是期待着父亲脑子能够转个弯，帮帮他，哪怕只是给他的老战友老部下写封信、打个电话也好。信寄出后，他日夜焦急地等待着。

等来等去，喻力光失望了。父亲倒是写信了，但不是写给别人的，而是写给他喻力光的。父亲在信里严厉批评了喻力光想搞特殊化的思想，并勒令儿子在部队上不准提自己的名字。当然了，父亲也不是一个无情无义的人，除了批评儿子喻力光的思想不正确外，还送上了发自内心的祝福与鼓励，鼓励喻力光在部队这个大熔炉里好好干，并期待着他立功的捷报早日传来。

后来喻力光从陕西调到湖北，再由湖北调到广东，从西北到岭南，喻杰一直没有为儿子找过任何关系，提供过任何方便。

喻力光与喻群益的年龄相差不大，所以，两人虽然不是一代人，却是无话不说的好朋友。喻群益常给喻力光写信，喻力光也是从喻群益那里了解到，父亲的身体不是很好。

就像父母牵挂儿女一样，孩子也牵挂父母，所以，听说父亲身体不好后，喻力光非常着急。他本想跟部队请假，连夜赶回湖南老家陪伴父亲，可是，他知道父亲的脾气，如果他贸然回乡探亲，肯定会遭到父亲的责骂。思来想去，他就连夜给父亲写信，说想转业回到平江县，并请父亲帮忙安排一份工作。

达老爷子收到信后，气坏了。他将信一下子扔到地上，骂儿子喻力光不争气，就因为自己身体不好这样的小事，就想回家，这可不是喻家人的作风。当然，达老爷子也知道，儿子在深圳，隔了那么远，也不能总是批评他，就连夜给喻力光回信，嘱咐他不要为了家里人的小事，耽误了立功报国，要在部队上好好干，在部队这个大熔炉里好好地锻炼自己；而对喻力光转业后工作的事情，却只字不提，因为他压根就不想要儿子转业，他觉得三百六十行，只有当兵才最光荣。

父亲喻杰在信里不提转业后的工作问题，喻力光就明白是什么意思了。可是，此时的他，只想守在父亲的身旁。于是，他就跟部队领导打了转业报告。本来，凭着喻力光的出色表现，他在部队是大有作为的。部队领导也舍不得他走，就劝他不要轻易离开部队，地方上也不是那么容易发展的。直到此时，喻力光才将自己的身份说出来——他的父亲就是部队上曾经学习过的《人民日报》报道的老部长喻杰。部队领导这才恍然大悟，原来自己的下属竟然是一名"高干子弟"。想到喻杰老部长的身体需要儿女的照顾，部队领导只好批准了喻力光的转业报告。

在部队领导的眼里，喻力光是棵好苗子，训练场上科科都是优秀，思想政治方面也过硬。部队领导都替他惋惜，特地给平江县武装部写了信，请求武装部的负责人帮喻力光安排工作。

部队领导不了解喻力光家里的情况，可是，平江县人民武装部的领导非常了解。他们根本就不敢为喻力光开这个"后门"，可这件事又不方便跟喻力光说。等到喻力光转业回到平江县以后，信心满满地去县人武部报到——他觉得有了部队领导的推荐信，工作的问题肯定能解决——人武部的领导却告诉喻力光："不是我们不给你安排工作，我们也想着为你安排一份好工作，毕竟你们部队的领导也写来了信，说明你干得确实不错。可是，我们真的不敢，我们害怕啊！这要是让你父亲知道了，还不得骂死我们啊！"

听人武部的领导这么说，喻力光算是彻底泄气了。他知道这是父亲一贯的作风，可是回到地方上来了，也不能没有工作吧。想到这里，他不甘心地问道："那我的工作怎么办？总不能不吃饭了吧？"

人武部的领导这才叹了口气说道："你的这个事也好解决，有两个办法，一个是让你的父亲给你写封信，只要一封信，全平江县的工作由你挑；再有一个，就是你这么优秀，部队领导这么器重你，我们也不能亏了你，就按照正常的程序走，但需要时间来等。"

喻力光当然不敢再跟父亲开口，只好同意按照正常的程序走。部队转业回来的人要么去公安局，要么进工厂。最后，他转业到了岳阳化工总厂武装部。说是武装部，其实就是一个"看门的"。就这份不起眼的工作，喻杰还问他，是不是打着他的旗号谋的这份差事。

听父亲这么说，喻力光哭笑不得："哎哟，我的爷老子，我都看大门了，您还问这句话，也不怕人笑话。"

达老爷子当然不怕人笑话，只要不是凭他关系谋的差事，他就认。他嘱咐喻力光："不管干什么，都是为人民服务。这可不是我说的，这是毛主席与刘少奇主席都说过的话。你好好干，争取把大门看好了，为人民立功。"

碰到一个认死理的爷老子，喻力光也认了，可是他不想认命。既然父亲不帮助自己，他就自己帮助自己。下了班以后的业余时间，他全用在了学习上。他想进县公安局。本来，县公安局的领导也经常到他家来，或许只要爷老子的一句话，他就能轻易地进入公安系统，可是，他知道，这条最简单的路，恰恰是最难的。

喻力光会开车，这个喻杰是知道的，当他了解到县粮食局需要开车的人时，便让喻力光去了粮食局开车。为什么达老爷子在这个事上为喻力光"开了绿灯"？那是因为在那个年月，会开车的人不多，都很抢手。当他听到粮食局缺开车的人时，就想替粮食局解决实际问题，这才将儿子喻力光送到粮食局。

喻力光是一个不认命的人。他知道如果全听爷老子的，这一辈子可能就真的"毁"了——大哥喻砚斌，就是因为太听爷老子的话，结果一辈子都在家里种地。

经过一段时间的紧张学习，喻力光参加了县公安局的统考，最终以优异的成绩进入他喜欢的公安系统。当他高兴地将录取通知书拿给父亲看时，喻杰依然还是那句话："你没有用我的关系吧？"

喻力光实在是太委屈了，他就将自己参加公安局统考的成绩，一门一门地向父亲汇报。达老爷子听喻力光汇报完，这才满意地笑了。他鼓励儿子好好干，在警察的岗位上，为老百姓办更多实事，为国家作更多贡献。

已经回到故乡十几年了，达老爷子这位从北京回来的老部长，将自己彻底地变成了一个农民。他将国家给的工资，几乎全部捐给了需要的乡亲们，而吃的穿的用的则能省就省。衣着方面，他经常穿的那件呢子大衣，还是当粮食部副部长时国家发的，已经穿了几十年了，袖口都是补丁摞补丁。就是这件衣服，平时他也舍不得穿，放在柜子里，结果又被老鼠给咬了好几个洞。

当他将这件大衣从柜子里拿出来，让孙媳妇吴菊英给他再补一补时，孙媳妇就劝他不要再补了，不如换一件体面些的衣服。他却说："'新三年旧三年，缝缝补补又三年'，老百姓的日子，哪家不是这样过来的？"

孙媳妇吴菊英一听就不乐意了，有些抱怨地说："您如果少捐一些款，一万件再贵的呢子大衣也出来了。"

听孙媳妇这么说，达老爷子不高兴了，有些生气地说道："我可以省，但是给乡亲们捐款，这个不能省。"

当乡亲们对喻家有达老爷子这个退休老部长表示羡慕时，吴菊英叹气："我们宁肯达老爷子不是我们的亲人，我们也不愿意当他的亲人，如果我们是他的左邻右舍，甚至是普通的路人，或许，我们还能得到他的帮助。"

是啊，如果是普通的路人，如果是普通的乡亲，或许还能得到喻杰的帮助，可是，作为喻杰的家人，不但得不到任何帮助，反而还会跟着他受苦，还得跟着他将家里的钱拿出来，补贴给需要的乡亲们。曾孙喻从勤直到现在，也不怎么喜欢太爷爷。因为别人偷了树干，他将树尾拖回家来这一件小事，就遭到了太爷爷的批评，他想不通。他甚至在心里暗暗发誓：等到太爷爷百年之后，不给他烧纸。

对于家里人的不理解和抱怨，达老爷子有的时候也会很生气，认为他们没觉悟，但是反过来一想，那些与他一起并肩战斗过的战友，有很多都已经倒在了革命路上，他们连被家里人抱怨的机会都没有，达老爷子又觉得自己是幸福的。

三十八

为家乡发展殚精竭虑

正如达老爷子当初拒绝去北京时所说的，他不去北京当顾问，因为他怕给国家添麻烦，但是各级各部门的顾问他都当，为了家乡的发展，为了国家的建设，达老爷子四处奔走，出谋划策。

达老爷子是一个特别注重历史文化传承的人，他经常给领导们写信，提出恢复平江县茶、麻、油、纸四大特色产业。在他一再倡议下，县里开始对这四项特色产业进行引导性的帮扶。

达老爷子在参加革命以前是一个卖货郎，担着货物走街串巷的他，常到长寿镇去吃甜豆豉。那种独特的味道，让他魂牵梦绕了几十年。尽管1970年就回到了丽江村，可是因为忙着种树、修水电站，他一直没有顾上到长寿镇，去寻访那让他念念不忘的美味甜豆豉。

直到水电股份公司成立以后，他才腾出手来，准备带着孙子去尝一尝他年轻时吃过的美味。可是等他到了长寿镇，却发现已经找不到那种甜豆豉了。他问了很多人，甜豆豉在哪里可以买到，可是大家都说自己也没吃过。这是怎么回事呢？

经过多方调查，终于明白了。原来，甜豆豉在解放前确实有过，当时还是平江的特产呢。解放以后，随着办公社食堂、大炼钢铁，以及后来的"文化大革命"等运动，街头已经很多年没有甜豆豉卖了，而唯一一个会做甜豆豉的人早已经不做了。

达老爷子了解到情况以后，感到很惋惜："这么好的甜豆豉，就是平江的美食代表，如果再没有人做了，岂不是很可惜？"

于是，达老爷子就找到长寿镇领导说："你们得把这个事再调研一下，这可是咱们平江的特产，在我年轻的时候，整个湖南乃至江西的客商，都来咱们长寿镇吃甜豆豉哪。如今虽说是时代变了，但是这种美食在咱们丽江可不能没了。"

长寿镇领导经过调查了解到，原来，会做甜豆豉的老人家没有儿子，而这种手艺只传男不传女，所以，这门手艺眼看就要在他手里失传了。

了解到情况以后，达老爷子觉得，如果这门手艺就这样失传了，那平江县就会少了一种特色产品。不行，他必须上门做思想工作，争取让这门手艺在平江传承下去。

于是，喻杰当天就提着礼物，来到了这位手艺人的家里，开门见山地说道："你们家的这个甜豆豉，好吃啊！我以前管过商业，我知道它的价值，如果真的失传了，你可就对不起老祖宗咯！"

喻杰的到访，让甜豆豉的传人很是激动，可是祖宗的规矩也不能破坏，这可怎么办哪？他为难地说："老部长啊，实话跟您说吧，我也想将这门手艺传下去，可是，也不能坏了祖宗的规矩啊！"

达老爷子听了以后，沉思了一会儿，说道："这样吧，我让长寿镇的领导给你找一个干儿子，跟着你姓，你就将手艺传给他吧。这个手艺其实也不仅仅是属于你的，它也是咱们平江的特产，更是优秀的民族产业，不能在你手里丢了啊！"

看到退休老部长为了甜豆豉亲自上门劝说，这名老手艺人感动得流下了眼泪。他握住喻杰的手，激动地说："老部长，您就放心吧，这门手艺肯定绝不了！"

就这样，在喻杰的协调下，这名手艺人有了"儿子"，甜豆豉的手艺也就传了下来。如今，平江县的乡亲们乃至全国各地的人，都能品尝到这种甜豆豉。这种甜豆豉也因其风味独特，成为平江县的一大"特色名片"。

达老爷子非常关注老百姓的生活。他认为，随着国家改革的不断深入，老百姓的日子确实有了改善，物质生活好多了，可是，老百姓的精神生活并没有得到相应提升。

改革开放以来，很多农民去城市打工，手头上确实宽裕多了，但是也出现了一些不好的风气，比如铺张浪费的问题，比如封建迷信抬头的问题……这些新时代出现的问题，达老爷子认为，必须得到足够的重视。

为了净化社会风气，达老爷子就想给县委的领导写一封信。他将自己的想法跟孙子喻元龙和孙媳妇吴菊英一讲，他们就劝他不要多管闲事。

达老爷子觉得风气不正就得管，但又觉得县委领导肯定也意识到了这些问题，肯定会比他想得周到，或许已经采取了一些措施，他一个退了休的老干部，如果过多地反映问题，有干预县委工作的嫌疑，不太好。所以，他写了几封信，写了撕，撕了又写，最终还是没寄出去。

如果不是发生了一件事情，他可能就真的不会再给县委领导写信了。

有一次，他到高坪村去做调研，在回丽江村的路上，路过一个村庄，看见有一户人家正在办丧事，道士和尚全都有。整个平江地区是有办丧事请道士和尚做法事的习俗，且已沿袭了上千年。但这与甜豆豉的传承可不一样，甜豆豉是物质文化遗产，而这个则是铁定的封建糟粕。况且，让道士与和尚同时来做法事，实在是有些不伦不类。达老爷子就对曾孙喻群益说："群伢子啊，我是真的搞不明白，在这共产党的天下，老百姓怎么还这么迷信？如果求神拜佛做做法事就能解决问题，我们出去闹革命还有什么用？不行，我得去说说他们。"

说完，达老爷子就要上前。喻群益一看要出事，一把拉住了太爷爷，说道："太爷爷啊，我求您了，您还是别惹事了！这个事是您管得了的吗？他们搞封建迷信，您要是这个时候去阻止，乡亲们都会怪您的。这个事您硬是要管，肯定会惹祸上身，您也不是不知道，这是咱们这里千百年来的习俗。"达老爷子当然知道这是犯众怒的事，却依然倔强地说："群伢子啊，我不管谁管，我是共产党员啊！"

喻群益叹了口气说："您是共产党员，这个不假，您是从北京退下来的老部长，这个也不假！可是，这种传了上千年的习俗，也不是您能管得了的，而且这是办丧事，您要是管了，就是对逝者的大不敬。再说，您管得了这一件，管得了全县吗？管得了全国吗？依我说啊，有问题您可以跟县里的领导反映，但是别人在办丧事的时候，不能说。"

倔强的达老爷子还想管这件事，却被喻群益死死地拉住，并以水电站有事为由，给劝走了。

等到了晚上，想想最近这一段时间发生的事情，达老爷子就觉得社会风气真的出了问题，到了不能不管的地步了。比如最近镇上派出所抓赌博，这本来是好事，可为了惩治赌博恶习，派出所的人竟然让赌博的人脱得只剩下内裤，站在大街上挨冻。虽然说赌博是恶习，可是只穿着内裤在大街上挨冻，让乡亲们看笑话，就有些过火了……

夜已经深了，达老爷子依然没有睡。已经进入腊月，快过春节了。过了春节就又是一年，又老了一岁，时日无多啊！

想到这里，达老爷子在心里发了狠，不行，必须以日事日毕的态度将这些问题向县委的领导们反映。于是，他用习仲勋同志送给他的砚台磨好墨，拿起毛笔，认认真真地将发现的问题写到了信纸上。在信中，他还提出了一些解决办法。比如整顿党组织的问题，他就提到，挂羊头卖狗肉的党员，不管职位高低，必须清除出党员队伍。再比如，针对某些人铺张浪费，动不动就开宴会的问题，他再次提出，应该征收筵席税，必须将减少铺张浪费等问题列入工作重点，因为这会助长互相攀比之风，有些家里没有钱的，甚至借钱搞这些面子活动……

在达老爷子的心里，任何一件小事，都不是孤立的，任何一件小事，都有可能引发严重的连锁反应。

这一夜，他没有睡好。第二天一早，他就起床了，将这封信交给喻群益，嘱咐他立即赶到加义镇将信发走，而且要发加急信。

1984年春节前夕，中共平江县委书记刘国权收到了喻杰寄来的加急信。刘国权看着信，陷入了沉思：是啊，改革开放以后，窗子打开了，新鲜空气进来了，苍蝇蚊子也进来了……必须对喻杰同志在信中提出的问题，进行有针对性的研究！

大年初一，在普天同庆阖家团圆的日子里，平江县委书记刘国权带领着县委一班人，借着去给喻杰同志拜年之机，来到了丽江村，当面聆听喻杰同志的想法。这个大年初一，别人都是走亲访友，而喻杰则是和县委的领导干部们一起，研究解决问题的对策。

在与县委同志们研究问题的时候，喻杰也意识到，这些问题不只在平江县有，在全国其他地方也是普遍存在。怎么办？这就不是喻杰和一个县的领导能够管得了的了。于是，县委决定，先考虑在平江县开展筵席税征收试点，坚决在全县的范围内抵制铺张浪费，同时，在全县范围内开展"扬正气树新风"的活动，为平江县的精神文明建设，先打一个好的基础。而涉及全国的歪风邪气问题，喻杰当着县委领导的面，拍着胸脯表示，由他给国家主席李先念同志写信，重点反映这些精神文明建设方面的问题。

达老爷子尽管已经离开部队多年，却依然秉承着军人雷厉风行的工作作风。当天晚上，一封写给中央的长达十几页的信就写好了。夜已经深了，曾孙喻群益正在熟睡，可达老爷子却拿着这封信叫醒他，让他第二天一早就到加义镇，以加急的方式寄往北京。

太爷爷发话，喻群益不敢不听。所以，在次日一大早，喻群益就骑着自行车来到镇上，把信寄往了北京。

喻杰同志的来信，引起了中央领导的高度重视，中央的领导同志还为此召开了专门会议，重点讨论喻杰同志关于精神文明建设的建议。很快，李先念主席的回信就到了丽江村。李先念主席在给喻杰同志的回信中，高度赞扬了喻杰同志高尚的品德和崇高的革命精神，指出他退休回乡的行为为离休和将要离休的老同志做出了表率；并肯定地说道，他在家乡所做的这些有益的事情，赢得了家乡人民的称赞和爱戴，首先是全体共产党员的光荣，同时也是喻杰同志的光荣。

是啊，上到国家主席，下到普通的老百姓，大家心目中的喻杰，其实并没有什么差别。那就是不管在什么岗位上，也不管是什么身份，他都以一名共产党员的标准来严格要求自己，为家乡的发展鞠躬尽瘁。

试问，这样的退休老干部，又有谁不热爱呢？其实，在任何一个时代，老百姓都希望身边能够多几个喻杰式的好干部。

有一些老干部在离休后，生怕手头的权力没有了，就使劲往身上贴标签。可是喻杰觉得，共产党员不应该被名利所左右，贴的标签再多，如果不为老百姓做实事，只想着为自己捞好处，就不能算是真正的共产党员。

所以，达老爷子自从回到家乡以后，从来没有想过回北京重新当大官。后来，为了家乡的发展，也为了能将自己回乡后发现的问题及时向中央领导反映，他才当了一届全国政协常委。

等到加义水电站修好以后，看到高坪村等贫困地区也都通上了电，达老爷子的心愿也达成了，他主动提出不再担任下届政协常委。当组织上派人前来征求他意见的时候，他笑了笑，说："我没有什么意见，我只是觉得，还有不少有影响力的党外知名人士没有进政协，比如沈醉先生，他在港、澳、台的影响确实非常大，我自愿腾个位子给他，让他给国家作贡献。"

前来征求意见的人问："那您呢？您不当常委了？"

喻杰依然微笑着说："我就无所谓了，我是共产党员，在党内就可以说话，何必非要占用政协委员的名额呢？"

达老爷子不当政协常委的消息出来后，这一次，倒没有引起太大的议论，因为乡亲们都已经习惯了，他就是一个淡泊名利的人。

其实，乡亲们也不愿意他离开村里，因为乡亲们已经习惯了达老爷子住在村里。只要有他在，村里就有主心骨，就能看到发展的希望。所以，当达老爷子不再当政协常委的消息传来时，村里人都感到很欣慰，因为这样，这位年少就离开家乡闹革命的老英雄，就可以永远地和他们在一起了。

达老爷子也和乡亲们一样，深深地爱着脚下这片土地。他愿意付出自己所有的激情与努力，来让这片土地上的人民，生活更加美好。

1986年12月，达老爷子抱病来到长沙，建议湖南省委省政府的负责同志，专门跑一趟平江县，开一个现场办公会，确定一些发展项目。看到达老爷子为了家乡的发展殚精竭虑，省委的领导同志非常心疼，答应达老爷子立即开会研究往平江县派驻工作组的事情，并嘱咐达老爷子要注意身体，不可太过劳累。

1987年元月，湖南省副省长陈邦柱受省委指派，带领相关厅局负责同志，来到了平江县。他们在平江县的山林乡村实地调研，为平江发展把脉，并根据平江县麻、油、茶、纸四大传统特产，以及平江县的具体特点，给平江这个老苏区规划了一批建设项目。当他们向达老爷子汇报相关的工作进展时，达老爷子笑得比谁都要开心。

1988年，洞庭湖区遭遇秋汛灾害，达老爷子心急如焚，天天听广播了解灾区情况，并与加义镇和丽江村干部商议，要拿出两百立方米木材支援灾区重建。当达老爷子提出支援木材的建议时，有的干部就说："达老爷子，一立方米木材的市场价就是上千元，两百立方米就是二十多万元啊，我们本身也不富裕，不如少支援一些，留下钱来我们也可以发展咱们本地的经济啊。"

达老爷子听完，叹了口气说道："同志们，咱们国家一直倡导一方有难八方支援，何况当年我们受灾时，洞庭湖区的人民也支援过我们，给了我们几千吨的粮食。所以，我们不能只顾着自己，不管是还债，还是支援灾区，大家都要有大局观，因为这根本就不是经济问题，而是政治问题和人文关怀的问题啊！"

现场的干部听了达老爷子的发言后，也都为达老爷子的大局观所打动，很快统一了意见。为了表达对洞庭湖灾区的关心，达老爷子还特地给岳阳市委的相关领导写信表示，如果灾区有需要，平江县永远都是洞庭湖灾区人民最坚定的大后方。

岳阳的相关领导收到喻杰的来信后，特地回信感谢，并在信中称赞达老爷子说："您老的这种先天下之忧而忧，后天下之乐而乐的精神，颇有范文正公的风范，您为家乡所作出的丰功伟绩，以及为洞庭湖灾区所作出的贡献，我们永远铭记在心。"

是的，达老爷子喻杰，就是一个先天下之忧而忧、后天下之乐而乐的人，尽管已经到了八十六岁高龄，尽管身体多病，可是他依然为了家乡的发展，不停地忙碌奔走着。也正因此，他的病情一天天地重了起来。

三十九

生命逝去，精神不朽！

人老了，没有不生病的，这是达老爷子经常挂在嘴边的话。这么多年来，他积劳成疾，患上糖尿病、高血压、冠心病、肺结核等多种疾病，可他从来不把这些病当回事。他到北京出席全国政协会议时，结肠息肉出血，疼得很厉害。大会医务处和财政部的领导都劝他留在北京治病，等治好了病再回故乡也不迟，可是他却忍着病痛，笑呵呵地说："还是家里的土郎中好，拿几服药一吃，就好了，还不给国家添麻烦。"

眼看怎么也留不住达老爷子，大会医务处的工作人员就将一些注意事项写在信上，寄到了平江县医院和县老干局。等达老爷子回到平江县后，县老干局的负责同志又苦劝达老爷子留在县城治病。他们说："达老爷子啊，既然您不愿意留在北京治病，好歹您也留在县医院治病啊，您随意找几个郎中，如果出了问题谁负责啊？"

"我负责啊！放心好了，我死不了，债还没有还完，怎么敢去死哪！"达老爷子依然没事人一样说笑着。

达老爷子不把自己的病当回事，家里人可是急坏了。给他请了郎中，郎中在给他把完脉后，也劝他到县里或省城的大医院去治病。他却笑着说道："我就是从北京、县城的医院回来的，我的病，他们治不了，只有你能治。"

郎中也没有办法了，只好给他开了药，并嘱咐他，一旦发现病情加重，一定要去正规的医院就诊。达老爷子一脸认真地应下了，可是等郎中走了，他又拿起拐杖，上山巡山去了。

人岁数大了，就容易念旧，达老爷子当然也不例外。每当他登上山坡，望着那郁郁葱葱的山林，便会想起曾经的战争岁月，想起一起战斗过的好战友好兄弟，他们很多人都倒在了冲锋路上。想起那一张张逝去的脸庞，他就感到惭愧；再抬头看看那一棵棵的绿树，他就觉得，那随风摇曳的树枝，是战友们在向他招手呼唤……

达老爷子的眼泪流了下来，他向着满山的绿树举起了自己的右手。他要向这满山的绿树敬礼，因为那全是他可爱的战友啊！

泪眼婆娑的达老爷子，一遍遍地告诉自己：我只要没死，就要为老百姓办实事，就要为了家乡的发展贡献自己的力量。

达老爷子认为，要么死去，要么工作，没有中间地带，也绝对不能把自己当成一个病人！作为一名红军战士，死都不怕，更别说生病了。毛主席说美帝国主义是纸老虎，仔细想想，这病不也是一只纸老虎吗？既然是纸老虎，还有什么可怕的呢？

他以极顽强的毅力与病魔作着斗争，他以极饱满的激情为人民做着实事。病是病了，但是山上的树没有耽误种，地里的草没有耽误锄，加义镇的六个水电站，没有耽误建；乡亲们的事情，他一样也没耽误。

1989年1月19日下午6时，达老爷子的病情突然加重，大量便血。家里人急坏了，通过村委会打电话到县城。县委书记张以坤得知消息后，立即放下手头的工作，带领着老干局、县医院的工作人员，驱车来到离县城五十多公里的丽江村。此时的达老爷子呼吸困难，满头大汗，但是他依然咬着牙，一声也不吭。当平江县委书记张以坤请达老爷子赶紧去县城医院治病时，达老爷子用尽管虚弱却异常坚定的语气说道："不用麻烦县城的同志了，放心吧，我死不了……"

但是，刚说完这句话，达老爷子就昏了过去。此时，已经由不得达老爷子了，大家立即将他抬上了救护车，紧急送往县人民医院。

经县医院初步诊断，还是老毛病——结肠息肉出血。县人民医院立即组织由老院长刘家祺等三名专家组成的医疗小组，对喻杰展开紧急治疗。

在医疗小组的不懈努力下，达老爷子总算是苏醒了过来。当他看到自己身在病房，医务人员在不停地忙碌时，有些过意不去，说："为了我一个糟老头子，让你们大家跟着受累……你们留一个护士就好了，不要耽误了给其他的群众治病。放心吧，我的病没事，死不了。"

刘院长叹了口气，说道："达老爷子，来到医院您就得听医生的指挥，这是命令。"

达老爷子依然坚持："不能耽误了给其他的群众治病，这也是我的命令，你们要是还留这么多人在这里照顾我，我现在就回丽江去。"

刘院长实在是没有办法了，只好让其他的医务人员先离开，由他在旁边守着。

25日上午11时，达老爷子再一次昏了过去。县人民医院再次组织专家对喻杰进行抢救，同时打电话给省城和市里的医院，让他们派出专家来平江县医院，给达老爷子进行联合会诊……

达老爷子生病的消息传到省里、北京，省里领导和中央领导也是高度重视。财政部副部长项怀诚，中共湖南省委组织部部长孙文盛，省财政厅、民政厅、老干局等单位负责人，也专程赶到平江县人民医院来探望喻杰。

达老爷子依然在病床上昏迷不醒。所有守在抢救室外的人都高度紧张，达老爷子的家里人，更是期盼着奇迹出现。

湖南医科大学的教授专门从省城带来了一批白蛋白注射液，给达老爷子注射下去。很快，达老爷子从昏迷中苏醒过来。当他看到给他注射的药物时，问护士："你们是不是给我用的进口药啊？"

因为喻杰的家属已经交代过，不能跟他说实话，再加上几天治疗下来，护士也知道了喻杰的脾气，就善意地撒谎道："达老爷子，这个就是平常的药物，绝对不是进口的，您就放心吧！进口药那么贵，我们是不会轻易给您使用进口药的。"

达老爷子看了看药品包装，就明白了。他叹了一口气，虚弱地说道："你就不要骗我了，我以前在北京的时候，曾经打过这种药，这是进口的贵重药物白蛋白，打一针要一百多块钱哪。我老了，实在是没法治了，不要再浪费国家的钱了，还是把药留给更需要的同志吧。"

说完，达老爷子就要坐起来。护士一看，赶紧上前阻拦："达老爷子，您现在需要休息！真的不能起来，还是好好躺着安心养病吧。"

可是达老爷子不听，依然挣扎着从病床上爬了起来，笑着对护士说道："我没事，你放心吧，死不了。"

护士一看实在是劝不住他，就赶紧过来搀扶起达老爷子。达老爷子在护士的帮助下站起身来，慢慢地踱步到病房窗前，看着外面起伏的群山，陷入了沉思……

达老爷子并不怕死，他有一个乐观豁达的"生死观"。

他曾经跟家里人说过："国家有优生学，也提倡优生优育，我看还应该研究一下优死学，因为死亡是无法避免的嘛。大千世界，人的身份可能会千差万别，但是只有一个死亡是最平等的，你就是皇帝老子，最终也逃不了一死。"

每当他聊到这个"死"的字眼时，家里人就不让他多说，觉得晦气，可是他却不管，继续笑着说："这个没什么不可以说的。在国外还有'安乐死'，就是让人死得有尊严。在日本，1976年就召开了'安乐死国际会议'，研究安乐死的问题；而西德、荷兰也曾经对危重病人实行过'安乐死'。我觉得出台一个这样的法律，对于广大的重症病人来说是个好事。"

达老爷子一直觉得，自己的生命其实应该在长征路上就终结了，之后活下来的每一天，都是上天的恩赐，是自己"赚了"，所以，应该利用这上天赐予的宝贵光阴，利用这"赚来"的时光，给人民群众多做实事、多做善事。

达老爷子是一位坚定的马克思主义者。他觉得共产党员去世了，灵魂应该去见马克思，所以，早在1985年，他就写信给时任国家主席的李先念，让他替自己给马克思写介绍信。作为喻杰的老战友、老同事，李先念主席一开始以为达老爷子在跟他开玩笑，后来，喻杰又提了几次，李先念主席就当了真，还真的满足了喻杰的要求。他在写给马克思的介绍信中说：喻杰同志是一个坚定的马克思主义者，一直保持着乐观的革命精神和共产党人的高尚品德，为家乡做出了许多有益的事情，是我们党的光荣，也是您的光荣……

按照湖南平江县的习惯，人在临终前，必须打好寿器，也就是做好棺材，可是达老爷子却没有。早在几年前，为了给在建的加义水电站抢险，他就让人将堆在柴屋的几根上好的杉木给抬走了。孙子喻元龙回家发现杉木不见了，就着急地问喻杰："爷爷，搁在柴屋的那几根杉木到哪里去了呢？我怎么找不到啊？"

达老爷子回答："水电站抢险缺少木材，我让他们搬去抢险了。怎么了？你找那几根杉木做什么？"

喻元龙着急地叫道："爷爷啊，那几根杉木，是给您做寿器的！您怎么能让人搬走哪？"

达老爷子呵呵笑道："我还活着哪，你急什么啊？你盼着我早死啊？"

这一句话可把孙子喻元龙给惹急了，他着急地辩解："爷爷，我们都盼着您高寿哪！可是，您也八十多岁了，咱们这里的风俗就是提前准备好寿器，这个您也不是不知道，怎么成了盼着您早死呢？"

达老爷子依然满脸笑意，说道："一旦到了那个时候，运到长沙火化也不方便，我给你出个主意：你就从山上捡一些干柴，买一斤煤油，点上火烧了就行……我告诉你，煤油不能买多了，别浪费，浪费东西小心我揍你。"

喻元龙真是有些哭笑不得了，没好气地道："烧？您说得倒轻巧，除非您自己起来点火，要不谁来点？"

达老爷子哈哈大笑："我要是真到了那个时候，还能爬起来，我绝对不用你！省得你还问我要工钱，嚷着要我给你买手表。"

说完，达老爷子又哈哈大笑起来。看着爷爷笑了，喻元龙也跟着哈哈大笑起来。

达老爷子望着窗外的群山，回想起跟家人有关生死的笑谈，回想起那些血与火的战争片段，那些与战友们肝胆相照的军旅岁月，觉得一切仿佛就在眼前，所有的人与事仿佛并未走远……

正沉浸在回忆中，门开了，咏生乡党委书记唐仁义走了进来。达老爷子回转身，冲他笑了笑，虚弱地伸出手，唐仁义连忙上前，紧紧地握住达老爷子的手。

咏生乡是为了纪念牺牲了的红军十六师师长高咏生，有关部门采纳达老爷子提议设立的。达老爷子招呼唐仁义坐下，从兜里掏出了五百块钱，递给他："仁义啊，我其实早就想找你了，你来得正好，现在咏生乡的公路还没有完全修好，你把这五百块钱拿回去，再集点资，争取把路早些修好吧。"

唐仁义看着眼前虚弱的达老爷子，说什么也不接这个钱，他推辞着："喻老啊，早些时候您已经给这条路捐了钱，您的身体也不好，这笔钱就留下来买点营养品吧！"

达老爷子严肃地说："你跟我还客气什么？你不用来看我，赶紧回去将路修好。你要是不把路修好，我唯你是问！快收下它，这是我这个糟老头子的命令。"

唐仁义长叹一声，流着泪收下了这五百块钱。看到唐仁义书记收下了钱，达老爷子点了点头，又说："你早些把路修好，记住要修得结实些，咱们有言在先，等路修好了，我可要去现场检查，当场挑你的毛病。"

唐仁义擦了一把眼泪，说道："喻老，您就放心吧，我一定将路修好，到时，我和乡亲们陪着您去现场检查，保证您挑不出毛病来！"

达老爷子欣慰地点点头："这就好，这就好啊！你快回去吧，不要再待在我这里了，不要让乡亲们觉得你不想修路，一直躲在我这里偷懒。"

唐仁义本想留下来多陪达老爷子一会儿，可是达老爷子一个劲地撵他回去，没有办法，他只好含着泪离开病房，返回了修路现场。

达老爷子知道，自己的生命真的走到尽头了，所以，医生给他打针，他拒绝，给他输血，他制止。面对手足无措的医生，躺在病床上的他吃力地说道："我这是不治之症，你们就不要为了我多费心了……还是省下这些药来，给更需要的人吧。俗话说，人过七十古来稀，我都已经八十七岁了……真的无所谓了……"

病床前的医生拿着针，继续苦劝道："达老爷子啊，您不要这么说，您肯定能长命百岁的！您快配合我们打针吃药吧，只要打了针吃了药，您的病就会好，就能回丽江村继续为人民服务了！"

达老爷子躺在床上，声音虚弱："不需要了……李先念主席早就给我向马克思写了推荐信……我也有很多问题，想跟马克思探讨……你还是把针收回去……去给更需要的人……打吧……"

眼看着医生还不走，达老爷子咬着牙用力说道："听话，这是命令……"

医生看到达老爷子死活也不肯打针吃药，只能听从达老爷子的命令，叹着气离开病房……

最终，达老爷子没有等到咏生乡的公路修好，没有亲眼看一看他带领乡亲们捐款修的路，就带着永远的遗憾离开了。

1989年2月4日，农历腊月二十八，早晨6点10分，达老爷子喻杰带着对故乡的无限眷恋，带着对亲人的依依不舍，永远地离开了他深爱着的故乡和亲人。

优秀的共产党员喻杰走了，他的追悼会在湖南长沙举行。财政部部长王丙乾在悼词中对喻杰作出评价：

> 1970年初，喻杰同志带着孩子，离开北京，告老还乡，在湖南省平江县一个贫困山区安家落户。他回乡二十年，始终保持着高昂的革命热情，从不计较个人的名誉、地位和生活享受，一心一意为党的事业、为人民的幸福、为家乡的建设事业，日夜操劳，表现了一个老共产党员的崇高品德。
>
> 他处处严格要求自己，模范地执行党的各项方针政策。回乡以后，他谢绝了组织上对他的各种生活照顾，自己花钱在山坡上盖普通的房子住，经常与子孙们下田、种菜、养猪、放牛，保持了劳动人民的本色。他还耐心教育子孙安心农村生活，热爱农村，与乡亲们同甘共苦开发山区，造福人民。他坚持真理，实事求是，深入调查研究，为当地政府献计献策；对基层干部言传身教，精心培养，热情帮助。
>
> 他关心群众、爱护群众，为群众排忧解难。对群众中的冤假错案，他积极协助当地政府进行平反，对坏人坏事则坚决进行斗争。自己生活很简朴，对有困难的乡亲和山区的建设事业慷慨解囊，大力相助，积极支持。为开发山

区水利，兴办小水电，绿化荒山，修路架桥，发展多种经营。他不顾年老，亲自调查研究，参加制定规划，指导各项工作的开展，为加快家乡的建设作出了许多贡献，使当地群众的生活得到了明显的改善。

喻杰同志在耄耋之年，为人民立下功劳，得到了群众热情的称赞和爱戴。群众称颂他是真正的共产党人，实实在在的人民公仆。

英雄不逝，喻老千古。喻杰的离去，让丽江村、加义镇乃至整个平江县，都陷入了巨大的悲痛中。正逢春节，可老百姓们都自发地走上街头，为老英雄老部长喻杰同志送行。

喻杰同志生前，几乎将所有的工资和积蓄都捐给了他的家乡。从北京回来后，居住在丽江村的二十年里，他时刻以一名共产党员的标准来严格要求自己，严格要求家人。他一身正气，两袖清风；他扶危济困，甘于奉献。二十年里，他为家乡留下了郁郁葱葱的山林，留下了六座宏伟的水电站，打通了偏远山村与外界的联系，点亮了山区的漫漫长夜。他殚精竭虑，勤勉奉献，为他的故乡和老百姓，留下了极其宝贵的物质财富和精神财富！

然而，喻杰给自己的亲人，却什么也没留下。

不，他给自己的后代留下了"勤俭节约讲奉献，坚决不搞特殊化"的珍贵家训，他所有的后代，都将继续扛起喻杰同志奉献精神的大旗，在故乡发展的道路上阔步前进。

喻杰去世以后，村民们自发地在村口的高坡上修建了一座"喻杰纪念亭"，以纪念达老爷子光辉的一生；政府特地重建了喻杰同志故居。不管谁家有亲友来访，大家都会将他们带到喻杰故居，给他们讲述喻杰同志的故事。

喻杰逝世三十多年了，丽江村的乡亲们没有忘记他，党和人民没有忘记他。他永远把国家利益摆在首位、矢志不渝为人民服务的奉献精神，他不忘初心、牢记使命，时刻以一名优秀共产党员的标准严格要求自己的坚定党性，有如一面猎猎招展的旗帜，引领着人们，在建设新时代中国特色社会主义道路上，砥砺前行。

"有的人活着，他已经死了；有的人死了，他还活着。"

喻杰生命已逝，但，精神不朽！

生生不息的精神

（代跋）

写下这个标题，我丝毫没有哗众取宠的意思。

为这部书稿寻找出版单位，可谓费尽周折。常常有出版社编辑这样质疑："你是广东的（作者），怎么会写这个？……"这里的省略号不是我省略了编辑的原话，而是编辑并没往下说。言下之意，你一个广东的作者，怎么写一个湖南人呢？而且这并非一篇千字文、一首打油诗，这是一部word文本字数统计为十八万多字的报告文学。这十八万多字并非凭空想象、杜撰臆造，而是经过实地采访、调查并参考了很多资料后的创作，是用手写出来的，也是用"脚"写出来的。可是，在一般读者看来：这不很正常吗？难道广东的作者就只能写广东的，不能写别的地方的题材？

最关键是后面的潜台词："花几年的功夫写这么一部书，你到底图啥？"是呀，我到底图啥？靠写这部书挣钱？还是缘于血缘亲眷关系不得不写？

面对这些问题，我一般都会首先向编辑表明我和书中的主人公——喻杰的关系，只是同姓"喻"而已，没有丝毫宗亲关系，也未得分文润笔费。我是出于对喻杰老前辈的弥足珍贵的公仆精神的景仰，才自发去平江县丽江村寻找、采集、挖掘、整理他的那些几乎快被世人遗忘、快被岁月湮没的先进事迹的。

当然，编辑不会这么直截了当问我，一般会说，现在出版一本书，得花上大几万，您……；也有的说，您问问喻杰的后人能不能支持一下，认购一两千本书……。我说，喻杰老前辈的后代在他的老家，生活并不优渥，而且，也不是他们要我写这样一本书，真的没法满足这个要求。在电话另一端的编辑往往会沉默片刻，再说："哦，这样啊。"然后就没下文了。

就这样，我这部书稿游历了一家又一家出版社，经过了一轮又一轮的"讲数"，一直未能付梓。

今年正逢建党百年，我想该是难得的出版契机，便再次向北京和湖南的相关出版社投稿。终于，福音来了——湖南大学出版社编辑全健拨通了我的手机。她说："书稿我读过了，选题不错，充满正能量，且正逢建党一百周年……可以先申报选题，如果社里讨论通过，省新闻出版局批了就可以出版。"我心里纳闷：这得花多少钱？哪有不讲条件就出版的？我在出版社工作过，出版社都是自负盈亏，免费出版我这本书是不可能的。

越是不跟我谈出版费，我心里越不踏实。后来选题通过了，全编辑说出版社愿意出版我这本书，不过，不会付稿酬。我就问："要包销书吗？"全编辑的回答让我始料未及，她说："尽你们所能吧，当然，多销一些书，就可以帮我们社减轻一些负担。"我说："纸质出版业生存这么艰难，您就别提稿费了，你们亏钱出版我的书，真让我感动。"全编辑说："出版社是企业，要考虑经济效益，但是放在首位的还是社会效益。"这时，我突然感到一种莫名的温暖充盈胸间，就像辛辛苦苦抚养的"闺女"，经历绵长的凄风苦雨之后，终于找到一个敦实的"婆家"那么踏实。

这就是喻杰老先生为社稷、为乡梓、为苍生燃尽余热、奉献终生的精神传承！这种精神是中华民族生生不息、薪火相传、发展壮大的坚实基础和永恒力量！

说心里话，因为湖南大学出版社对《永远的公仆——喻杰》的礼遇，我对湖湘人的豪爽、担当、火爆甚至霸蛮之气都感到由衷的钦敬。

在本书即将与大家见面之际，我要对牢记初心、富有使命感的湖南大学出版社致以崇高的谢意和敬意！正是这种初心和使命感使《永远的公仆——喻杰》得以出版问世。

同时，衷心感谢喻杰的后辈喻力光、喻群益，财政部挂职丽江村的村支书刘斌樑，为我提供有关喻杰革命生涯和革命事迹的文献资料，引荐我查阅平江县档案馆有关资料；衷心感谢接受采访的原丽江大队书记刘富佑，当年喻杰组织乡亲建设水电站时的工程副指挥喻肖禧，喻杰的孙媳妇吴菊英，喻杰生前的忘年好友李丙希，喻杰的邻居兰献邦、兰国城，喻杰的同宗喻篇章，喻杰的同村村民黄银华等喻杰事迹的当事人、知情者和见证人。

丽江村村民喻武忠、喻献忠、喻俊高，喻氏宗贤喻震威，作家喻敏、王林、曾祥书，以及广州大学中文系2015级学生魏翠玲、张婉莹、唐杨阳、林永淇等，为本书的创作、出版给予了大力支持和帮助，在此致以衷心的感谢！

正是有了大家的无私奉献，这部作品才得以面世。

矢心所往，一苇竟达，正是源于一种生生不息的精神。

是为跋。

喻彬

2021年6月6日于广州